Catherine Newman

Und wir tanzen, und wir fallen

Catherine Newman

Und wir tanzen, und wir fallen

Aus dem amerikanischen Englisch
von Alexandra Baisch

PIPER

Mehr über unsere Autorinnen, Autoren und Bücher:
www.piper.de

Unser Versprechen für mehr Nachhaltigkeit
Klimaneutrales Produkt
FSC®-zertifiziertes Papier
Hergestellt in Deutschland

FSC
www.fsc.org
MIX
Papier | Fördert gute Waldnutzung
FSC® C014496

ISBN 978-3-492-07163-5

Titel der amerikanischen Originalausgabe:
»We all want impossible things«,
Harper, An Imprint of HarperCollins Publishers,
New York 2022

Redaktion: Ingola Lammers
Satz: Satz für Satz, Wangen im Allgäu
Gesetzt aus der Adobe Garamond Pro
Druck und Bindung: GGP Media GmbH, Pößneck
Printed in Germany

Ali Pomeroy gewidmet (1968–2015)
Du strahlender Stern, so schrecklich vermisst.

And February was so long that it lasted into March.

Dar Williams, »February«

Prolog

»Edi, schläfst du?«

Ich flüstere, obwohl ich sie doch aufwecken will. Ihre Lider sind blau unterlaufen, ihre Lippen blass und spröde, trotzdem ist sie immer noch so wunderschön, regelrecht zum Anbeißen, wie ich finde. Ihre dunklen Haare wachsen wieder nach. »Wach auf, mein kleiner Spatz«, flüstere ich, aber sie rührt sich nicht. Ich sehe zu Jude, ihrem Mann, der nur mit den Schultern zuckt und sich über sein ebenmäßiges, erschöpftes Gesicht fährt.

»Editschka«, sage ich etwas lauter, mit slawischem Einschlag. Sie öffnet die Augen, kneift sie wieder fest zusammen, reißt sie erneut auf, fokussiert sich auf mein Gesicht und lächelt. »Hey Schätzchen, was geht ab?«

Auch ich lächle. »Ach, weiter nichts«, antworte ich. *Was für eine Lüge!* »Jude und ich haben nur ein paar Pläne für dich ausgeheckt.«

»Pläne wie Banh Mi von diesem leckeren Banh-Mi-Laden?«, fragt sie. »Ich bin nämlich am Verhungern.« Sie reibt sich über ihrem Flügelhemd den Bauch. »Nein. Nicht am Verhungern. Eigentlich bin ich nicht einmal hungrig. Ich hab wohl nur Lust auf irgendwas, was gut schmeckt.« Sie versucht, sich etwas aufzurichten, dann fällt ihr die Fernbedienung wieder ein, und der obere Teil ihres Bettes fährt mit dem mechanischen Surren nach oben, das auf meinem Mixtape des Sloan-Kettering-Soundtracks wäre, würde ich ein solches zusammenstellen. Genau wie das Didgeridoo-Stöhnen des Typen im Nebenzimmer. Oder das heitere Geplapper der Person, die die Tabletts mit dem Mittagessen verteilt und dabei verkündet: »Wie vom Arzt angeordnet!«, auch dann, wenn es sich um eigenartig ungesunde »farblose Flüssigkeiten« wie schwarzen Kaffee und Wackelpudding ohne Zucker handelt.

»Für Banh Mi kann definitiv gesorgt werden«, versichere ich ihr. Ich zögere den Moment hinaus, und Jude seufzt. Er zieht sich einen Stuhl zum Kopfende und setzt sich.

»Super«, sagt Edi. Sie angelt sich eine Speisekarte von dem Papierstapel, der in ihre Nachttischschublade gestopft ist. »Mit extrascharfer Mayo. Nein, lieber mit Daikon-Rettich.«

»Edi«, setze ich erneut an. »Ich bin jetzt seit über zweiundvierzig Jahren total in dich verknallt. Glaubst du etwa, da vergesse ich so was wie deine anhaltende Abneigung gegenüber Rettich?«

Sie lächelt mich verzückt an und klimpert dabei mit den Wimpern.

»Moment noch«, werfe ich ein. »Extra*viel* scharfe Mayo? Oder extra*scharfe* Mayo?«

»Was?«, fragt sie.

»Edi«, sagt Jude nur.

Sie hört es seiner Stimme an, dreht sich zu ihm und fragt erneut »Was?«, doch da laufen mir schon die ersten Tränen über die Wangen.

»Scheiße«, sagt sie. »Nein, Leute, nein.« Sie wringt die Hände. »Ich bin nicht bereit dafür. Egal, worum es hier geht. Worum geht's?«

Es geht um Folgendes: Jude hatte sich auf dem Gang nach Edis weiterer Behandlung erkundigt. »Sollte sie heute keine Infusion bekommen?«, hatte er gefragt, was die Krankenschwester mit einem freudigen »Nein, nein! Damit sind wir ganz durch« beantwortete. Und das waren wir anscheinend auch. Aber tatsächlich hatte sich keiner mit uns über diese Entscheidung unterhalten. Als wäre sie längst gefällt worden, an einem anderen Ort, zu einer anderen Zeit. Da bestellt man einen Burger, doch die Küche trifft im Hintergrund ungefragt eine andere Entscheidung. »Wir haben keine Burger mehr«, teilt einem der Kellner dann mit. »Aber ich hätte da noch diesen Teller voller Nichts und als Beilage etwas Morphin und Trauer.«

Ellen, die Sozialarbeiterin, hatte Jude und mich in ihr Büro mitgenommen, um uns das *Macht das Beste aus den verbleibenden Tagen*-Gespräch reinzudrücken – während sie gleichzeitig klarstellte, dass dieses Das-Beste-daraus-Machen *nicht hier* stattfinden könne. Wir waren verwirrt.

»Ich bin verwirrt«, sagte ich dann auch, und Ellen hatte langsam genickt, uns mitleidig angelächelt, wobei kleine Falten um ihre Augen auftauchten, und uns eine Broschüre mit dem Titel »Nächste Schritte, beste Schritte« ausgehändigt. Darin ging es um Palliativpflege. Hospiz. »Aber das sind die *schlimmsten* Schritte«, warf ich ein, weil für mich anscheinend nichts zu offensichtlich ist, um es laut auszusprechen, und bekam von Ellen eine Schachtel Taschentücher gereicht.

»Irgendwie bin ich wütend auf Sie, gleichzeitig denke ich aber auch, dass Sie wohl keine Schuld trifft«, ließ ich sie ehrlich wissen. Daraufhin lachte sie und versicherte mir, dass sie das verstehe, wirklich. Danach mochte ich sie.

Ellen versuchte, uns dabei behilflich zu sein, wie wir uns über die nächsten Schritte klar werden konnten. Dashiell, der Sohn von Edi und Jude, ist sieben Jahre alt und hat schon drei davon mit der Krankheit seiner Mutter verbracht. Ellen stellte die Überlegung an, ob es nicht schlicht zu traumatisch sei, Edi für die Hospizpflege nach Hause zu bringen, und schlug angesichts der Wahrscheinlichkeit eines raschen und qualvollen End-of-Life-Szenarios eine stationäre Behandlung als bessere Alternative vor. Das schien durchaus nicht verkehrt. Dashs letzter Besuch hatte in einem absoluten Desaster geendet: Als Edi ihm zum Abschied einen Kuss aufdrücken wollte, war ihr Blut aus der Nase gelaufen, was ihn völlig verschreckt hatte. Es war ein ganz gewöhnliches Nasenbluten gewesen, wie sich herausstellte, aber der ohnehin schon fragile

Dash war danach gezeichnet. Buchstäblich gezeichnet. Aber auch im übertragenen Sinn fürs Leben gezeichnet.

»Vielleicht wäre es zudem besser, wenn er sich lieber früher als später von ihr verabschiedet«, schlug Ellen vor. »Damit er sich nicht darum sorgt, wann es so weit sein wird.«

»Wann was so weit sein wird?«, fragte ich. Die Unausweichlichkeit von Edis Tod glich einem zerknüllten Geldschein, den mein Hirn immer wieder aufs Neue ausspuckte. »Entschuldigung«, sagte ich gleich darauf. »Ich verstehe schon.«

Von der Krankenhauslobby des Sloan Kettering, des renommierten Krebskrankenhauses, riefen wir bei den empfohlenen Hospizen an, aber bei allen gab es eine Warteliste. »Eine Warteliste, echt jetzt?« Jude war perplex. »Ist denen eigentlich klar, worin das Prinzip eines Hospizes besteht?« Wir stellten uns eine Aufnahmekoordinatorin vor, die endlos Anrufe tätigte und einen Namen nach dem anderen von ihrer Warteliste strich. »Jaja, verstehe schon, vielleicht klappt's beim nächsten Mal!«

»Laut dem Sloan muss Edi morgen bis zum Mittag von hier weg sein«, sagte Jude und reichte mir die Zigarette, die wir zusammen rauchten. Wir waren nicht die Einzigen, die sich eingepackt in dicke Jacken vor dem Krankenhaus zusammendrängten und ihre dämliche, nur so vor Gesundheit strotzende Konstitution in die Januarkälte hinauspusteten, in der die Rauchwolken sich eigentlich zusammenbauschen müssten, um so Worte zu bilden wie: *Wir sind so was von am Arsch.*

»Bei uns oben gibt es ein Hospiz«, sagte ich, und Jude sah mich einen Moment lang eindringlich an. Ich lebe in Western Massachusetts. Dann trat er die Kippe mit dem Absatz aus, hob sie auf und warf sie in den Müll. »Da ist es nett«, fügte ich hinzu. »Ich hab da schon mal Leute besucht. Es ist ein richtiges Haus.«

»Und?«, fragte er.

Weiter wusste ich auch nicht. »Ich weiß es nicht. Wäre das verrückt? Sie da hinzubringen? Sie sagen, eine Woche, vielleicht zwei, vielleicht aber auch weniger.«

»Und was sollen wir dann machen?«, fragte Jude. »Ich möchte Dash jetzt wirklich nicht aus der Schule nehmen.«

»Ja, natürlich nicht. Mach das nicht.«

»Ich kann ihn aber auch nicht allein lassen. Nicht jetzt.«

»Ich weiß.« Eine Haarsträhne hatte sich in meinen Reißverschluss eingeklemmt, aber ich versuchte gar nicht erst, sie rauszubekommen. Meine Augen tränten, was wohl dem Rauch und der Kälte zuzuschreiben war, aber auch dem Schluchzen, das mich übermannt hatte.

»Ich verstehe nicht, was du damit meinst, Ash.«

»Ich weiß. Ich weiß ja nicht mal selbst, was ich damit meine.«

»Würden Dash und ich uns dann *hier* von ihr verabschieden?«

»Keine Ahnung«, sagte ich. »Könntest du das?«

»Ich weiß nicht«, erwiderte er. »Ich meine, du warst auf unserer *Hochzeit,* Ash. Bis dass der Tod euch scheidet. Ich kann mir einfach nicht vorstellen, sie jetzt zu verlassen – wer wäre ich denn dann?«

»Jude.« Ich beugte mich vor, sodass meine Stirn seine berührte. »Du würdest sie nicht verlassen. Du würdest dein Kind schützen. Edis Kind. Du hast das ›in guten wie in schlechten Zeiten‹ wahrhaft mit Bravour erfüllt. Wir würden sie einfach nur …« – *Was? Was würden wir?* – »… wir würden sie etappenweise verabschieden. In Wechselbesetzung.«

»Das ist irgendwie dein Traum«, zog Jude mich auf. »Sie ganz für dich allein zu haben.«

»Ich weiß! Das wird jetzt auch höchste Zeit!«

»Damit du für sie einen auf edler Ritter machen kannst, wie du das immer schon gewollt hast.« Er lachte, gar nicht mal herzlos. Liebte er mich? Ja. Trieb ich ihn in den Wahnsinn? Auch das. Aber es stimmte, dass ich das Gefühl hatte, da oben in New England festzusitzen, wo ich eigentlich ein ganz glückliches Leben führte, mir aber trotzdem wünschte, ich wäre immer noch bei all denen in New York, mit denen ich aufgewachsen war, und ständig dieses schuldbewusste Sehnen verspürte, Edi näher sein zu wollen. Meine Töchter waren inzwischen fast erwachsen, und mein Mann hatte mich allem Anschein nach verlassen. Ich war in meinem Leben an einem perfekten Moment angelangt, und zum perfekten Zeitpunkt für Edi. Natürlich nicht perfekt im eigentlichen Sinn.

»Du hast mir doch immer schon vorgeworfen, eine Opportunistin zu sein«, sagte ich zu Jude.

»Stimmt!«, erwiderte er nur.

Wir weinten noch ein bisschen und hielten uns mit unseren dick eingemummten Armen umschlungen. Dann zog Jude eine Flasche Handdesinfektionsmittel mit Lavendelduft aus seiner Jackentasche, bedeutete mir, die Hände auszustrecken, und spritzte etwas davon erst auf meine, dann auf seine Hände und zusätzlich auch noch auf seine Haare. Ich schüttelte jedem von uns ein paar Tic-Tacs auf die Hand, und schließlich liefen wir wohlriechend durch die Drehtür, um Edi aufzuwecken und ihr eine Frage zu stellen, aus der wir selbst noch nicht so ganz schlau wurden. Die schlimmste aller Fragen, wie sich herausstellen sollte.

Kapitel 1

Wenigstens schlafe ich nicht mit dem Musiktherapeuten des Hospizes.

Cedar. Er ist vielleicht zwanzig, höchstens fünfundzwanzig Jahre alt und hat eine Stimme wie ein Engel, der eine Handvoll Kieselsteine verschluckt haben muss. Sein Gitarrenkoffer ist mit Aufklebern übersät: ein Smiley, ein Schädel, Drake, Joni Mitchell.

»Wenn du mal berühmt bist, dann werde ich erzählen, dass ich dich schon davor kannte!«, sagte ich einmal, was ein Fehler war. Denn er schüttelte daraufhin den Kopf, und seine babyglatte Stirn überzog sich mit einem kummervollen Kräuseln. Ich hatte ihn völlig falsch eingeschätzt.

»Nein, nein«, widersprach er. »Das hier ist es. Ich mache doch schon, was ich machen will.«

»Ja, klar doch!«, korrigierte ich mich rasch. »Das ist der absolut perfekte Job für dich.«

»Absolut, aber manchmal träume ich, dass mich jemand um einen Song bittet und ich dann sagen muss:

›Moment mal eben, den kenne ich nicht. Den muss ich schnell auf dem Handy recherchieren.‹ Aber während ich dann ›Luck Be a Lady‹ oder etwas in der Art google, sterben sie. Und dann ist das Letzte, was je jemand zu ihnen gesagt hat: ›Moment mal eben.‹«

»Scheiße, Mann, Cedar«, sagte ich.

»Ja, Mann.«

Jetzt sitzt er am Fußende des Bettes und klimpert den Anfang eines Songs. Die Beatles, »Across the Universe«. Edi hat die Augen geschlossen, lächelt aber. Irgendwo da drin ist sie wach. »Cedar«, sagt sie, und er sagt: »Hey Edi«, legt eine Hand auf ihr Schienbein, kehrt dann wieder zu seinem Song zurück und singt, summt die Textstellen, an die er sich nicht erinnert. Mit jedem Einatmen füllt sich mein Herz mit Trauer, und mit jedem Ausatmen lasse ich sie wieder ziehen.

Wir sind jetzt – *Edi* ist jetzt – schon seit drei Wochen im Hospiz *Der gnädige Hirte*. Drei Wochen, das ist eine lange Zeit in einem Hospiz, doch aufgrund dessen, wofür ein Hospiz steht, vergeht sie gewissermaßen wie im Flug. Allerdings ist es ein Kriechflug, wie in der Zeitschleife eines Gruselkabinetts. Wie das Leben mit einem Neugeborenen: Erst kommt das Frühstück, da ist noch alles Friede, Freude, Milcheinschuss, doch dann steht ein ewig langes Füttern und Windelwechseln an, in einer Endlosschleife, die einem eigenartigen Höllenkreis von *beschmutzten Nachthemden* gleicht. Und auf einmal hat dann auch schon wieder der nächste Tag angefangen, und man fragt: »Na, wer möchte Frühstück haben?« Aber hier will *nie-*

mand sein Frühstück haben. Bis auf Edi. »Ohhh. Kann ich Frenchtoast haben?«, hat sie Olga, die ukrainische Krankenschwester, die wir so mögen, heute Morgen gefragt, die das mit einem »Aba natierlich« beantwortet hat.

Als wir sie dort angemeldet haben, ist das Hospiz davon ausgegangen, dass Edi höchstens ein oder zwei Wochen als Gast hier sein würde.

»Für uns ist das hier kein Ort, an den die Menschen zum Sterben kommen«, hatte uns die fröhliche Aufnahmeberaterin mitgeteilt. »Für uns kommen die Leute hierher, um zu *leben!*«

»Um *vor sich hin krebsend* zu leben«, hatte Edi mir zugeflüstert, und ich hatte gelacht.

Wir alle bezeichnen das Hospiz als das Unflätig – sagen so was wie »Ich treffe dich dann im Unflätig« –, weil Edi, die nur halb wach war, als wir das erste Mal darüber sprachen, dachte, das Hospiz würde Der unflätige Hirte heißen. »Unflätig – so wie unanständig oder verdorben?«, hatte sie gefragt.

»Moment mal, was?«, hakte ich nach. Und dann, als ich vor Augen hatte, was sie vor Augen hatte: »Ja. Genau so.«

Es ist schwierig, Zeit in einem Hospiz zu verbringen, weil man ja offiziell am Sterben ist. »Bin ich das denn wirklich?«, fragt Edi manchmal, wenn wir darauf zu sprechen kommen, wie das in einem Hospiz nun einmal unausweichlich passiert. Dann runzle ich die Stirn und zucke mit den Schultern, was einem *Wer weiß das schon?* gleichkommt.

»Sollte mir was zustoßen ...« Damit fängt sie ganz gern mal einen Satz an – über Dash oder Jude, ihre Tagebücher oder ihren Schmuck.

»Was soll dir denn schon passieren?«, frage ich nur.

Sie lacht und sagt: »Ich weiß schon! Aber nur für den Fall.«

Manchmal kommt der Hospizarzt vorbei – der große gut aussehende Mann, den wir Dr. Soprano nennen, weil er James Gandolfini ähnelt –, und dann fragt sie ihn: »Wie sieht es aus, wann komme ich hier raus?« Ihm ist anzusehen, dass er nicht weiß, ob sie scherzt oder nicht, vermutlich, weil sie das tatsächlich nur halb im Scherz fragt.

»Gute Frage«, sagt er dann mit einem Pokerface, durchwühlt ihre Süßigkeitenschale und bricht sich ein Stück von der Schokolade ab, die er so gern mag. »Darf ich?«, fragt er hinterher und fügt noch hinzu: »Wenn es jemand hier rausschafft, dann bist das ganz eindeutig du, Edi.«

Was, um ganz ehrlich zu sein, nicht viel heißt. Das Durchschnittsalter der anderen Patienten liegt gefühlt bei etwa hundertfünfzig. Manche von ihnen sind so alt, ihre Körper so abgenutzt und ausgelaugt, dass man mitunter, wenn man in ihre Zimmer späht, um Hallo zu sagen, nicht einmal sagen kann, ob sie in ihren Betten liegen oder nicht. Sie sind fast ganz platt, wie Papierpuppen, denen etwas Watte als Haare auf den Kopf geklebt wurde. Man erwartet gewissermaßen, dass ihr Geist dem Körper entsteigt wie in einem Zeichentrickfilm.

Eine von ihnen mag es, wenn ich zu ihr komme und

ihre Hand halte. Sie bietet mir dann immer ein Zitronenbonbon aus ihrer speziellen Bonbondose an und fragt: »Bist du direkt vom Schulbus hergekommen?«

»Ja, Ruth! Ich bin direkt zu dir gekommen.« Mein fünfundvierzigjähriges Ich, geradewegs vom Schulbus – mit meinen dunklen Augenringen, der Plantarfasziitis und den Brüsten, die an meinem Torso nach unten hängen wie beigefarbene Kniestrümpfe, in denen keine Beine stecken. Nur ein Hospiz kann einem in Erinnerung rufen, dass körperlicher Verfall etwas gänzlich Relatives ist.

»Ich glaube, ich leide an leichter *Demenz*«, flüsterte Ruth mir einmal entschuldigend zu.

»Ach, bitte. Das tue ich doch auch«, flüsterte ich zurück.

Ruth ist schon etwas über ein Jahr hier, was Edi als Inspiration dient, wie ich weiß, auch wenn sie das selbst nie gesagt hat. Ruth ist hier diejenige, die sich jeden Nachmittag und manchmal auch abends *Der Fiedler auf dem Dach* ansieht. Dabei hat sie die Lautstärke voll aufgedreht, und für ein paar Stunden ist das tagein, tagaus der Soundtrack zu jedermanns Sterben. Man hilft jemandem zu »Jente o Jente« beim Anziehen von Kompressionsstrümpfen oder frischen Unterhosen. Jemand weint in deinen Armen, während Tevje »Wenn ich einmal reich wär« trällert. Oder aber »Jahre kommen, Jahre gehen« ertönt, und man schwankt zwischen Weinen und Lachen, weil ein Kothaufen auf dem Boden liegt und man nicht weiß, ob er von einem Menschen stammt oder von einem der Hunde im Hospiz.

Wir hören die Ouvertüre, Ruth klatscht begeistert, juchzt in ihrem Zimmer, Cedar sagt: »Das ist mein Einsatz«, und packt seine Gitarre in den Gitarrenkoffer. Er küsst Edi auf die Wange, küsst auch mich und zieht leise die Tür hinter sich zu.

»O Gott, Ash«, sagt Edi. Ihre Augen sind immer noch geschlossen. »Du schläfst mit Cedar.«

»Edi! Himmel! Ich bin doch keine Grabräuberin.«

Sie lacht und sagt: »Du wolltest wohl *Wiegen*räuberin sagen.«

»Ach!« Ich schlage mir gegen die Stirn. »Ja natürlich, entschuldige.« Es kommt zu vielen Momenten voll peinlicher Unbeholfenheit in einem Hospiz, wenn man zum Beispiel so etwas sagt wie: »Dieses Eis ist so lecker, ich könnte glatt sterben«, oder: »Puh, ich habe so viel Eis gegessen, ich kann nicht mehr, ich platze gleich«, und dann fällt einem ein, dass ein tatsächlich im Sterben liegender Mensch auch gerade Eis isst, oder aber jemand, der tatsächlich hofft, es würde mit ihm zu Ende gehen.

»Aber er ist schon süß«, kann ich mir nicht verkneifen. »Timothée Chalamet müsste ihn in einem Film spielen.« Edi lächelt und hält drohend den Zeigefinger hoch.

»Mach es bloß nicht.«

»Das würde ich nie«, erwidere ich ganz ernst.

»Hey«, fährt sie mit geschlossenen Augen fort. »Honey kommt nachher hier vorbei. Ich hoffe, das ist okay für dich. Er bringt mir irgendwelches Zeugs.«

Honey ist mein Ex-Mann. Oder das wäre er, wären wir nicht so feige und faul und würden uns tatsächlich scheiden lassen. Das *Zeugs*, das er Edi bringt, kommt von der Apotheke in der Stadt, die ihm gehört. Oder die *uns* gehört, wenn man es genau nimmt.

»Natürlich«, sage ich. »Er lebt fast wieder zu Hause. Ich glaube, er will später vorbeikommen, um Jonah zu sehen.«

»Was, Jonah ist immer noch hier?«

»Meinst du *hier* hier?« Ich bin mir immer nicht ganz sicher, wie viel sie mitbekommt. »Hier im Zimmer? Nein.«

»Nein«, sagt sie und macht die Augen auf. »Das weiß ich. Hier in der Stadt.«

Ihr Bruder kommt an den Wochenenden von New York hierher, und für gewöhnlich ist er am Montag wieder weg. Doch diese Woche bleibt er ein paar Tage länger und arbeitet von mir zu Hause aus, um ein paar mehr Besuche im Unflätig unterzubringen.

»Ja. Er ist heute Morgen da gewesen. Aber da warst du wohl etwas abwesend. Wegen der Medikamente.« Sie nickt und schüttelt dann genervt den Kopf. Sie erinnert sich nicht daran.

»Scheiße, Mann!«, flucht sie. »Das ist alles so beschissen!«

Ich stelle mir ihr Gehirn wie eine Bar vor, in der ihre Gedanken und Erinnerungen eine letzte Runde trinken. Es ist Sperrstunde, doch man muss noch nicht nach Hause gehen, kann allerdings auch nicht hierbleiben. Ich entwirre ihre Schläuche und Kabel, hänge sie an den Infusionsständer hinter ihr und krabble zu ihr ins Bett.

Ein paar Tränen quellen aus ihren geschlossenen Augen hervor.

»Das ist es«, sage ich, lege den Kopf auf ihr Kissen. Ich berühre eine Träne mit der Fingerspitze und presse die Fingerspitze auf meine Lippen. »Total beschissen.«

Kapitel 2

Jonah und ich reden über das, worüber wir immer reden – über Erfindungen, die Edi retten könnten. Immer wieder hört man von Menschen, die an Krebs sterben, und es ist durchaus nachvollziehbar, weshalb man nicht allzu viel darüber nachdenken will. Bis das mit Edi passierte, habe ich mich niemals gefragt, woran diese Menschen letztlich starben. Tatsächlich ist es nämlich nichts Abstraktes, das jemanden umbringt – es ist nicht etwa das Wort *Krebs* oder die Tatsache, Krebs zu haben, die gellend und mit erhobener Axt über einen herfällt. Es ist der Zusammenbruch des Körpers, seiner spezifischen Organe und Funktionen.

Wie die meisten Menschen mit Eierstockkrebs wird Edi sterben – *wenn* sie denn stirbt! –, weil ihre Eingeweide aufhören zu arbeiten. Was sie zu guter Letzt umbringen wird, sind (Achtung, Spoiler!) ein Darmverschluss, Malabsorption und eine katastrophale Elektrolytstörung, auf die Nieren- oder Leberversagen folgt.

»Es geht doch einfach nur darum, eine kaputte Leitung zu reparieren«, sagt Jonah zu mir. »Verdammt, man könnte doch meinen, dass es dafür inzwischen eine App geben müsste.«

»Ich würde gern die superschlauen Köpfe am MIT darauf ansetzen«, überlege ich laut. »Kann ich den Studierenden nicht einfach eine Mail schicken? ›Wettbewerbsausschreibung! Erfinde einen Herzschrittmacher, aber nicht für das Herz, sondern für die Eingeweide! Gewinne einen Geschenkgutschein für Bubble Tea!‹«

»Genau«, meint Jonah. »Du könntest Jules doch fragen.« Jules, meine älteste Tochter, studiert im zweiten Jahr Ingenieurswissenschaften am MIT. »Da könnte aber ein ganz schöner Druck entstehen«, meint er noch, und ich stimme ihm seufzend zu.

Jonah, der mehr seufzt als alle, die ich sonst kenne, seufzt ebenfalls – niemals lässt er einen meiner Seufzer unbeantwortet – und rollt sich nackt auf den Rücken. »Edi wird uns umbringen«, sagt er, wie er das sagte, als wir Teenager waren.

Und wie damals, als wir Teenager waren, halte ich dagegen: »Nicht, wenn sie es nicht herausfindet.«

Jelly, die Katze, klettert auf Jonahs Brust und starrt ihn an, ohne zu blinzeln. »Sie hat mich vorhin schon mal so verstörend angestarrt«, sagt er.

»Ja. Sie mag es nicht, wenn du hier so herumgrunzt. Hätte sie Finger, würde sie dir den Mittelfinger zeigen.«

Der Türknauf quietscht, hastig ziehen wir das Laken zum Kinn hoch, die Katzen flüchten vom Bett, und dann platzt Belle, meine Siebzehnjährige, ins Zimmer herein und bleibt wie erstarrt in der Tür stehen.

»O Gott, Mom, das ist ja ekelhaft!«, ruft sie. Dann fügt sie noch hinzu: »Ist nicht böse gemeint, Jonah.«

»Das habe ich auch nicht so aufgefasst«, sagt er.

»Du sollst mich doch nicht als Schlampe hinstellen«, schimpfe ich.

Sie lacht, ehe sie erwidert: »Der Punkt geht an dich«, dann reicht sie mir eine Bescheinigung von der Schule, die ich unterschreiben muss. Ich richte mich vorsichtig auf, behalte das Laken um meine tragischen Brüste gewickelt, um sie nicht noch weiter zu deprimieren.

»Hast du nicht schon in der fünften Klasse einen Ausflug zu einer Kläranlage gemacht?«, frage ich.

Sie zuckt mit den Schultern. »Ich will einfach nur eine Runde im Bus dösen«, meint sie, schnappt sich den unterschriebenen Zettel, hebt Jelly hoch und ist wieder aus der Tür, ruft uns aber noch zu: »In zwanzig Minuten gibt's Abendessen. Enchiladas. Vergiss nicht, dass Dad kommt. Und schließ einfach die verdammte Tür ab.«

»Danke!«, rufe ich ihr hinterher, sehe dann zu Jonah und ziehe eine Grimasse.

»Ist das peinlich!«, stößt er aus.

»Stimmt. Glaubst du, dass ich eine schlechte Mutter bin?«, frage ich, und Jonah rollt sich wieder auf die Seite und lächelt mich an.

»Vielleicht?«

Ich höre Belle in der Küche hantieren, kann aber nicht sagen, ob es das normale Klappern ist – das unvermeidliche Geräusch, wenn das Abtropfsieb ins Spülbecken gestellt wird – oder ob es vielmehr ein spitzes *Meine Mutter ist so eine widerliche Schlampe*-Geklapper ist. Doch in meinem Schlafzimmer ist die Decke abgeschrägt und niedrig, hier ist es gemütlich, und der Geruch von Kreuzkümmel weht tröstend herein.

»Ach ja«, sage ich nur, und Jonah lacht.

Ich bin mit Jonah befreundet, seit ich mit Edi befreundet bin, seit Edi und ich im Kindergarten damit beauftragt wurden, uns um Vinnie zu kümmern, die Venusfliegenfalle im Gruppenraum. Wir gaben ihr etwas Wurst von unseren Sandwiches und sangen ihr das jüdische Volkslied »Dona, Dona« mit so viel bebendem Vibrato vor, dass wir weinen mussten. Die Venusfalle wurde von den Wurststücken immer dicker, dann schwarz und fiel schließlich ab, und eines Tages kamen wir dorthin, und Vinnie war weg. Stattdessen stand ein Geldbaum an ihrem Platz auf der Fensterbank. »Nur Wasser für diese hier«, sagte unsere nette Erzieherin, doch da war ich schon bei Edi zu Hause gewesen und hatte ihren bellenden Deutschen Schäferhund Zeus und ihren dunkelhaarigen älteren Bruder Jonah kennengelernt und mich Hals über Kopf in alle verliebt.

Ich hatte das Glück, zusammen mit einer besten Freundin auch einen großen Bruder zu bekommen. Die Sorte Bruder, die man letztlich flachlegt, aber wir hatten wirklich viele, sehr viele züchtige Jahre, bevor das passierte, das schwöre ich. Da ging es nur um Vier gewinnt und *Gilligans Insel.* Um Pizzastücke für fünfzig Cents,

Hotdogs von Sabrett, ebenfalls für fünfzig Cents, Süßkram von Chuckles für sechzehn Cents und die gesamten ersten acht Serien der Wacky-Pack-Sammelkarten, die so herrlich nach dem erfrischenden Wintergreen-Kaugummi dufteten. Damals kam es mir nicht einmal in den Sinn, Jonah auch nur anzusehen. Das ist so was von gelogen! Ich war total in ihn verknallt, schon die ganze Zeit – und ja, ich habe Edi dabei ertappt, wie sie mich manchmal etwas eigenartig angesehen hat. Trotzdem waren wir ein glückliches Trio, und unsere *Nichtshinterfragen-nichtssagen*-Methode des Verheimlichens und Vertuschens funktionierte über viele Jahrzehnte hervorragend.

Inzwischen hat Jonah keine Haare mehr auf dem Kopf, doch seine dichten, buschigen Augenbrauen glänzen kastanienbraun im letzten Abendlicht.

»Deine Augenbrauen«, sage ich bewundernd.

Er fährt mit dem Finger über eine, lässt sie dann anzüglich wackeln und fragt: »Magst du das?« Danach setzt er sich auf und beugt sich nach hinten, bis sein Rücken knackst. »Es ist ganz schön anstrengend für mich alten Knaben, Zeit mit dir zu verbringen«, sagt er, ehe er aufsteht und sich wieder in seine farblich aufeinander abgestimmten Designer-Klamotten wirft.

Er managt einen Hedgefonds, und ich habe mir nie die Mühe gemacht, in Erfahrung zu bringen, was das, mal abgesehen davon, die Armen zu beklauen, wie ich annehme, eigentlich bedeutet. Ich stelle mir immer eine echte Hecke vor – einen Formschnitt wie ein Dollarzeichen, dazu Jonah, der mit einer Heckenschere daran arbeitet, und schwere Säcke voller Geld, die vom wolkenlosen Himmel auf ihn herabregnen.

Das beschreibe ich ihm jetzt, und er erwidert: »Genau so sieht es aus«, dann deutet er auf seinen grauen Kaschmirpulli, seine Designer-Jeans und meint: »Das alles könnte dir einmal gehören.«

Ich ziehe den schäbigen My-Little-Pony-Kapuzenpullover an, den ich von Belle gemopst habe, und erwidere: »Eines Tages ganz bald sogar, weil ich nämlich alles verstecken werde, ehe du wieder gehst.«

Unten bereitet Belle einen ihrer für sie typischen Salate zu, viele feste, komplizierte Gemüsesorten, aufgereiht auf dem Schneidbrett. »Winter in New England«, sagt sie immer ganz belehrend, »ist nicht die Zeit für Kopfsalat.« Stattdessen ist es augenscheinlich wohl eher die Zeit für riesige Rettiche, dreckige Kohlrüben und solche mit lila Spitzen, alles wird geschrubbt, klein geschnitten und dann mit einer scharfen Soße aus Zitrone und Chili angemacht, was sehr überraschend und erfrischend lecker schmeckt.

»Was kann ich machen?«, frage ich. »Abgesehen davon, die Kerzen anzuzünden?«

Sie bittet mich, Schmand in eine Schale zu geben, eine Handvoll Koriander zu waschen und klein zu schneiden und vier Teller in der Mikrowelle anzuwärmen, und das mache ich dann auch. Im Fenster über dem Küchentisch ist noch immer etwas blasses rosafarbenes Tageslicht unter dem dunkelblauen Abendhimmel zu sehen. Ich mache Belle darauf aufmerksam.

»Mom«, sagt sie, während sie die Rüben in der riesigen Salatschüssel aus Holz durchknetet, »können wir bitte nicht zum hunderttausendsten Mal unsere *Es ist Februar und die Tage werden wirklich länger*-Unterhaltung der Woche führen? Ja, die Tage werden wirklich länger.«

»Entschuldige, dass ich so fröhlich bin«, erwidere ich, und sie zeigt mir den Mittelfinger, ehe sie die Topfhandschuhe anzieht und die Enchiladas aus dem Ofen holt, die so gut duften, dass ich tatsächlich bereit wäre, sie als letztes Mahl zu mir zu nehmen und danach zu sterben. (Also aber natürlich nicht *wirklich!*) Mir wird jedenfalls klar, dass ich hungrig bin. Gut möglich, dass ich den ganzen Tag über nichts gegessen habe.

»Du bist eine perfekte Tochter«, sage ich ehrlich und drücke Belle einen Kuss auf die Schläfe, an der ihre kurzen dunklen Haare büschelweise elektrisiert abstehen.

»Danke«, erwidert sie lächelnd und windet sich rasch aus meiner Umklammerung.

Ihre Kochkünste verdankt Belle ihrem Vater, der immer für uns kochte, ehe er uns verließ. Von Zeit zu Zeit kocht er bei uns, auch jetzt noch, aber er betreibt nicht mehr die Cateringfirma, die er fast unser ganzes Eheleben über führte. Zu dieser Firma gehörte, abgesehen von dem Geld, das sie einbrachte, dass ich den Fahrdienst für die Kinder mit einem Lieferwagen übernehmen musste, auf dessen Seiten in flammenden Lettern FRISCH AUS HELL'S KITCHEN zu lesen war (er änderte den Namen später in das freundlichere Schmausefalle). Ebenso bestand der Großteil unserer Mahlzeiten aus den Resten von Hochzeits- und Bar-Mitzwa-Feiern.

Unsere Kinder wuchsen in dem Glauben auf, dass ausgefallene Vorspeisen ganz alltägliches Essen waren.

»Was ist das überhaupt?«, fragte ein anderes Kindergartenkind Jules eines Tages hinsichtlich des rätselhaften Inhalts ihrer Brotbox, und wie die Erzieherin mitteilte, habe Jules das mit »gefüllte Portobello-Törtchen« beantwortet. »Gefüllt mit was?«, habe das andere Kind gefragt, und Jules habe die Pilztörtchen in ihrer kleinen Hand kritisch beäugt, dann mit den Schultern gezuckt und »Focaccia mit Rosmarin?« geantwortet.

»Endivie passt zu allem und jedem«, lautete damals eines von Honeys Mantras, und die Kinder löffelten Forellenmousse oder Granatapfel-Ziegenkäse-Creme mit den süßlich-bitteren Blättern, weil es das nun einmal bei uns gab. Sie aßen geräucherte Jakobsmuscheln als Snack nach der Schule, piekten sie mit Zahnstochern auf, tunkten sie in ein Rettich-Aioli und stießen dabei ein genüssliches *Mhmmm!* aus. In Sachen Essen ging es uns sehr gut. Und wahrscheinlich auch in anderer Hinsicht, um ganz ehrlich zu sein.

Jonah kommt die Treppe in Socken nach unten gepoltert, genau dann, als Honey die Küchentür aufstößt und ein Schwall kalter Luft mit ihm hereinweht.

»Das stand vor der Tür«, sagt er und reicht mir einen Karton. Es ist der Metallkrug, den ich für Edi bestellt habe. Sie ist immer so durstig, und ich bin zu faul, um ihr Glas jedes Mal in der Küche aufzufüllen, wie es vorgeschrieben ist. Ein Zettel mit der Aufschrift MONTAGE-ANLEITUNG flattert aus dem Karton, und ich hebe ihn auf, während Jonah und Honey sich umarmen und Belle sich über meine Schulter beugt, um einen Blick darauf zu erhaschen. Die Anweisung besteht einfach nur aus einer Abbildung des Krugs, auf die ein Pfeil zeigt.

Belle lacht. »Das ist so was von superqueer!« Sie hat das Wort *queer* bereits für sich eingefordert, um ihre eigene Sexualität zu beschreiben – doch sie scheint es *erneut* einzufordern, um es als alltäglichen Ausruf zu gebrauchen. Sie befestigt den Zettel mit einem Magneten am Kühlschrank, lässt Indigo Girls über Spotify laufen und scheucht uns alle an den Tisch.

Die Enchiladas sind dunkelrot, duftend, scharf und einfach köstlich, Käse quillt aus ihnen heraus und tropft in die Pinto-Bohnen, die Belle mit Lorbeerblättern und Zwiebeln angeschwitzt hat.

»Das ist fantastisch«, schwärme ich, und Jonah und Honey stimmen mir zu. Ich liebe die Menschen, die um diesen Tisch herumsitzen, so sehr, das Essen ist so gut und Edi so krank, und außerdem vermisse ich Jules, auch wenn sie nur eineinhalb Stunden von hier entfernt wohnt. Dazu das wunderbar changierende Licht! Meine erbärmliche Ehe! Der Rotwein, der Kerzenschein und aus den Lautsprechern ertönt »Galileo«. Ich könnte einfach nur heulen.

»Ich könnte gerade einfach nur heulen«, sage ich dann auch, und alle nicken, vermutlich, weil ich gleich heulen *werde* – eine Wendung der Ereignisse, die keinen hier sonderlich überrascht.

Belle tätschelt meinen Arm und sagt: »Alles gut«, wie man das sagen würde, wenn man einem weinenden Kind ein Pflaster über einem unsichtbaren Papierschnitt anbringt, und ich muss lachen.

Honey bringt uns auf den neuesten Stand von Edi, wie uns das zur Gewohnheit geworden ist: Derjenige, der als Letzter bei ihr war, muss allen anderen jedes kleinste Detail erzählen, was er gehört oder festgestellt hat. Es gibt keine bahnbrechenden Neuigkeiten. Sie habe müde ausgesehen, verkündet Honey, was irgendwie redundant ist. Sie habe im Sessel am Fenster sitzen wollen, doch nachdem sie zweimal vergeblich versucht habe, die Beine über den Rand des Bettes zu schwingen, habe sie ihre Meinung geändert und sich wieder hingelegt. Sie habe ein paar Bissen der von Olga als *Nudelborschtsch* bezeichneten Minestrone gegessen und zusammen mit ihm zugesehen, wie die Minestrone durch ihre palliative Gastrotomie floss, ihre PEG-Sonde – durch die ihr Mageninhalt abfließt, damit sie sich nicht erbrechen muss (eine PEG-Sonde beobachten ist das neue *Naked Survival – Ausgezogen in die Wildnis,* wie Jonah das gern umschreibt). Sie haben ihren PICC-Katheter gewechselt. Dann habe sie THC-Gummibärchen gegessen, mit Dash und Jude gesprochen, wegen Dash geweint. Und geschlafen.

»Tut mir leid, mein Schatz.« Mit diesen Worten richtet sich Honey an Belle. Ich empfinde genauso. Es verlangt einem Teenager sehr viel ab, sich eine Unterhaltung anhören zu müssen, die ziemlich uninteressant, gleichzeitig aber auch schrecklich traurig ist, als würde jemand erzählen, er habe Golf gespielt, aber im Traum, während gleichzeitig das »Requiem« von Mozart ertönt.

»Also bitte«, sagt Belle. »Worüber sollen wir denn sonst reden? Darüber, dass die Stachelschweine den Mais futtern? Es geht mir gut. Wirklich, alles okay.« Dann fügt sie noch hinzu: »Also, natürlich nicht *alles,* ihr wisst schon.«

Jonah steht auf, zieht seine teuren, festen Winterstiefel an – er geht für eine Weile ins Unflätig –, und ich räume den Tisch ab, während Belle die Reste der Enchiladas in eine Tupperdose packt.

»Nimm die hier für Edi mit, okay?«, bittet sie Jonah.

»Danke. Da wird sie sich freuen.«

Honey fragt Belle, ob sie ein Spiel spielen will, ehe er geht. »Dutch Blitz? Kniffel? Astragaloi?«

»Nein, danke, aber nett, dass du gefragt hast, Dad. Ich sollte besser meine Mathe-Hausaufgaben machen.« Sie küsst ihn auf die Wange und verschwindet nach oben. Sie ist immer schrecklich lieb zu Honey, was ich zu schätzen weiß. Es ist wohl nur fair, dass sie die Momente, wenn ihr Temperament mit ihr durchgeht, sie die Krallen ausfährt oder zu einem ungestümen Tornado wird, für mich aufbewahrt. All die scharfzüngigen Kobras, die fauligen Halloweenkürbisse und die überlauten Talkshowgäste ihrer Seele. Moment. Ist das *wirklich* fair? Ganz so sicher bin ich mir tatsächlich nicht.

Honey fragt mich, ob ich möchte, dass er bleibt oder geht, und ich sage ihm, dass ich einfach nur keine Entscheidung mehr treffen möchte, also schenkt er uns Wein nach, und wir setzen uns zusammen auf das Küchensofa.

Jelly verpasst seinem Kinn Kopfstöße wie eine Ziege, dann rollt sie sich auf seinem Schoß zusammen, und Thumper, unsere zweite Katze, streckt sich mit dem Bauch nach oben neben ihm aus. Honey streichelt die Katzen und singt ihnen Bob Marleys »One Love« vor – er tauscht nur das Wort *Love* gegen *Cat* aus.

Ein paar silberfarbene Strähnen blitzen in Honeys dunklem Haar auf, das ihm über die Stirn und ins Gesicht fällt, wo es sich mit dem Bartansatz vom Tagesende vermischt. Er trägt noch immer die kleine silberne Kreole, die ich ihm ganz zu Beginn unserer Beziehung geschenkt habe. Er trägt noch immer seinen Ehering. Die Liebe, die ich für ihn empfinde, fühlt sich an wie etwas, das sich unter meinem Rippenbogen zusammenkrampft.

»Das war so lange Zeit mein Zuhause«, sagt er einfach nur, leicht verblüfft, wie etwas, das man sagen könnte, wenn man mit dem Auto durch die ehemalige Nachbarschaft fährt.

»Das ist es immer noch, Hon.« In Wirklichkeit ist es das aber nicht mehr. »Es tut mir leid«, füge ich hinzu.

»Es ist, wie es ist«, meint er nur und ergreift dann meine Hand – seine große, warme, vertraute Hand – und legt unsere Hände auf die Katze.

»Ich bin immer da«, sagt er. Und er könnte damit meinen, hier, in seinem alten Zuhause, was durchaus auch stimmt – denn er ist wirklich die ganze Zeit hier. Er könnte damit aber auch meinen, hier, für mich da, was jegliches eheliche Versprechen beinhaltet, was ebenfalls zutreffend ist.

»Ich weiß«, murmle ich. »Aber ich bin so müde.«

Bei seinen nächsten Worten klingt seine Stimme ganz belegt: »Ach Ashley.« Mehr sagt er nicht.

Kapitel 3

Cedar kommt in Edis Zimmer. »Oh, shit, sorry! Entschuldigung!«, prompt tritt er den Rückzug an und will schon die Tür hinter sich schließen.

Edi und ich rufen gleichzeitig verschiedene Versionen von: »Nein, nein, alles gut! Komm rein! Wir sind fertig.«

Ich knie gerade mit eingeschalteter Stirnleuchte rittlings über Edi im Bett, um ihr so die Haare am Kinn auszuzupfen, doch jetzt springe ich rasch herunter, werfe die Pinzette in meine Tasche und ziehe mir einen Stuhl ans Bett.

Gräulicher Schneeregen prasselt ans Fenster, und Cedars Haare sind klatschnass. Ich vermute mal, dass er mit dem Rad hergekommen ist, aber ich versuche, ihn nicht wie eines meiner Kinder zu behandeln, also stelle ich keine Fragen. Aus der Küche weht der Duft von Pancakes herein. Ein paar Freiwillige bereiten Frühstück für alle diejenigen zu, die hier noch etwas essen. Es ist Nachmittag, aber im Unflätig ist niemand hinsichtlich der Konventionen, die gemeinhin als morgens, mittags, nachts oder sonstige Zeitspezifika gelten, sonderlich wählerisch.

»Irgendwelche Wünsche?«, fragt Cedar und holt seine Gitarre aus dem Koffer.

Edi rutscht im Bett etwas nach oben, streicht sich eine Strähne aus dem Gesicht und sagt: »Ooooohhhh. Das ist jetzt wahrscheinlich ein bisschen weit hergeholt. Aber kennst du vielleicht ›April Come She Will‹?«

»Kenne ich nicht«, sagt Cedar. »Aber ich kann es googeln.« Er wirft mir einen flüchtigen Blick zu, und ich mime das Gesicht von *Der Schrei,* woraufhin er schnell wieder wegsieht, schmunzelt und sein Handy aus der Hosentasche zieht. »Simon und Garfunkel. Gefunden«, verkündet er und klimpert einen Moment lang auf seiner Gitarre herum, dann singt er es für uns, hält immer mal wieder inne, während er den Songtext weiter nach unten scrollt.

Ich muss daran denken, wie ich einmal bei Edi zu Besuch war, als wir zehn waren und gerade mit unseren beiden identischen Snoopy-Stofftieren spielten – sie waren krank oder heirateten, vielleicht auch beides –, und dann stand auf einmal Jonah in der Tür. Er sah richtig gut aus in seinem Krokodil-Shirt und dieser Andeutung eines Schnurrbarts, und er hielt einen Kassettenrekorder in der Hand. Außerdem war er wütend.

»Hast du das gemacht?«, fragte er und drückte auf PLAY, dann hörten wir ihn kurzzeitig in gebrochenem Hebräisch singen – *Barukh ata Adonai, eloheinu melekh ha-olam* –, ehe der Gesang abbrach und stattdessen Edis

Stimme erklang, wie sie inbrünstig »Maybe« aus *Annie* schmetterte. »Hast du dich selbst aufgenommen und dabei meine Haftara-Übungskassette überspielt?«

Ungerührt sah Edi ihn an und sagte ganz ruhig: »Natürlich nicht.«

Cedar spielt eine Weile für Edi, und ich bringe mich über das Handy auf den neuesten Stand. Ich habe einen automatisierten Anruf von Belles Schule erhalten, der mich über ihre Abwesenheit informiert.

»DA HAT JEMAND EINEN HAARBALL AUF DER COUCH HERAUSGEWÜRGT«, hat Belle mir getextet, und ich schreibe ihr zurück, wenn sie in der Schule wäre, wo sie eigentlich sein sollte, müsste sie sich nicht mit diesem Problem herumschlagen. »Warum bist du nicht in der Schule?«, füge ich noch hinzu und bekomme von ihr ein zweideutiges Emoji mit Heiligenschein zugeschickt.

»Neue Idee: ein Restaurant namens Kalium!«, hat Jonah geschrieben. Denn seit Neuestem sind Edis Kaliumwerte schrecklich niedrig. »Auf der Speisekarte stehen Muscheln, Bananen und Trauben.«

»Gute Idee«, schreibe ich zurück.

Postwendend trifft von Jonah erneut ein »Kalium!« ein.

Dann eine Nachricht von Edis Vater, der in seiner Wohnung in Florida ist. »Schreib mir, wenn ihr einen Notfall habt.«

»Weißt du, was ein Hospiz ist?«, schreibe ich, lösche es dann aber wieder. »Ein Notfall *im Hospiz*? Wenn es brennt?«, schreibe ich, lösche aber auch das wieder. »Okay«, tippe ich dann und drücke auf SENDEN.

»Was ist verdammt noch mal ein Stufenfalz?«, schreibt Belle, und ich antworte ihr, dass sie den Fernseher ausschalten und in die Schule gehen soll. *Wenigstens sieht sie sich normale Fernsehsendungen an!,* denke ich, was eigenartig ist.

Ihre Schwester hat mir unterdessen ein paar bunte Herzen geschickt. »Ich denke gerade an dich«, hat sie dazugeschrieben.

Ich schicke ihre eine lange Reihe voller X und O zurück.

»Hey Jude«, schreibe ich, wie ich das nun mal gern mache, und bekomme umgehend ein augenrollendes Emoji von Jude zugeschickt.

Edi döst weg, dann schläft sie ganz ein, während Cedar den David-Bowie-Song »Heroes« spielt. Das ist einer von Edis absoluten Lieblingssongs. Nach ihrer ersten Operation habe ich ein Banner mit der Aufschrift WE CAN BE HEROES gemacht, wobei jeder Buchstabe auf einem kleinen Wimpel stand, und sie hat es in ihrem Krankenzimmer aufgehängt.

»Debulking?«, sagte sie ungläubig hinsichtlich der Prozedur für das Entfernen ihres Tumors. »Echt jetzt? Sie wollen was machen? Einfach ein bisschen was von oben abkratzen? Das ist nicht gerade der *optimistischste* Name.« Damals versuchten wir noch, zu verstehen, was aus ihrem Leben werden würde. Aber wir sind wohl noch immer damit beschäftigt, das zu verstehen.

Ich schleiche mich zusammen mit Cedar aus dem

Zimmer, als er fertig ist. Olga ist auf dem Gang und hält eine Schere hoch, als sie mich sieht. »Machchst du Pflege. Kannst du machen das?«

»Ich kann! Also, wahrscheinlich schon, was auch immer das ist.«

»*Chaare* schneiden?«

»Deine?«, will ich wissen.

Daraufhin lacht sie, fährt sich beschützend über ihren schicken blonden Helm und stellt klar: »Nein. Nein! Junior. Für Feier.«

»Sicher«, sage ich. »Gern.« Eigentlich sollte ich wohl besser nach Hause düsen und etwas arbeiten, aber ich hatte eine ukrainische Großmutter, also ist es mir wichtig, dass Olga mich ganz besonders mag. Nun ja, Olga und jeder andere Mensch auf dieser Welt.

»Komm«, sagt sie. Ich folge ihr zwei Türen den Gang hinunter, wo Junior im Rollstuhl neben dem Fenster sitzt und die Rotkardinale am Futterhäuschen beobachtet. Wie Ruth ist auch Junior schon seit über einem Jahr hier. »Eigentlich ist er am Sterben«, hatte mir Doktor Soprano erklärt. »Aber seiner Versicherung wäre es wohl nicht unrecht, wenn er sich etwas mehr hinter dieses Projekt klemmen würde.« Heute hängt ein Luftballon an seinem Stuhl, und er trägt eine glitzernde Tiara auf dem Kopf. Sein blaues Hemd ist gebügelt und frisch, steckt ordentlich in seiner Pyjamahose.

»Hallo, Junior«, begrüße ich ihn. »Ich bin's, Ash. Edis Freundin. Ist heute dein Geburtstag? Alles Gute zum Geburtstag!«

»Dir auch alles, alles Gute«, sagt er.

»Er wird heute *einchundert*«, teilt mir Olga mit.

»Einhundert!«, rufe ich.

Junior fragt: »Einhundert was?«

»Einhundert Jahre alt.«

»Das bist du nicht!«, ruft er. »Das kannst du nicht sein!«

Ich lache. »Du«, sage ich dann.

»Ich was?«

»Du bekommst einen neuen Haarschnitt.«

»Ja«, sagt Junior. »Nur ein bisschen kürzen. Ich will nicht zu viele Haare lassen.«

»Nicht zu viele Haare lassen!«, sage ich lachend.

»Ja«, sagt er einfach nur.

Ihr macht mich hier fertig.

Die Menge Haar auf Juniors Kopf lässt sich nur schwer unterschätzen. Es ist wie der Flaum eines kleinen Entenkükens, allerdings ist es ein Entenküken mit Bürstenschnitt und Haarausfall.

»Kleinen Moment bitte«, entschuldige ich mich, verschwinde kurz und hole ein Laken aus dem Warmhalteschrank, breite es aus und lege es schwungvoll um seine Schultern. Vorsichtig nehme ich ihm die Geburtstagskrone ab. Seine Haare fühlen sich wie Spinnweben unter meinen Fingern an.

Junior lächelt und meint: »Hätte ich gewusst, dass du kommst, dann hätte ich die Zähne reingemacht.«

»Also bitte«, sage ich. »Zähne sind völlig überbewertet.«

Ich schneide ganz behutsam, achte darauf, ihm nicht aus Versehen ein Stück von einem seiner papiernen, blassen Ohren abzuschneiden.

»Wie lange arbeitest du schon als Frau als Herrenfriseur?«, fragt er.

»Noch gar nicht lange! Abgesehen davon, dass ich schon immer eine Frau gewesen bin. Aber ich lerne schnell.« Ich mache viel Wirbel darum, seine Seiten anzugleichen. Als ich ihn zum Spiegel fahre, damit er sich ansehen kann, kneift er die Augen zusammen und berührt seinen Kopf.

»Und, was denkst du?«

»Worüber?«

»Keine Ahnung. Über alles, denke ich mal.«

»Schenk der Welt ein Lächeln, dann lächelt sie mit dir«, verkündet er, dann strahlt er mich im Spiegel an, sein Mund eine vergnügliche Höhle, die sich durch sein fehlendes Gebiss auszeichnet.

Olga kommt zurück und lobt: »Schöne *Chaar*schnitt! Wie in echchte Salon! Ich chole Besen!« Mein Blick schweift über den Boden, auf dem etwa ein Viertel Teelöffel voll Flaum herumliegt. Ich stelle mir vor, wie ich es mit den Fingerspitzen einsammle, in einen Umschlag stecke und die Haarspende an die Organisation Locks of Love schicke. *Gern geschehen!*, könnte auf dem Begleitschreiben stehen. *Nicht alles auf einmal verbrauchen! Hahaha!*

»Mein Geldbeutel liegt auf der Kommode«, sagt Junior.

»Das geht aufs Haus. Zu deinem Geburtstag.«

Er bedankt sich bei mir, wirft mir eine Kusshand zu und winkt zum Abschied.

Ich spähe in Edis Zimmer, sie hat die Augen geschlossen, aber sie stöhnt. Ich setze mich auf den Bettrand. »Eds«, flüstere ich. »Ist alles okay?«

»Ja, es geht mir gut.« Dann stöhnt sie noch ein bisschen.

»Aber du *stöhnst.*«

»Tue ich das?«, murmelt sie und fügt dann verlegen an: »Wohl schon.«

»Hast du Schmerzen?«

Wieder stöhnt sie. »Nicht wirklich«, dann macht sie die Augen auf.

Selbst im Hospiz, wo ihre Zähne mit jedem Tag größer werden, weil der Rest ihres Gesichts immer mehr schwindet, sieht Edi aus wie ein italienischer Filmstar: dunkle Augen, dunkle Augenbrauen und ein Lächeln, das vermutlich auch die Leute noch blendet, die zwei Städte von hier entfernt wohnen, – wahrscheinlich müssen sie sich schützend die Hand vors Gesicht halten und wundern sich, woher das Strahlen kommt, dabei ist es Edis Lächeln. Sie trägt ein altes Talking-Heads-T-Shirt von Jonah, und ihr Schlüsselbein steht oben heraus, wie, na ja, wie *Knochen* das nun einmal tun. Es ist wohl kein Zufall, dass man den Menschen, je näher sie dem Tod kommen, immer mehr ansieht, dass sie nichts als Skelette in einem ausgeklügelten, fleischlichen Wartezimmer sind.

Doch jetzt gerade lächelt sie nicht. »Ich mache mir Sorgen, ich hätte nicht hierherkommen sollen«, sagt sie.

»Ins Unflätig?«, frage ich.

»Ja.«

Ich nicke.

»Ich sollte in Brooklyn sein.« Dort sind Jude und Dash. Dort lebt Edi. Dort *lebte* sie? Lebt. *Lebte.*

»Rede mit mir«, bitte ich, doch sie schüttelt den Kopf und weint nur ein bisschen.

Ihr vorzuschlagen, dass sie hierherziehen soll, ist so schrecklich gelaufen, wie man es sich nur vorstellen kann. Edi hatte nur geweint – zuerst bei der Erwähnung des Hospizes, dann bei der Vorstellung, Dash zu verlassen.

»Das kann ich nicht machen«, schluchzte sie. »Das werde ich nicht machen.«

Wir nickten und beschwichtigten: »Aber natürlich, okay«, saßen ganz belämmert und verzweifelt da, während sie immer mal wieder wegschlummerte und dann erneut aufwachte. »Wir müssen uns einen Plan B überlegen«, sagte Jude, und ich stimmte ihm zu. Aber das machten wir nicht. Irgendwann war es dann richtig spät geworden. Jude schlummerte, und ich packte meine Sachen zusammen, um zu gehen.

Da wurde Jude wieder wach. »Hey, nimm dir ein Taxi zu deinen Eltern, ja?«

»Okay.«

»Ash«, sagte er müde.

»Was?«

»Nimmst du doch die U-Bahn?«

Natürlich würde ich die U-Bahn nehmen! Wer war ich – Bill Gates?

Edi machte die Augen auf und sagte entschlossen: »Okay.« Sie bezog sich damit jedoch nicht auf mein Transportmittel. Sie trank einen Mini-Tetrapack Apfelsaft in einem Zug leer und verkündete: »Bring Dash morgen hierher, danach gehe ich. Ich möchte nicht darüber sprechen.«

Also umarmten wir sie nur schweigend. Wir hielten sie fest, während der größte Verlust ihres Lebens – der größer war als der tatsächliche Verlust ihres eigenen Lebens – bleischwer in sie hinabsank.

»Dash ist erkältet«, sagt Edi jetzt. Das hatte Jude mir bereits erzählt, der mir ein Foto von Dash mit seiner kleinen roten Nase und einem witzigen und absolut übertriebenen Stirnrunzeln geschickt hatte.

»Arme Schnupfennase.«

Doch Edi schüttelt wieder den Kopf. *Nein.* »Ich bin nicht *dort*«, sagt sie. »Ich bin nicht da, um sein Ei zu verrühren oder ihm einen Kuss auf die Stirn zu drücken. Mein Baby. Ich werde *nicht da sein.* Sein ganzes restliches Leben über wird er krank sein, ohne dass ich bei ihm bin. Wie kann das sein?« Sie bricht in Tränen aus und hört gar nicht mehr auf, zu weinen. Unbeholfen beuge ich mich über das Bett, um sie irgendwie festzuhalten, und schniefe dabei auch etwas Rotz in ihre Haare.

»All das Umsorgen«, sage ich. Dann lehne ich mich zurück, um sie anzusehen. Auch ich weine. Weine und rede.

»All das steckt in seinen Knochen. Genau daraus bestehen sein Körper und sein Geist. Die Plazenta, die du aus dem Nichts erschaffen hast, deine Milch, mit der du ihn ernährt hast. All die Pancakes und Pausensandwiches, all das Essen und deine Fürsorge.« Sie sieht mich an, nickt, und obwohl ich gerade panisch werde und total improvisiere, sprudeln die Worte aus mir heraus wie ein Schwall Wasser, als wäre ich ein Schlauch an einem Setting für *Tränenreiches Trösten.* »Alles, was du ihm je zu essen gegeben hast«, sage ich. »Sein ganzes Sein besteht voll und ganz aus deiner Liebe.«

Mein Wortschwall verringert sich zu einem Tröpfeln und versiegt dann ganz. In dem Moment des Schweigens ertönen die ersten Noten von *Der Fiedler auf dem Dach* und Ruths Klatschen. Farah Fawcett, Unflätigs schreckhafte, Musik fürchtende Golden-Retriever-Hündin, saust in Edis Zimmer und versteckt sich hinter der Tür.

»Ash«, sagt Edi. »Ash, es bricht mir das Herz. Ich sterbe.«

»Ich weiß«, erwidere ich und halte mich gerade rechtzeitig davon ab, zu sagen: »Ich auch.«

Kapitel 4

Belle sitzt auf dem Badewannenrand und sieht mir mit einem Ausdruck unverhohlenen Horrors auf ihrem perfekten Gesicht dabei zu, wie ich versuche, meine Akne in den Griff zu bekommen. »Stichst du deinen Pickel am Kinn etwa mit der Nadel von einem Obama-Anstecker auf? Mom!«, ruft sie aus. »O Gott! Das kann ich mir gar nicht ansehen.«

»Dann geh doch einfach. Ich kann mich nicht daran erinnern, dass du geklopft hättest. Und doch bist du hier!«, sage ich. Jetzt tupfe ich etwas antibakteriellen Abdeckstift darauf.

»Du könntest dir auch einfach einen von diesen falschen Steinen besorgen, in denen man Schlüssel verstecken kann«, meint sie. »Nur versteckst du dann einfach dein Gesicht darin.«

»Vielen Dank auch.«

»Mom. Du bist toll und wunderschön, aber jetzt mal echt, *was* ist mit deiner Haut los?«

»Stress? Menopause? Meine Schlechtigkeit, die in Form

von Pickeln aus mir heraussprießt? Ich habe wirklich keine Ahnung.« Ich tupfe etwas Lippenbalsam auf die Lippen. »Vielleicht bin ich ja auch schwanger.«

»Also echt jetzt!«, ruft sie und sieht von ihrem Schienbein auf, auf das sie gerade mit schwarzem Eyeliner einen Schädel malt. »Bist du?«

»Also bitte. Natürlich nicht. Das war nur ein Scherz. Meine Eizellen sind ein erbärmlicher Haufen verschrumpelter Trauben.«

»Klar. Die ganzen guten hat schon jemand gefuttert. Und dein Körper meint jetzt so, *ach, die hier ist doch auch noch ganz in Ordnung!,* und dann entscheidet er sich für die, die am wenigsten verschrumpelt oder vergammelt ist, und schickt sie die Rutsche hinunter.«

»Vielen Dank für diese Ausführung«, sage ich, aber sie unterbricht mich bereits.

»Aber Mom! Mom! Du könntest doch ein winzig kleines schrumpeliges Traubenbaby bekommen. Und das könnten wir in einer Streichholzschachtel aufbewahren.«

»Raus. Verschwinde von hier«, verlange ich und schlage mit einem kleinen Handtuch nach ihr, aber sie rührt sich nicht.

»Weißt du, dass manche Frauen ein sogenanntes Steinbaby bekommen? So was passiert sogar superoft. Im Grunde ist das ein Baby, das zu einem Fossil wird, ehe es auf die Welt kommt. Warte mal. Ich google das mal schnell.« Sie tippt etwas in ihr Handy ein. »Lithopädion. Das ist ein kleines, versteinertes Baby. Es gibt dreihundert verzeichnete Fälle in der Menschheitsgeschichte.«

»Das würde ich jetzt nicht unbedingt als ›superoft‹ bezeichnen.«

»Wow, Mom! Diese Frau hier hat mit neunzig ein Steinbaby bekommen! Da hast du ja noch ewig viel Zeit. Oh, und hier ist ein Bild von einem.« Sie hält mir ihr Handy hin, und ich beuge mich zu ihr, um es anzusehen.

»Belle, das ist eine Marmorskulptur der Hand Gottes, in der die Skulptur eines Babys liegt.« Ich beuge mich noch etwas weiter darüber. »Das ist eine Gartendeko.«

»Dann ist es eben das. Aber, ohhhh, du kannst auch ein im 3D-Druck erstelltes Steinbaby auf eBay kaufen!« Sie schüttelt den Kopf. »Ein Steinbaby aus Plastik, das klingt so, als wäre es eine Metapher für etwas. Aber für etwas, das eindeutig nicht gut ist.«

Während es stimmt, dass ich weder ein Traubenbaby noch ein Steinbaby zur Welt gebracht habe, so habe ich doch, als Belle fünf Jahre alt war, ein Beinahe-Baby geboren. Honey und ich hatten kein anderes Kind gewollt, doch sobald ich schwanger war, stolperte diese fluffige kleine Tatsache an den Rand des Nests und flatterte davon. Irgend*ein* Baby hatte ich nicht gewollt, aber *dieses* Baby wollte ich sehr wohl. Mit dem Geheimnis dieses winzigen Apfelkerns eines neuen Lebens fühlte ich mich prall und strahlend.

Honeys Einstellung zu dieser Schwangerschaft lautete: »Was auch immer du tun willst«, was genau genommen die richtige Einstellung war, mich aber gleichzeitig verletzte.

»Bist du aufgeregt?«, fragte ich ihn.

Daraufhin dachte er darüber nach und sagte dann: »Aufgeregt? Also na ja …«

»Vergiss es einfach«, blaffte ich ihn an und stapfte keuchend davon, um mir ein Rührei zu machen, nur um dann alles, die Pfanne samt Ei und Drum und Dran, in den Müll zu werfen, weil mich auf einmal das Gefühl überkam: *bärk, echt jetzt, Eier.*

Doch dann war Blut in meiner Unterhose – nicht die bereits bekannte bräunliche Schmiere, sondern helles Horrorfilmblut, richtig viel, und ich kniete schluchzend auf dem Boden im Badezimmer, während Honey auf dem Toilettendeckel saß und mir schweigend über den Rücken rieb. Unter Krämpfen presste ich quallenartige Blutklumpen heraus – riesengroß und fast ganz schwarz –, die ich in den Händen festhielt, während ich ein »Nicht reinkommen!« ausstieß, wenn ich hörte, wie die Mädchen in ihren Hausschuhen vor dem Bad vorbeirannten. Honey sah elendig erschreckt aus, als würde er einen Geist sehen, und dieser Geist war der seiner zukünftigen Ehe, wenn sich seine warmherzige, lachende Frau in einen heulenden Poltergeist verwandelt hätte, die ihn mit ihren vielen geburtsbedingten *Gefühlen* heimsuchte.

Das war natürlich nicht seine Schuld. Ein winziger Moment der Zwiespältigkeit löste nicht eine ganze Schwangerschaft auf, das ist mir klar. Trotzdem war ich wütend, ich war allein, als hätte mir jemand irgendeine Art Trauerpille in meinen Cocktail gemischt, der jetzt durch mein Gehirn schwappte und sowohl Hoffnung wie auch Vernunft auslöschte. Ich wischte mir mit dem

Ärmel übers Gesicht und stellte ein freudiges Lächeln zur Schau, wann immer die Mädchen in das Zimmer kamen, in dem ich mich gerade versteckte. Sie schalteten dann das Licht ein und starrten mich verdrießlich an. Ich wollte es nicht noch einmal versuchen. Auch unter den besten Umständen fühlt sich eine Schwangerschaft so an, als würde man ein rohes Ei auf einem Löffel balancieren und über unebenes Terrain rennen. Also versuchten wir es nicht noch einmal. Nie wieder. Stattdessen brachten wir zwei Kätzchen aus dem Tierheim nach Hause, ich verpackte meinen Kummer in einer hässlichen Schachtel und hoffte, er würde einfach von selbst verschwinden.

»Kommt Dad vorbei?«, fragt Belle mich jetzt.

»Ja.«

»Trägst du deshalb Make-up auf?«

»Das ist ein getönter Lippenpflegestift.«

»Aber machst du das deshalb?«, hakt sie nach.

»Ich weiß es nicht.«

»Okay. Bringt Dad was zu essen mit? Ist es okay, wenn Scriv rüberkommt?«

»Klar, natürlich. Das fände ich schön.«

Scrivener ist Belles dey-Freund:in.

»Geht ihr beiden eigentlich miteinander?«, hatte ich sie irgendwann gefragt, und ihre Reaktion war dergestalt, als hätte ich sie gefragt, ob sie prüde auf einer viktorianischen Ohnmachtscouch saßen und sich gegenseitig aus *Die Brücken am Fluss* vorlasen, ehe sie eine Haarlocke tauschten. Vielleicht reagierte sie auch so, als hätte ich sie gefragt, ob sie *vögelten.* Tatsächlich war es schwer zu sagen, was von beidem zutraf.

»Mann, Mom! Nein, iihhh! Wir hängen nur zusammen ab.«

»Was bedeutet abhängen denn genau?«, hatte ich daraufhin Jules geschrieben, und sie hatte mir ein lachendes und ein Tränen lachendes Emoji zurückgeschickt, was nicht sonderlich hilfreich war.

»Willst du nicht vielleicht im Wohnzimmer noch ein bisschen sauber machen?«, frage ich, und dieses kleine bisschen Nörgeln veranlasst Belle dazu, endlich aufzustehen und das Badezimmer zu verlassen.

Davor ruft sie mir aber noch zu: »Die Natur hasst Staubsauger.«

Als Belle und ich nach unten gehen, poltern Honey und Scriv begleitet von duftenden Gewürzen zusammen ins Haus und gewähren einen kurzen Blick auf die Nacht draußen, dunkel und nass, wo sich der Schneeregen in etwas verwandelt, das weniger wie Schnee und mehr wie schwerer Graupel aussieht. Ich schließe die Tür hinter ihnen, während sie die Schuhe ausziehen.

Scriv ist gekleidet wie Angestellte bei Target – rotes Poloshirt, in eine Baumwollhose mit Gürtel gesteckt –, dey arbeitet nämlich auch bei Target. Aber dey zieht sich auch mehr oder weniger so an, wenn dey gerade nicht arbeitet, obwohl ich nicht sagen kann, ob das ironisch oder ernst gemeint ist oder ob es da überhaupt einen Unterschied gibt. Ich bin ein älteres Mastodon, das zu verstehen versucht, wie junge Menschen ticken, doch Belle hat mir erklärt, dass mein Bedürfnis nach Klarheit Teil des patriarchalen Masterplans sei, woran ich im Übrigen keinen Moment zweifle.

Honey reicht mir und Belle Tüten vom India House und teilt uns deren jeweiligen Inhalt mit: »Samosas und Pakoras. Saag Paneer. Vegetarisches Korma. Dal Makhani – davon habe ich zwei bestellt – und Aloo Chaat. Biryani. Außerdem sollten ein paar Chutneysoßen und Naan dabei sein.«

»Lecker«, sage ich. »Das sieht sehr gut aus. Danke.«

Der Tisch ist gedeckt, die Kerzen sind angezündet, um die Dunkelheit zu vertreiben, und dazu gibt es köstlich duftendes Essen im Überfluss.

»Tut mir einen Gefallen«, bitte ich. »Können wir einen Moment lang an Edi denken und ihr unsere Liebe schicken?«

Und ich weiß, dass es schlimm sein muss, weil Belle sich nicht einmal über mich lustig macht, sich bei Scriv für mich entschuldigt oder verkündet, dass die scheinheiligen Halbjuden jetzt ein Tischgebet sprechen werden. Sie sagt einfach nur: »Klar, Mom.«

Ich kneife die Augen zusammen wie ein Kind und stelle mir Edis Gesicht vor. Dann stelle ich mir die pinkfarbenen Herzen von einem Aufkleberblatt vor, die ich alle auf Edis Wangen klebe. Ist das beten? Ganz ehrlich – ich habe keine Ahnung.

Wir essen. Und essen und essen! Wir reichen Behältnisse hin und her, häufen löffelweise Reis und Currys auf unsere Teller, lassen uns über das heiße, köstliche Essen aus, tunken irgendwelche frittierten Dinge in die Soßen und stellen Mutmaßungen über die Gewürzkombinationen an.

Immer wieder bedanke ich mich bei Honey, höre gar nicht damit auf, und er wiederholt immer nur: »Ash, das reicht, bitte. Ich mache das wirklich gern.«

Irgendwann kniet er vor dem Holzofen, um ein Scheit nachzulegen, und der Anblick seiner starken, vertrauten Schultern erfüllt mich mit Bedauern.

Plötzlich überkommt mich eine Erinnerung daran, wie Honey uns vor Jahren ein köstliches Lammragout servierte, ehe unsere Töchter Vegetarierinnen wurden. Es war mit weißen Bohnen und Zimt zubereitet, und die Kinder stießen unablässig mit soßenverschmiertem Kinn ein »Köstlich!« aus. Honeys Augen strahlten vor lauter Glückseligkeit.

»Ich habe den Couscous von Hand zerrieben und in einem Spezialkocher zubereitet«, ließ er uns fröhlich wissen.

Ich legte meine Gabel weg und hörte auf zu kauen. »Honey, wir haben so viel um die Ohren – wir haben nicht einmal genug Zeit, um … *Zahnseide* zu benutzen – und Couscous geht doch ganz schnell. Könntest du nicht einfach den fertigen nehmen?«

»Ich weiß nicht«, sagte er und fügte dann ganz zerknirscht ein »Tut mir leid« an.

»Nein, nein«, warf ich rasch ein. »Mir tut es leid, wenn ich so undankbar klinge. Danke für das Essen.«

Doch manchmal hatte ich Sorge, dass eine Ehe nichts als eine Aneinanderreihung solch kleiner Momente des Dampfablassens war, als würden unsere Träume unsichtbar an der Decke herumschwirren wie ausgeströmtes Gas.

Jetzt stellt Belle eine Schachtel mit nach Rose duftendem Lokum auf den Tisch.

»Presse-Kostprobe?«, fragt Honey.

Ich nicke. Ich schreibe über Essen, somit bekomme ich Unmengen von schrägem, unverlangtem Zeug zugeschickt: eine ganze Kiste Hüttenkäse, der mit Ananas aromatisiert ist, zwei Dutzend Packungen getrockneter Algenstreifen, eine Tüte Popcorn mit Rindfleischgeschmack, eine Fleecedecke mit dem Aufdruck eines grellen Lasagne-Fotos. Das Eintreffen eines solch rätselhaften Päckchens gehört mit zu unseren Lieblingsmomenten, und ich warte mit dem Öffnen immer, bis Belle von der Schule zurück ist.

»Das sind … Tintenfischkoteletts aus der Dose? O Gott. Hat Dr. Seuss uns die etwa geschickt?« Selbst die übelsten Sachen sorgen immer noch für Belustigung.

Scriv knabbert an der Ecke eines puderzuckerbestäubten Häppchens. »Süßes, gelatinöses Schaumbad«, sagt dey, was es genau trifft.

»Sie nennen es *Turkish Delight*«, sagt Belle. »Das ist so anmaßend. Da würde ich gern sagen, hey, wir sind hier diejenigen, die darüber entscheiden, ob es ein *Delight* für uns ist oder nicht.«

»Stimmt«, meint Scriv.

Ich strahle übers ganze Gesicht, kann gar nicht aufhören.

Belle sieht mich an. »Mom«, platzt sie schließlich heraus. »Du liebst uns über alle Maßen! Das wissen wir. Du bist so froh, dass wir hier sind. Bitte sag es nicht.«

»Das wollte ich doch gar nicht!«, lüge ich schniefend, und sie schüttelt den Kopf, lacht und tätschelt meine Schulter.

»Thumper, runter da«, schimpft Honey, aber das ist nur scherzhaft gemeint. Die Katzen dürfen nicht auf den Tisch, was aber nur dann einen Sinn ergäbe, wenn ihnen das auch tatsächlich jemand vermittelte. Stattdessen streift Thumper über den Tisch, verpasst Honey einen sanften Kopfstoß, leckt genüsslich über einen Teller und rollt sich dann auf den Rücken, wobei er den Salzstreuer und ein leeres Wasserglas umstößt.

»Böse, böse Katze«, rügt Honey und nimmt ihn hoch. »Zur Bestrafung bekommst du eine Million Küsse.«

Ich mag Männer, die Katzen mögen.

Wer das liest, denkt jetzt natürlich, dass Honey perfekt ist, und fragt sich, weshalb wir nicht mehr zusammen sind und ob das alles nicht meine Schuld ist, und liegt damit auch ganz richtig, zumindest mehr oder weniger. Müsste ich das kurz zusammenfassen, so kann ich nur sagen, dass ich nicht mit jemandem zusammen sein kann, der mich während des schlimmsten Streits überhaupt weinend auf dem Bett sitzen lässt, um mal eben zu duschen, wo ich ihn dann freudig »No Woman, No Cry« singen höre.

»Du hast in der Dusche *gesungen*?«, fragte ich ihn, als er fröhlich und mit einem Wattestäbchen in jedem Ohr ins Zimmer zurückkam.

Daraufhin kräuselte er die Nase und meinte: »Ohh, wirklich?«

»Hast du eigentlich irgendwelche menschlichen Gefühle?«, fragte ich ihn, worauf er – vernünftigerweise – nichts antwortete, weil es eine Fangfrage war.

»Was willst du von mir, Ash?«, fragte er.

»Mehr«, lautete meine Antwort.

Das wollte ich. Ich wollte mehr.

Belle hat eine Kanne Chai gemacht und mit ihr ein paar weitere Werbegeschenke auf den Tisch gestellt: mit Nutella gefüllte Salzbrezeln, glutenfreie Macarons in einem Regenbogen von Brausegeschmäckern und etwas, das sich selbst als Superfood-Schokoriegel bezeichnet, *Jetzt mit noch mehr Acai!*

»Genau solche Abende mag ich«, sage ich und schenke Honey und mir ein weiteres Glas Wein ein. Doch dann klingelt mein Handy, was bedeutet, entweder meine Eltern oder das Unflätig rufen an, und alle sind wie erstarrt, während ich nachsehe. Es ist das Hospiz.

»Ash?« Violet, eine der Krankenschwestern, ruft mich an. »Hey. Entschuldige. Aber du solltest wohl besser herkommen.«

Kapitel 5

Violet findet mich keuchend vor, weil ich so schnell wie möglich über den vereisten Parkplatz gerannt bin und jetzt weinend und Hände reibend an der Desinfektionssäule stehe.

»Alles gut«, beruhigt sie mich. »Tut mir leid, wenn ich dir einen Schreck eingejagt habe. Aber sie hat eine schlimme Nacht.«

»Ich bin froh, dass du mich angerufen hast«, sage ich und folge ihr in Edis Zimmer.

Edi liegt zusammengerollt im Bett, ist aufgedunsen und blass. »Ash«, schluchzt sie. »Ash, ich bin so durstig.«

Ich setze mich auf den Rand des Bettes. »Das weiß ich, Schätzchen. Ich besorge dir was zu trinken.«

»Aber mein Nachthemd ist nass.« Ich ziehe ihre Decke weg. Ihre PEG-Sonde läuft aus, und alles ist voller Galle, Limo und was auch immer Edi zum Abendessen hatte. Risotto? Betrachtet man das große Ganze, dann läuft es darauf hinaus: Edi stirbt. Betrachtet man das Hier und Jetzt: Das ist einfach nur widerlich. Beides.

»Ich kümmere mich draum«, sagt Violet freundlich und zieht die Laken zur Seite.

»Kann Ash das machen?«, fragt Edi.

Ich versuche, meine Verzweiflung – *Lass mich hier nicht allein!* – nicht telepathisch zu übermitteln, was mir wohl auch gelingt, weil Violet das mit einem »Na klar« beantwortet, aus dem Zimmer schleicht und die Tür hinter sich schließt.

Dieses Gefühl, wie es ist, wenn man sich im Auto einen Pulli übergezogen hat, dann aber, am Zielort angelangt, einfach nicht weiß, wie man jetzt den Gurt lösen soll, das kennt sicher jeder. Genauso fühlt es sich an, als ich versuche, Edi aus ihrer Kleidung herauszuschälen. Überall sind so viele Schläuche und Kabel, und jeder Ärmel, jedes bisschen Stoff muss sorgsam über alles gezogen werden, als würde man eine Kette entwirren, nur dass hier auch Flüssigkeiten und Adern involviert sind. Bei den Krankenschwestern sieht das immer so einfach aus, doch als ich es endlich geschafft habe, liegt Edis Nachthemd zusammengeknüllt um den Infusionsständer gewickelt, und sie zittert.

Ich hole eine Decke aus dem Wärmeschrank, und sie kauert sich darin zusammen, während ich den Kleiderschrank aufmache.

»Das da?«, frage ich und halte ein kuscheliges Flanellhemd hoch, aber sie schüttelt den Kopf. Auch das nächste will sie nicht, weil es *nee, zu viele Streifen* hat. »Du bist ganz schön wählerisch«, sage ich, und sie lächelt.

»Das eine von Jules«, sagt sie dann. Es ist ein langärmeliges Shirt, auf das meine Tochter mit Siebdruck in einer engen Helveticaschrift FUCK & KREBS & FUCK geschrieben hat. Das umgekehrte Einfädeln beginnt, und als Edi endlich wieder an ihren Kissen im Bett lehnt, sabbert ihre PEG-Sonde erneut. Was für ein Schlamassel! Ein feuchter Fleck verteilt sich über die Vorderseite.

»Wollt ihr mich verarschen?«, flucht sie und meint dann: »Verdammt, Ash. Lass es einfach gut sein. Ich kann nicht mehr. Gib mir einfach ein Handtuch, okay?« Dieses stopft sie unter ihr T-Shirt, lehnt sich nach hinten und schließt die Augen.

»Ich bin so durstig, ich sterbe gleich«, sagt sie. (Das tut sie auch buchstäblich.) »Kannst du mir ein Dr. Pepper bringen? Und das, was vom Wassermelonensaft noch da ist? Honey hat den gebracht. Er steht in einer schicken Flasche im Gemeinschaftskühlschrank.«

Ich hole die Getränke, nehme frische Strohhalme mit, befülle einen Eiskübel, fülle die Wasserkaraffe erneut auf und begrüße Juniors Nichte, die gerade ebenfalls durch die verschiedenen Kühlschränke stöbert. Alles geht gedämpft vonstatten, abgesehen vom Trockner und dem gedämpften Lachen der Krankenschwestern, die in ihrem Schwesternzimmer sind. Ruth singt leise hinter geschlossenen Türen. Das Unflätig kommt einem in mancher Hinsicht wie ein ganz normales Haus vor – die Küche ist zum Beispiel eine ganz normale, chaotische Küche, mit Chipstüten, die mit einem Clip verschlossen sind, Notizzetteln am Kühlschrank (RESTE BESCHRIFTEN!) oder der ganz normalen nach Waschmittel duftenden

Waschküche voller Trockentücher und Wäschekörbe, Handtuchstapel und riesiger Unterhosen. In anderer Hinsicht – das Schwesternzimmer, die Desinfektionsmittel, die überall an den Wänden hängen, die mechanischen Pflegebetten – kommt es einem wie ein Krankenhaus vor. Hauptsächlich fühlt man sich hier jedoch wie in einem Bed and Breakfast, in dem es spukt: viele Seidenblumen als Deko, dazu gemusterte, sich ablösende Tapeten, unglaublich viele Porzellanfigürchen von weißen, pfeifenden Kindern, die Körbe und Eimer tragen, sehr viele Kreuzstichweisheiten und Sinnsprüche, wie zum Beispiel: NUR FÜR GÄSTE DIE DER HUND FÜR GUT BEFUNDEN HAT und ICH WILL IN EINEM HAUS AM STRASSENRAND LEBEN UND EIN MENSCHENFREUND SEIN. *(Was?)*

»Es ist ziemlich heimelig hier«, hatten sie Edi bei der Aufnahme mitgeteilt.

»Das ist es tatsächlich«, hatte sie erwidert und mir zugezwinkert, wie der kleine Snob, der sie nun einmal ist.

Sie hört gar nicht mehr auf zu trinken, während ich die Kleidung in ihren Wäschekorb werfe und ihre sauberen Nachthemden wieder zusammenlege.

»Ahhh«, sagt sie schließlich. »Wenn man seinen Durst stillen will, gibt es einfach nichts Besseres, als zu trinken.«

»Da hast du so recht.«

Ich schiebe den Stuhl zur Fensterbank, ziehe den Abfalleimer zu mir und breite ein Handtuch in meinem Schoß aus.

»Blumenstraußdienst?«, fragt Edi.

»Diese Blumen bringen sich nicht von selbst in Ordnung.«

Das ist bescheuert, ich weiß schon, aber ich mache das einfach so gern: fünf oder sechs triste Blumensträuße in ein oder zwei schöne verwandeln. Ich ziehe alles Welke heraus, schneide schmierige oder vertrocknete Blätter ab, arrangiere das Übriggebliebene nach Farbe und Größe neu, spüle die Vasen aus und befülle sie mit frischem Wasser. Nelken und Chrysanthemen halten ewig, das sollte man unbedingt wissen, wenn man Blumen verschickt. Flieder und Lilien sind im Grunde genommen hinüber, wenn sie eintreffen. Bei Rosen kann es so oder so sein. Hortensien verwelken rasch, aber klammheimlich – und sie sehen immer noch gut aus, selbst dann, wenn sie eine ganz trockene, papierne Textur haben.

»Sieh dir das an«, sagt Edi, und ich sehe auf. Sie hat ihr Shirt hochgezogen, und ich beuge mich über sie, um einen Blick auf ihre PEG-Sonde zu werfen.

»Sieht alles gut aus.«

Sie widerspricht jedoch: »Nein, nein. Sieh dir diese Narbe an.« Sie fährt mit dem Finger unter ihrem Bauchnabel entlang, wo ihre Haut verzogen und blasslila ist.

»Die ist wunderschön«, sage ich, ehe ich mich in einem inspirativen Minivortrag über Gebrochenheit ergehe und darüber, wie das Licht einfällt, was mich zu bewegenden Gedanken über *kintsugi* abschweifen lässt, der japanischen Kunst, zerbrochene Keramik mit Gold zu reparieren. »Letztlich liegt in der Imperfektion mehr

Schönheit«, schließe ich überschwänglich. (O Gott, *wieso das jetzt?*)

Edi starrt mich mit offen stehendem Mund voller Horror an. »Tja«, sagt sie schließlich. »Das ist alles ziemlich *wabi-sabi* und wunderbar. Aber für mich fühlt es sich an, als wäre ich so ziemlich mit Scheiße geflickt, und genau so kommt die Scheiße auch rein, also hör auf, okay?«

»Okay«, sage ich und beuge mich zu ihr, um ihr verärgertes Gesicht zu küssen. »Tschuldige.«

Sie tätschelt mir versöhnlich die Wange. »Und überhaupt, ich wollte dir nur zeigen, wie diese eine Narbe die von meinem Kaiserschnitt bei Dash kreuzt. Da ist ganz schön was los, da unten.«

»Ich weiß«, sage ich, mache den Mund auf, weil ich noch etwas nachschieben will – keine Ahnung, was überhaupt –, doch sie hebt nur die Hand, um mich zum Schweigen zu bringen. Ich verstehe. Was kann ich schon über diese topografische Karte von Geburt und Tod sagen? Alles liegt direkt vor mir. Direkt hier.

Eine SMS ploppt auf. »Hallo Ash«, steht da.

»Hallo Dash!«, schreibe ich zurück.

»Wie geht's mom«

»Es geht ihr gut. Sie ist hier. Willst du mir ihr sprechen?«

»Nö gute nacht«

»Schlaf gut!«, schreibe ich noch zurück.

»Schreibst du einer von deinen Männerbekanntschaften?«, fragt Edi.

»Haha, sehr lustig. Nur was für die Arbeit.« Ich lüge

nicht gern, aber manchmal muss es einfach sein. Edi hat ein Glas in jeder Hand, trinkt mal von dem einen, mal von dem anderen Strohhalm. Sie weigert sich, aus Plastik zu trinken, weil man davon vielleicht Krebs bekommen kann, und das trifft mich bis ins tiefste Mark, wo sich meine Krebszellen vermutlich gerade teilen, während ich über Edis eigenartige Überzeugungen nachdenke.

»Wie läuft es mit deiner Verliebtheits-Störung?«, fragt sie.

Ich mache eine abschätzige Handbewegung: »So lala.«

Sie nickt.

»Ich bin ein kleines bisschen in Junior verliebt, um ganz ehrlich zu sein«, sage ich.

»Natürlich. Aber vielleicht solltest du keine zu emotionale Bindung zu Junior aufbauen.«

»Hey, ich bin eine Optimistin.«

»Ash, du bist jemand, der *völlig grundlos* mit eingeschalteter Warnblinkanlage fährt. Du bist keine Optimistin.«

Ich zucke mit den Schultern, steche mir in den Finger, stecke ihn in den Mund und schmecke Blut. Ein Dorn! An einer Rose! Das ist wie ein Märchen, wie eine Metapher, gleichzeitig ist es aber auch einfach nur mein chaotisches, verrücktes, schmerzliches Leben. Der Wind rüttelt an den Fenstern und bläst den Regen dagegen, ich lege Edi eine weitere Decke über die Beine und stelle die Blumenarrangements fertig.

Als Erwachsene hatten Edi und ich gewissermaßen eine Stadtmaus-/Landmaus-Beziehung. Sie verstand einfach nicht, wie ich woanders als in New York leben konnte, gleichzeitig kam sie uns hier aber wahnsinnig gern besuchen und wirbelte dann über die Wochenmärkte – »Das ist einfach nicht dasselbe wie die Läden von *Cumberland Farms*«, wie sie nach einem enttäuschenden Stopp dort feststellen musste –, wo sie kotverschmierte Eier und glänzenden Honig kaufte, Schachteln mit wilden Blaubeeren, dicke Kräutersträuße, die von einem Gummiband zusammengehalten wurden, Lammrücken von Weidelämmern, eingepackt in zerknittertes Papier, die sie in einer Kühlbox mit nach Brooklyn schleppte. Wir hatten sie zu vielen höchst langweiligen Festivals mitgenommen – Zwiebel und Kunst, Schafe und Schals, Septoberfest –, bei denen es weiter nichts zu tun gab als verkohlte, überteuerte Kebabs zu essen, sehnsüchtig auf handgetöpferte Löffelablagen zu schielen und den Kindern dabei zuzusehen, wie sie die Männer und Frauen beim Garnspinnen oder Kornmahlen beobachteten, oder wie sie einen Apfel nach dem anderen schälten.

Einmal haben wir Edi auch zum Erdbeerpflücken mitgenommen, wo sie den alten Farmer im Overall fragte: »Wie halten Sie die Leute davon ab, nachts Erdbeeren zu pflücken und nicht zu bezahlen?«

Er kratzte sich an seinem strohhutbedeckten Kopf, als würde er geradewegs von einem Casting kommen, und sagte dann nachdenklich: »Tja, gar nicht, nehme ich mal an. Wenn jemand nachts zum Pflücken herkommen muss, dann ist das schon in Ordnung. Wir können auf ein paar Beeren verzichten.«

»Das war eine Lektion vom Beeren-Bauern!«, sagte ich im Auto zu Edi.

»Aber echt!«

Manchmal glaube ich, dass Edi sich bei dem, was ich zu bieten habe, etwas vorstellt, das mehr einem Roman von E. M. Forster gleicht.

»Wie wäre es mit einem Picknick am Meer?«, hat sie mich einmal ganz verträumt gefragt.

Daraufhin musste ich ihr in Erinnerung rufen: »Ähm, Edi. Wir sind hier zwei Stunden vom *Meer* entfernt. Aber wir können natürlich gern bei den nach Patschuli duftenden Teens auf der Dorfwiese picknicken.«

War ich wiederum bei ihr zu Besuch, dann wollte ich immer nur Essen nach Hause liefern lassen, weil, o Gott, was man sich in Brooklyn alles liefern lassen kann! Man kann Muscheln mit Pommes bestellen, und noch während man am Telefon ist, klingelt es an der Tür, und die Pommes sind so heiß, dass man auf sie pusten muss.

»Sollen wir Spaghetti machen?«, fragte Edi dann immer.

Und ich sagte so was wie: »Nein. Lass uns frittiertes Huhn bei diesem Koreaner bestellen und das Tiramisu bei diesem leckeren Tiramisu-Laden.«

Es war immer ganz schön knifflig, meinen Eltern zu verklickern, dass ich manchmal bei Edi bleiben wollte, wenn wir zu Besuch waren. Dann musste ich erklären, wie sehr ich mich nach den Momenten mit ihr und Jude sehnte, nachdem die Mädchen endlich im Bett waren, und Honey und ich auf ihrem California-King-Bett herumfläzten, Chianti aus Tonbechern schlürften, tütenweise Käsebällchen futterten und uns gegenseitig so sehr zum Lachen brachten, bis uns die Tränen kamen. Jude spielte dann immer die Nachrichten seiner Großtante auf dem Anrufbeantworter für uns ab: »Jude? Jude? Ist das dein Telefon oder das andere?« Dann hörte man, wie sie etwas zu ihrem alten Ehemann sagte: »Irv, ich glaube, das ist das andere Telefon.«

Edi und ich erzählten Jude und Honey Geschichten aus der Zeit, ehe wir sie kannten, zum Beispiel von diesem einen Mal in der zweiten Klasse, als Edis Familie mich auf eine Kreuzfahrt mitgenommen und der Vater von Edi und Jonah auf einem Liegestuhl gelegen und *Shogun* gelesen hatte, neben mindestens fünf anderen Vätern auf Liegestühlen, die auch alle gerade *Shogun* lasen. Wir machten eine weitere Flasche Wein auf. Wir ahmten die Mädchen bei dem nach, was sie zuvor am Tag gemacht hatten: Jules, sechs Jahre, die versuchte zu lernen, wie man die Arme beim Gehen mitschwingen ließ, wobei sie immer mehr einem selbstbewussten Schimpansen ähnelte. Oder die miesepetrige dreijährige Belle im Central Park Zoo, die ärgerlich mit dem Daumen auf alles zeigte und meckerte: »Nein, ich *will* keine Sandalen anziehen! Ich *will* keine Pinguine anschauen! Ich *will* nicht, dass du mich anmeckerst!«

Irgendwann wurde es schwieriger. Edi und Jude versuchten, schwanger zu werden, doch es klappte nicht. Sie holten sich Unterstützung in Form von Medikamenten, intrauteriner Insemination, gewaschenem Sperma und brennenden Spritzen in den Allerwertesten. Eine Runde IVF brachte ein schwaches Anzeichen einer Schwangerschaft hervor, die sich jedoch nicht einnistete, wie eine Post-it-Notiz, die vom Wandkalender herabsegelt. Edi wollte mich sehen, aber nicht die Mädchen, was ich verstehen konnte, auch wenn Jules und Belle darüber traurig waren.

»Aber *sag* ihr auch, dass wir traurig sind«, verlangte Belle einmal stinkig, als ich wieder nach New York aufbrach.

»Vielleicht sage ich ihr das besser nicht, okay?«, erwiderte ich. »Aber ich weiß wirklich, dass ihr traurig seid, wirklich.«

Im Frühling kam immer der Tag, an dem jeder Frau in Prospect Park ihre immense, überreife Schwangerschaft anzusehen war, die jegliche Nähte fast zum Platzen brachte und sie aus ihrer Umstandstunika aus Seidenjersey herausquellen ließ.

Bei uns zu Hause war es kein bisschen besser, wo Edi einmal in der Stadt sagte: »Tut mir leid, aber tragen diese *beiden* schwangeren Frauen echt abgeschnittene Hanfoveralls?« (Ja, genauso war es.)

Und dann war irgendwann endlich dieser Embryo da, der zu Dash wurde, und obwohl mehrere Einpflanzungsängste und schwankende Hormonlevels damit einhergingen und Edi dieses eine Mal absolut überzeugt war, dass sie ihn in einen öffentlichen Mülleimer ausgekotzt hatte, ließ er sich nicht abschütteln. Nach seiner Geburt wechselten sich die Mädchen dabei ab, ihn zu halten. Damals waren sie schon etwas älter – zwölf und neun –, und sie gaben ihm das Fläschchen und wickelten ihn, tauschten sich flüsternd über die Ähnlichkeiten und Unterschiede zwischen ihm und ihrer alten Baby-Alice-Puppe aus, darunter auch über die Tatsache, dass die Plastikpuppe weder einen schwarzen noch eiternden Bauchnabelstummel und auch keine schorfige und schreckliche Beschneidungswunde aufwies. »Aber beide Köpfe duften pudrig und gut«, schloss Jules.

Erschöpft lehnte Edi den Kopf an meine Schulter und weinte. »Ich kann nicht glauben, dass es in meinen Gebeten darum ging«, sagte sie.

»Erst mal, das kannst du sehr wohl glauben. Und zweitens: Du betest doch gar nicht.«

»Stimmt«, gab sie mir recht. »Aber *darum* hätte ich ganz sicher gebetet.«

»Und deine Gebete wurden erhört«, sagte ich. »Mit Ausnahme von dem Teil, in dem deine Muschi total zerpflückt wurde.« Damit stand ich auf und holte ihr das donutförmige Gelkissen aus dem Kühlschrank.

»Hey«, flüstert da Dr. Soprano, der seinen Kopf zur Tür hereinsteckt. Edi schläft wieder, ist umringt von leeren Dosen und Flaschen wie eine Zeichentrickfigur. »Ash, hast du gerade einen Moment?« Sein hübsches Gesicht ist ganz ernst.

»Natürlich. Ich komme gleich.« Ich schüttele das Handtuch über dem Mülleimer aus und stelle die nunmehr leeren Vasen auf ein Regalbrett über der Kommode.

Dann gehe ich mit ihm hinaus in den Gang und weiter in den Wäscheraum. Er schließt die Tür hinter mir. »Ich wollte mir dir sprechen.«

»Ich glaube, ich weiß, worum es geht.« Ich spüre mein Herz wie wild gegen meine Rippen pochen.

Dr. Soprano drückt meine Schultern gegen die Tür und schiebt seinen Oberschenkel zwischen meine Beine.

»Geht es darum, was für eine kleine Schlampe ich bin?«

»Pst, ja«, sagt er, streift mit den Lippen meinen Nacken und schließt meine Haare in seiner Faust ein, so, wie ich das mag. Ich bekomme ganz weiche Knie. Aber so richtig weiche Knie. Vielleicht stimmt ja etwas mit den Muskeln in meinen Beinen nicht. (Parkinson?) Ich rutsche nach unten, er drückt auf den Knopf im Türknauf, um die Tür abzuschließen, hebt mich hoch und setzt mich vorsichtig auf den Trockner, der unter mir rumpelt. Überall stehen Wäschekörbe voller Lätzchen und Decken und wasserdichter Schoßkissen, die ganze Wäsche der letzten Tage von allen, und alles riecht nach frischem Waschmittel. Wir hören, dass *Der Fiedler auf dem Dach* irgendwo im Haus läuft, Farrah Fawcett scharrt an der Tür, will hereingelassen werden. Und ich will einfach nur das. Gar nicht mal den Sex, nur das Gewolltwerden. Das Vergessen. Die Gefühle eines anderen, die meine eigenen verdrängen, sie herausbrennen.

»Ich bin so müde«, sage ich über das warme, metallische Surren des Trockners hinweg.

Dr. Soprano kniet auf dem Boden, knöpft meine Jeans auf und sagt nur: »Psst, Ash. Du musst gar nichts machen.«

Kapitel 6

»Tu einfach so, als wärst du tot«, sagt Edi zu mir, und ich sinke mit heraushängender Zunge auf dem Stuhl in mich zusammen. Edi lacht und bewertet es mit einer sechs. Wir spielen dieses Spiel seit unserer Kindheit, und es hat uns immer zum Lachen gebracht. »Es ist trotz allem ganz schön lustig im Hospiz, was?«, meint sie dann.

»Absolut.«

»Schreibst du?«, fragt sie und zeigt auf meinen Laptop.

Ich zucke mit den Schultern. »Nicht so richtig, ich weiß auch nicht. Ich mache mir einfach ein paar Notizen. Mir war gar nicht klar, dass du wach bist.«

»Notizen über das Unflätig?«

Wieder zucke ich mit den Schultern. »Ja, wohl schon. Ich weiß auch nicht.«

»Das Hospiz liefert ganz gutes Material.« Sie stochert in dem kalten Käsesandwich neben ihrem Bett herum. »Aber es gibt natürlich nicht so wahnsinnig viele Spannungsmomente. Also, der Erzählbogen ist ziemlich vorhersehbar. Du weißt schon, was ich meine«, fügt sie noch hinzu, um mich zum Lachen zu bringen, und ich lache.

Dann zeige ich auf ihr ungegessenes Sandwich und frage, ob sie etwas anderes haben möchte – eine Suppe, ein Ei oder etwas Pudding.

»Sizilianischen Zitronen-Polenta-Kuchen«, sagt sie. »Echt jetzt. Genau das will ich haben.«

***

Sizilianischer Zitronen-Polenta-Kuchen ist Edis heiliger Gral. Sie hat Mitte der Neunzigerjahre bei Dean & DeLuca ein Stück gekauft und behauptet seitdem, es sei der beste Kuchen gewesen, den sie je gegessen habe, den sie dann aber nie wieder finden konnte. Sogar direkt eine Woche danach, als sie erneut in den Laden ging, wussten sie dort nicht, wovon sie redete, sie hatten keinen Vermerk zu einem solchen Kuchen in ihrem Warenbestand.

»Das ist wie ein Geisterschiff«, sagte sie. »Nur eben Kuchen.«

Im Lauf der Jahre hat sie viele Rezepte von ähnlich klingenden Kuchen ausprobiert, aber nichts war diesem einen je gleichgekommen. Gehörte Rosmarin hinein? Olivenöl? Verwendete man Meyer-Zitronen oder normale? Nie fand sie das mit Gewissheit heraus, und je mehr Jahrzehnte verstrichen, umso unsicherer wurde sie.

»Hast du dir diesen Kuchen vielleicht einfach nur *eingebildet?*«, fragte ich sie einmal.

Da schüttelte sie nur den Kopf und meinte versonnen:

»Ich habe ihn wirklich gegessen. Es war der beste Kuchen überhaupt.«

Wir stellen ein Kochbuch für Dash zusammen – alle Lieblingsgerichte, die sie immer für ihn zubereitete –, und Edi hat mich damit beauftragt, ein Rezept für *Den Kuchen* beizusteuern.

»Edi, wir *haben* kein Rezept für *Den Kuchen*«, rief ich ihr in Erinnerung. »Genau das ist ja das Problem.«

Sie versicherte mir bis zum Verrücktwerden, dass es sich dabei um ein Problem handele, das ich mit Sicherheit lösen würde.

»Ich glaube, eine der Ehrenamtlichen hat Zitronen-Mohn-Muffins gebacken«, sage ich jetzt, und sie rollt die Augen.

»Es sollte dieses Make-A-Wish auch für Erwachsene geben«, überlegt sie laut. »Dann könnte ich mir das Rezept wünschen, und jemand wie Lady Gaga würde ihn für mich backen. Ich möchte ihn nur noch ein einziges Mal essen.« Sie seufzt. »Ich glaube, jemand hat eine Pilz-Graupen-Suppe gemacht«, sagt sie niedergeschlagen. »Also nehme ich die vielleicht.«

Edi und ich haben immer schon gern zusammen gegessen. In der Grundschule waren wir die einzigen Kinder, die ein warmes Mittagessen mochten – oder zumindest die einzigen Kinder, die zugaben, dass sie das mochten. Und wir mochten wirklich alles, mit allen ausgedachten, hochtrabenden Namen. Wir mochten das salzige Hähnchen Chow Mein, das sie als klebrigen Haufen, versehen mit knusprigen Nudeln aus der Dose, kredenzten. Wir mochten auch das ähnlich salzige und mit Sellerie und Erbsen gefüllte Hähnchen à la King, auch wenn wir uns schwer damit taten, beim Essen das Königliche darin zu erkennen. Wir mochten den öligen spanischen Reis und die unbeliebten Fischstäbchen, sogar die noch weniger beliebten Fisch-*Terrinen,* genau wie auch die teigig-quadratischen Pizzastücke, die sie immer freitags servierten. Wir mochten die Sloppy Joes und die eigenartigen Hamburger, die cremigen Makkaroni-Käseaufläufe und das »*Amerikanische* Chop Suey«, als gäbe es noch irgendein anderes. Außerdem mochten wir auch die kleinen Teller mit Pudding und Götterspeise, die wir auch jetzt noch mögen, was großartig ist, weil es hier im Unflätig Unmengen davon gibt.

Farrah Fawcett tappt in die Küche, während ich die Suppe in der Mikrowelle aufwärme. Sie setzt sich vor mich hin, starrt mich gefühlvoll an, und ich kann fast schon die Gedankenblase über ihrem Kopf sehen, in der ein Stück Käse abgebildet ist.

»Nur ein kleines Stück«, flüstere ich ihr zu und nehme eine Packung amerikanischen Scheiblettenkäse aus dem Kühlschrank. »Aber sag's den anderen nicht.«

Als er das Plastikrascheln hört, rennt ein mir unbekannter Corgi herein. »Ich kenne dich nicht«, sage ich zu ihm. »Außerdem bist du viel zu klein für Käse.« Er runzelt die Brauen. »Okay«, flüstere ich. »Ein winzig kleines Stück auch für dich.«

»Das ist Mr. Pinky Pie«, sagt Violet, die gerade mit

einem Tablett leerer Schnabeltassen hereinkommt. »Er gehört zu den Neuen in Zimmer vier. Moment mal, Ash, bist du immer noch da?«

»Äh, pff«, entfährt es mir. »Keine Ahnung.«

Ich erinnere mich daran, wie Honey einmal nachts aufwachte, während ich mit der frisch geborenen Jules dasaß, und mich mit trübem Blick fragte: »Bist du immer noch am Stillen, oder stillst du schon wieder?« Das war eine so erschöpfende, existenzielle Frage, dass ich in Tränen ausbrach.

»Es ist wohl anzunehmen, dass ich immer noch hier bin?«, antworte ich fragend und lache. »Also, ich bin zumindest noch nicht nach Hause gegangen, somit ja.« Ich klinge in meinen Ohren lässiger, als ich mich in der Nacht auf der Pritsche in Edis Zimmer, den Kopf auf einem Unflätig-Kissen, gefühlt habe. *Vermutlich ist schon mal jemand mit dem Kopf auf diesem Kissen gestorben!,* dachte ich, was ganz erbärmlich von mir war, und mich schauderte, sowohl wegen des Kopf des Toten als auch, weil ich ein so erbärmlicher Mensch war. In einem Zeichentrickfilm wären einfach nur weit aufgerissene Augen in einem dunklen Raum zu sehen gewesen. Außerdem hatte ich letzte Nacht gedacht, ich würde hören, wie sich jemand übergab, was mich weiter verschreckte, denn ich leide tatsächlich an einer diagnostizierbaren Angst vor dem Würgegeräusch. Ich hatte mir das furchterregende Leichenkissen auf die Ohren gepresst und nicht gewagt, mich zu bewegen.

»Bist du noch wach?«, hatte ich Belle etwas später in

der Nacht gesimst und mir gewünscht, ich wäre bei ihr zu Hause.

Sie hatte mir sofort zurückgeschrieben. »Ja, Dad ist hier, alles okay?«

»Absolut! Alles bestens! Schlaf gut, Süße.«

»Grüße von Jelly und Thumper & auch von Dad.«

»Was ist mit dir?«, frage ich Violet jetzt. »Bist du immer noch da oder schon wieder zurück?«

»Immer noch da«, sagt sie, »aber ich gehe, sobald ich die ganzen Brownies gegessen habe. Hey, gib Pinky Pie nicht zu viel Käse. Er furzt wohl ziemlich. Und du kannst die Pritsche in Edis Zimmer stehen lassen, wir brauchen sie gerade nicht woanders.«

»Danke. Aber eine Frage noch: Heißt er einfach nur Pinky Pie oder *Mr.* Pinky Pie?«

»Nur Pinky Pie«, lautet die Antwort.

Mit einem Pling ist die Suppe fertig, ich hole sie heraus und rühre sie um. »Schönen Nachmittag noch.«

»Das wünsche ich dir auch. Pass auf dich auf, Ash. Ich sorge dafür, dass die nächste Schicht ein Auge auf euch hat.«

Vor Edis Zimmer stehen Leute, und sie ist ganz aufgelöst, als ich zurückkomme. »Sie haben ein Kinderbett in das Zimmer gegenüber gebracht«, erzählt sie. »Das ist so bizarr. Warum sollte man ein Baby in ein Hospiz mitnehmen? Haben sie denn niemanden gefunden, der zu Hause darauf aufpassen kann?«

»Ich weiß es nicht.« Doch als ich in das Zimmer spähe, sehe ich einen Infusionsständer neben dem Kinderbett stehen, und eine Frau, deren Gesicht vor Sorge so zerknittert ist wie eine Papiertüte, hält ein Baby im Arm. Ich muss wohl irgendeinen Laut von mir gegeben haben, denn Edi fragt: »Was?«

»Nichts«, sage ich. »Keine Ahnung.«

Mit einem Piepston trifft eine Textnachricht von Belle ein, es geht um Milch und ob wir keine mehr haben.

»Wenn keine mehr da ist, dann nicht«, schreibe ich zurück. *Kinder!* »Warum bist du nicht in der Schule?«, schreibe ich dann, woraufhin drei Punkte erscheinen, aber weiter nichts.

»Muss ich mir Sorgen darum machen, dass Belle so oft die Schule schwänzt?«, frage ich Edi, doch sie zuckt nur mit den Schultern.

»Auf mich macht sie einen guten Eindruck«, sagt sie. Dann pustet sie auf einen Löffel voll Suppe. »Aber ich weiß, dass Teenager nicht immer das sind, was sie vorgeben zu sein.«

Edi und ich wuchsen zusammen in New York auf, und als wir einmal in der zehnten Klasse die fünf Blocks, die zwischen unseren Wohnungen lagen, entlangliefen, mussten wir ein halbes Dutzend Mal anhalten und erbrachen klare Pfützen des Wodkas, den wir von ihren Eltern stibitzt hatten. Vermutlich waren wir angezogen wie Madonna in *Susan ... verzweifelt gesucht,* also wurden unsere Haare praktischerweise von geknoteten Kopftüchern nach hinten gehalten. Ich erzählte meinen Eltern, wir hätten uns einen Magen-Darm-Infekt eingefangen.

»Alle beide, gleichzeitig?«, hatte mein Vater vom Türrahmen zum Badezimmer gefragt, in dem Edi stöhnend in der Badewanne lag, während ich meine Wange auf die kalten Bodenfliesen presste.

»Yep«, sagte ich.

»Wer hätte das gedacht?«, murmelte er nachsichtig und überließ uns unserem Schicksal.

Es mag bizarr sein, trotzdem ist das in meinen Augen vermutlich ein Beispiel dafür, dass Teenager genau das sind, was sie vorgeben zu sein.

»Ihr Vater ist ein spießiger Drogendealer«, sage ich jetzt. »Außerdem wirft mir gerade niemand vor, eine Glucke zu sein, du verstehst schon, was ich meine.«

»Das tut mir leid, Ash.« Edi schneidet eine Grimasse.

»O Gott, nein. Das habe ich doch nicht auf dich bezogen. Ich habe einfach nur gemeint ... Ich weiß auch nicht ... Ich bin einfach so viel mit dem Job und solchem Zeug beschäftigt.« *Solchem Zeug wie dass du stirbst,* könnte ich anfügen, tue ich aber nicht. *Zeugs wie dass ich mit deinem Bruder schtuppe. Und mit ein paar anderen.*

Edi schüttelt ihre PEG-Sonde, als wäre es ein Kugelschreiber, der nicht schreiben will. Ein Pilz steckt darin fest, und wir sehen zu, wie sich die Flüssigkeit dahinter zuerst staut und dann auf einmal löst.

»Puh«, sage ich, während sich der Beutel mit Suppe füllt.

Als Teenager, als wir uns amateurhaft an unterschiedlichen Essstörungen versucht haben, wünschten wir uns genau so etwas.

»Wenn wir doch einfach nur so viel essen könnten, wie wir wollen, und das alles dann aber einfach in einen Plastikbeutel und nicht in unseren Magen wandern würde!« Ich schwöre – Edi hat das einmal buchstäblich so ausgedrückt. Und ich muss mich zum x-ten Mal zurückhalten, um diesen Moment nicht laut aufleben zu lassen.

»Das ist wie Mr. Durstig«, sage ich stattdessen und meine damit die Spucke saugende Maschine bei dem Zahnarzt, zu dem wir als Kinder gingen.

»Herrje, ja! Das ist genau wie Mr. Durstig!«, ruft Edi aus. »Aber so, als wäre er so richtig, *richtig* durstig, also gnadenlos durstig, sodass er letztlich den ganzen Mageninhalt aus einem heraussaugt.«

»Glaubst du, dass Dr. Zolgati dich belästigt hat?«, frage ich, obwohl ich die Antwort bereits kenne. Unser Zahnarzt wurde bekanntermaßen bezichtigt, Kinder, die unter Narkose waren, sexuell missbraucht zu haben, und dann hat er sich bekanntermaßen eine Kugel in den Kopf verpasst, was unsere Eltern nicht sonderlich darin bestärkte, dass die Anschuldigungen falsch gewesen sein könnten.

»Ich glaube immer noch nein?«, erwidert Edi unsicher. »Aber wer weiß? Außerdem betraf es ja wohl hauptsächlich Jungen, also ist es mir eigentlich ziemlich egal. Ich war, na ja, voller Lachgas und hab nur gekichert oder weiß der Geier was, während in meinen Zähnen herumgebohrt wurde und er – was genau gemacht hat? Seine Hand in meine Mini-Maus-Hose gesteckt? Das ist für mich genauso unbedeutend, wie wenn in China ein Sack Reis umfällt.«

»Für mich auch«, sage ich.

»Was machst du denn für ein Gesicht?«, fragt sie. »Was ist los?«

»Nichts.« Vermutlich sehe ich gerade aus wie eine verrückt grinsende Frau. »Also. Keine Ahnung. Ich hab dich einfach so wahnsinnig lieb.«

Edi rollt mit den Augen. »Wegen dem, was ich fühle, weil wir vielleicht vom selben Zahnarzt begrapscht wurden?«

»Ja, vermutlich.«

»Ich hab dich auch lieb.«

Wir hören Ruth klatschen, *Der Fiedler auf dem Dach* fängt an, Farrah Fawcett tapst den Gang hinunter, gefolgt von Pinky Pie. Die Musik dröhnt weiter, dann fängt das Baby an zu weinen, und die Mutter ruft: »Kann das jemand bitte leiser stellen?«, und das Baby weint immer lauter und lauter, ist untröstlich.

»Ach Ash«, sagt Edi und saugt tief die Luft ein. »Es *ist* das Baby.«

»Ich weiß nicht. Ja. Kann schon sein, dass es das Baby ist.«

»Ach Ash«, sagt Edi wieder.

Das Baby schreit, Pinky Pie klettert zitternd auf meinen Schoß, und ein schrecklicher Hunde-Käse-Furz-Gestank erfüllt das Zimmer. »Ich weiß«, sage ich, wedle mit der Hand vor meinem Gesicht herum und weine gleichzeitig. »Das ist wirklich unerträglich.«

Kapitel 7

»Was bist du auch so laut?«, schimpft Belle Thumper, der auf ihrer Brust liegt und ihr ins Gesicht schnurrt. »Du bist zu laut. Wo ist dein Bruder?« Sie ruft Jelly, die hochspringt und es sich auch auf ihr gemütlich macht. Thumper seufzt, wie jemand, der belästigt wird, steht ungehalten auf und torkelt zu mir, um sich zwischen meine Hängebrüste zu fläzen. »Und du bist so knochig«, beschwert sich Belle bei Jelly. »Du solltest besser nicht alt werden, sonst wirst du so richtig Schwierigkeiten bekommen.« Sie ergreift ihr flauschiges Gesicht und übersät es mit Küssen.

Wir liegen in meinem Bett, wo wir uns in letzter Zeit, wenn wir beide zu Hause sind, hauptsächlich aufhalten. Wir haben es uns zur Gewohnheit gemacht, dort zu essen, was eine gefährliche Tendenz zu sein scheint, eine schiefe Bahn, die uns geradewegs in eine Zukunft, die einer Mülltonne voller Müll und Ratten gleicht, hinabgleiten lässt, aber mir fehlt die Energie, dagegen anzukämpfen. Heute Abend haben wir Pizza geholt und sie direkt mit ins Bett genommen. Jetzt hält Belle ein angebissenes Stück mit Olive hoch und beißt ab.

»Bellini«, sage ich. »Möchtest du über die Schule reden und darüber, warum du gerade so oft schwänzt?«

Belle schüttelt den Kopf, kaut, schluckt, drückt Jelly einen Kuss auf die Schnauze und meint nur: »Eigentlich nicht. Außerdem passiert das gar nicht so oft. Nur hin und wieder.« Ein Granat blitzt in ihrem Nasenflügel auf. Dieses Gesicht! Es gab keinen Moment, in dem ich nicht den Drang verspürt habe, in ihre prallen rosigen Wangen zu beißen, das fing schon bei ihrer Geburt an. Und es wird immer schlimmer, je ausgemergelter mein Gesicht aussieht. Schon allein die Existenz von Dörrpflaumen hätte für mich immer eine abschreckende Geschichte über das Altern sein sollen.

»Okay«, sage ich.

Sie sieht mich an, kneift misstrauisch die Augen zusammen und sagt: »Beiß mich bloß nicht.«

»Ich versuche, mich zurückzuhalten.«

»Liebst du Jules mehr als mich, weil sie nicht so schräg ist?«, fragt mich Belle dann aus heiterem Himmel. »Ich würde es total verstehen, wenn das so wäre. Ich meine, ich verstehe es ja.«

Dieses Kind!

»Tue ich nicht«, widerspreche ich. »Ich liebe euch beide mit genau derselben Menge an Unendlichkeit. Und ja, es mag stimmen, dass sie nicht ganz so schräg ist wie du. Aber es ist schon fast ein bisschen schräg, wie wenig schräg sie ist.« Ich muss dabei an die normale Nichte von *Die*

Munsters denken – eine Referenz, mit der Belle nichts anfangen könnte –, nur wäre die normale Nichte dann eine herausragende Ingenieursstudentin, versteht sich.

»Stimmt!«, ruft Belle erfreut aus.

Dann trifft eine Textnachricht von Edi ein: »Kannst du mit mir rausgehen?«

»Es ist eiskalt!«, schreibe ich zurück.

»Mir egal.«

»Okay, bin in 10 min da.«

Belle liest über meine Schulter mit. »Kommst du mit mir ins Unflätig?«, frage ich.

»Ja, aber ich fahre.«

Im Hospiz erstrahlt Belle wie eine funkelnde Botschafterin vom Land der jugendlichen Verheißung. Es kommt mir fast unanständig vor, sie hierher mitzubringen.

»Belle!«, ruft Edi, als sie sie sieht.

»Hi«, sagt Belle, beugt sich etwas schüchtern zu Edi und küsst sie auf die Wange. Ein Hospiz ist einfach so existenziell bizarr. Als würde man unter einem riesigen Banner hindurchlaufen, auf dem HIER LIEGEN ALLE IM STERBEN! steht, dann bringt man aber einen Großteil seiner Zeit damit zu, Small Talk oder Quesadillas zu machen, man sucht nach etwas, das man sich auf Netflix ansehen kann, oder fragt sich, ob wohl noch ein Stück Kuchen übrig ist.

»Ist das nicht einfach nur das ganz normale Leben?«, fragte mich Jonah, als ich ihm das beschrieb. »Wir machen alles Mögliche, genießen unsere Zeit, so gut wir können, obwohl wir letzten Endes doch alle sterben, oder nicht?«

»Verdammt, Jonah«, hatte ich gesagt.

»Rückt das die Dinge in zu viel verdammtes Licht?«, fragte er, weil alle Männer in meinem Leben nun mal gern aus *Die Jungs von Spinal Tap* zitieren, wenn sich die Gelegenheit bietet. Aber ja! Zu viel verdammtes Licht.

Violet kommt herein, während wir Edi einmummeln, und lächelt uns an. »Entführen sie dich?«, fragt sie Edi.

»Ja, endlich!«

Violet hilft uns dabei, die Schläuche und Kabel zu entwirren, die Daunenjacke, Schuhe und Decken anzuziehen und umzulegen, und auch, Edi vom Bettrand in den Rollstuhl zu verfrachten, was unerklärlicherweise sehr viel heroischer ist, als es sich anhört – als würde man versuchen, seinen Koffer in einem Gepäckfach auf Kopfhöhe zu verstauen, nur leider besteht dieser hier aus schweren, schlaffen Gliedmaßen und stöhnt hin und wieder auf. Immer wieder verzieht Edi schmerzhaft das Gesicht, und es ist einfach nur schrecklich.

»Eds«, presse ich ganz bedröppelt heraus.

»Nein, nein, alles gut«, sagt sie nur.

»To life, to life, *l'chaim!*«, singt Belle die ganze Zeit, dann hört sie auf und späht in den Gang hinaus. »Ist das ein *Kinderbett?*«, flüstert sie, und ich nicke. Fragend zieht sie die Augenbrauen hoch, und ich schüttle den Kopf und zucke mit den Schultern. »Puh«, sagt sie.

»Geht ihr nur raus in den Hof?«, fragt Violet. »Würdet ihr dann auch Farrah zum Pinkeln mit rausnehmen?«

Violet hat Farrah Fawcett von einem Langzeitbewohner des Hospizes geerbt, der letztes Jahr gestorben ist. Außerdem wuselt auch ein älterer Chihuahua hier herum, den Violet unter ähnlichen Umständen adoptierte, aber für gewöhnlich versteckt er sich unter dem Schreibtisch im Schwesternzimmer.

»Natürlich«, sage ich. »Sollen wir Tiny auch mitnehmen?«

»Ach nein«, winkt sie ab. »Er hat Angst vor dem Hof. So, dann machen wir alle vollends fertig.«

Die Sonne geht auf und wieder unter, auf und wieder unter, Kalenderblätter flattern von der Wand, die Rosen knospen, lassen alle Blütenblätter fallen, die Eisdecke schmilzt, das Meer steigt, und irgendwann ist Edi endlich so weit, dass wir hinauskönnen.

»Ich müsste jetzt mal pinkeln«, meint sie.

»Okay«, sage ich lachend.

Das weckt die Erinnerung an einen lange zurückliegenden Schneetag. Jules hatte darauf bestanden, sich allein anzuziehen, also ließ ich sie machen, während ich Belles Windeln wechselte, ihre speckigen kleinen Arme und strampelnden Beinchen in lange Wollunterwäsche steckte, ihr ganzes Wollwesen in einen Schlafsack packte, den ich sorgfältig über ihrem Bauch und unter ihren vielen Schichten am Kinn schloss. Als ich wieder aufsah, steckten beide Beine von Jules in einem Bein ihres Schneeanzugs, und dann hatte sie auch noch die Haare im Reißverschluss eingeklemmt. Während ich ihre Haare vorsichtig aus dem Reißverschluss löste und ihre Beine wieder herauszog, hörte sie gar nicht auf zu weinen. »Du sollst mir nicht helfen!« Sie schluchzte und war wütend und dann irgendwann – gewiegt in meinen Armen, das Gesicht mit einem Taschentuch trocken getupft – getröstet. War der Schnee in der Zwischenzeit geschmolzen? Ich spähte aus dem Fenster. Nein! Jules stand von meinem Schoß auf, zog ihre Stiefel an, als Belle, die auf dem Boden lag, wo sie noch immer mit ihren kleinen Ärmchen und Beinchen herumwedelte wie eine auf dem Rücken liegende Schildkröte, ganz stolz verkündete: »Mama, ich hab Kacka gemacht!«

Im Hinausgehen rief mir Violet, die von einem anderen Patienten angepiepst worden war, noch zu: »Sie soll den Aufsatz benutzen, okay?« Der Aufsatz ist eine Art Eimer in der Toilette, mit dem das Urinvolumen oder so was gemessen wird, vielleicht geht es dabei auch um die Zusammensetzung. Doch nachdem wir erfolgreich mit dem Rollstuhl, dem Bad, dem Infusionsständer und der Leggings zurechtgekommen sind, ist der Aufsatz der Grund, weshalb Edi nicht pinkeln kann.

»Tschuldige«, sagt sie. »Ich leide gerade irgendwie unter Leistungsdruck. Moment noch.«

»Alles gut, Edi, lass dir Zeit. Wir haben es nicht sonderlich eilig, nach Hause zu kommen und da depressiv rumzuliegen.«

Belle sitzt in einem Sessel, kichert in ihr Handy, futtert Edis Süßigkeiten, und ihre unbedarfte Gegenwart ist ein so strahlendes Spotlight, dass ich meiner Liebe einfach Ausdruck verleihen muss, sonst bringt es mich noch um. (Aber natürlich nicht *wirklich!*) Also sage ich: »Vorsicht! Manches von dem Zeugs hat Dad vorbeigebracht.«

»Huch!«, sagt sie da und sieht auf die Verpackung. »Ich glaube, das hier ist ganz normales Gummizeugs ohne Cannabis.«

»Stimmt«, bestätigt Edi.

»Kann ich was von dem Studentenfutter haben, Edi?«, ruft Belle.

»Natürlich«, antwortet Edi.

»Also echt«, sagt Belle dann. »Ich kann mir nicht vorstellen, dass es was Deprimierenderes als sonnengetrocknete Nektarinen gibt, echt nicht.«

Ich erhasche ihren Blick, und sie zieht eine Grimasse, wohl, wegen *Hospiz,* nehme ich an.

Edi meint jedoch nur: »Ehrlich?«, pinkelt ein bisschen und zuckt mit den Schultern.

»Der ganze Aufwand *dafür?*«, frage ich, und sie lacht.

Dann schieben wir sie durch den Gang, Belle übernimmt den Infusionsständer, Farrah tapst aufgeregt neben uns her, und zusammen platzen wir triumphierend hinaus in die eiskalte Nacht.

»Oh!«, ruft Edi aus. »O Gott! Wir haben die ganze schwarze Himmelskuppel über uns, durchlöchert von unendlich vielen glänzenden Sternenlöchern. Das ist atemberaubend. Vielleicht raubt uns aber auch einfach nur die Kälte den Atem. Oder es ist ein bisschen was von beidem. O Gott«, sagt Edi wieder. »Die *Decken* da drinnen waren das Problem!« Sie strahlt übers ganze Gesicht, weint ein bisschen, und ich überrasche mich dabei, wie ich mir ihr Gesicht einpräge – und es dann schuldbewusst wieder lösche. Und dann, ganz panisch, doch wieder abspeichere.

Farrah kauert sich hin und pinkelt, hebt erst eine Pfote, dann eine andere. »Ich glaube, sie hat kalte Füße«, meint Belle.

»Nein, nein«, sagt Edi. »Bringt mich nicht wieder rein. O Gott, Leute! Nehmt mich mit zu euch nach Hause! Entführt mich, bitte!« Ich verfalle vermutlich in eine Art Schockstarre, denn sie fügt rasch hinzu: »Ich mache nur Scherze. Das ist herrlich. Genau das, was ich gebraucht habe. Gebt mir nur noch eine Minute.«

Doch sie zittert, also kauere ich mich hin, lege ihr von hinten die Arme um, und Belle beugt sich nach unten und legt die Arme um mich, und ich denke bei mir, dass wir wohl ein gutes Bild in einem Bilderbuch abgeben würden. Es hätte den Titel *Umwicklung*, mit der Hündin, die uns auf die Füße steigt und grinst, weil sie als Insiderin weiß, worum es hier geht, was auch immer das ist.

»Okay«, verkündet Edi dann zähneklappernd. »Ich habe genug.«

Mit einem Wusch kommen wir wieder nach drinnen, und im Unflätig ist es warm und geschäftig und hell, es riecht nach frisch gebackenen Haferkeksen, der Ort ist erfüllt von der Musik der Unverwüstlichkeit und des Optimismus, und alles zusammen ist herzzerreißend und schrecklich zugleich.

»Wunder, ein Wunder«, singen Edi und Belle. »… ja ein Wunder ist geschehen!«

Natürlich. Auch das trifft zu.

Kapitel 8

Ich bin überrascht, als meine Tür aufgeht und Belle ins Zimmer rauscht, denn es ist mitten an einem Schultag.

»Himmel, Mom!«, ruft sie. »Schließ deine Scheißtür ab! Warte mal. Ist das eine *Frau?*« Sie sieht sie an, nickt dann zustimmend. »Okay, okay. Nicht schlecht.« Sie beugt sich für einen Faustcheck herein, beäugt sie aus der Nähe. »Miss Norman?«

»Hey, Belle.«

»O Scheiße«, entfährt es mir.

»Mom«, sagt Belle nur. »Musst du mit der Sportlehrerin schlafen, die ich in der achten Klasse hatte, als würdest du irgendjemandes bisexuelle Mutter in einem Theaterstück spielen?«

»In der Mittelschule habe ich tatsächlich immer nur *ausgeholfen*«, fügt Miss Norman an, was eigentlich ganz unbedeutend ist.

»Ich dachte, du coachst eine Damenmannschaft an der Hochschule«, sage ich.

Sie nickt. »Das tue ich auch.«

»Miss Norman – Jen – ist ehrenamtlich im Unflätig tätig«, erkläre ich. »Daher kennen wir uns.«

»Eigentlich will ich das gar nicht wissen«, sagt Belle und rümpft die Nase. »Also, irgendwie bin ich natürlich *schon* daran interessiert? Aber vielleicht reden wir einfach später darüber.« Sie schiebt Jelly von der Kommode und schließt im Gehen die Tür hinter sich.

»Scheiße«, platzt es aus mir heraus.

»Das tut mir so leid«, sagt Jen.

»Nein, nein«, widerspreche ich. »Dich trifft überhaupt keine Schuld. Außerdem bekomme ich doch ein kleines bisschen gutgeschrieben, dass du eine Frau bist. *Miss Norman.*«

Miss Norman lacht. »Ich hoffe, ich war deine Mühe wenigstens wert«, sagt sie selbstgefällig, erinnert sich dabei vermutlich an ihr eigenes herausragendes Geschick und meinen Aufschrei, der von einer Zeichentrickfigur hätte stammen können, die von einer einstürzenden Brücke in einen widerhallenden Canyon stürzt.

»Das war es«, sage ich lächelnd. Mehr sage ich nicht, aus Angst, dass ich dann auch sage, wie absolut ausgelaugt ich bin, dass ich mich tatsächlich nur nach dem Verlangen davor gesehnt hatte, dem vorausgehenden Teil, wenn man feucht und voller Verlangen ist, dass ich dann aber lieber aus dem Bett geklettert wäre, mir den Pyjama angezogen – in die Flanellhose geschlüpft und das Oberteil ganz zugeknöpft –, mich leise an sie geschmiegt hätte und einfach einschlafen wäre. Ich habe nicht den Eindruck, dass diese Information willkommen wäre.

Zum hundertsten Mal frage ich mich, was mit mir eigentlich nicht stimmt.

Die Mutter von meinem Freund Paul besuchte die Hochschule für Psychologie, als ich gerade elf oder zwölf war, und hatte meine Eltern gefragt, ob sie mich für die Nachforschungen zu ihrer Dissertation verwenden dürfe. In ihrem dunkel gestrichenen Büro unter der kupfernen Lampe zeigte sie mir Tintenkleckse und erklärte die Idee dahinter – dass ich ihr einfach sagen solle, was ich da sehe, ohne mich selbst zu zensieren oder mich darüber zu sorgen, was sie denken könne. Alles sei absolut in Ordnung! Was ich zu sehen bekam, war eine alte Frau, die von einem Pferd gefickt wurde. Ich sah eine riesige Erektion, die zwischen zwei pickeligen Pobacken eingequetscht war. Ach, und dann dieses eine, bei dem etwas aus der Vagina einer Frau tropfte! Ich bin mir ziemlich sicher, dass ich nicht einmal Worte für das hatte, was ich da sah – aber die brauchte ich auch gar nicht, denn nichts davon hätte ich tatsächlich gesagt.

»Eine Libelle?«, sagte ich stattdessen laut, zögerlich, und deutete dabei auf das gespiegelte Bild. »Jemand, der Cembalo spielt?«, sagte ich über ein anderes. Sie nickte und lächelte, war überzeugt von meiner Unschuld.

Jahrzehnte später war ich mit Paul in einer Bar und gestand ihm bei ein paar Manhattans, wie seine Mutter mir ganz unbeabsichtigt bewiesen hatte, dass ich eine kriminelle Perverse an der Mittelschule war. Seine Mutter war zu diesem Zeitpunkt schon seit Langem tot, und er lachte lauthals los.

»Oh, für dieses Experiment ist sie berühmt geworden!«, sagte er. »Sie hatte dafür pornografische Fotos in rorschachartige Bilder verwandeln lassen. Das lag nicht an dir. Das waren tatsächlich sehr obszöne Bilder. Ihr Forschungsgebiet waren Sex und Scham.« Gewissermaßen fühlte sich das damals wie eine Metapher für meine Beziehung zu mir selbst an.

»Ich gehe wohl besser nach Hause und drehe eine Runde mit meinen Hunden«, sagt Miss Norman jetzt. »Sobald ich dir zugesehen habe, wie du deine Haare zum Pferdeschwanz zusammengebunden hast. Mädchen und ihre Haare.« Sie pfeift.

»Butches und Mädchen und ihre Haare«, sage ich, und sie lacht. Ich ziehe meine Haare durch das Haargummi. »Ja. Und ich sollte wohl …« Ich schüttele den Kopf, zucke mit den Schultern. »Irgendwas anderes machen.« Wieder lacht sie, zieht ihre graue Jogginghose und ihren grauen Kapuzenpulli an und küsst mich auf die Wange. »Du rufst mich an?«, frage ich.

»Natürlich. Pass auf dich auf, Ash.« Damit geht sie.

»Bist du immer noch zu Hause oder wieder in der Schule?«, schreibe ich Belle. »Die ganze Sache mit Miss Norman tut mir echt leid! Mann!« Keine Ahnung, wie sich mein Leben in eine endlose Episode von *Herzbube mit zwei Damen* verwandeln konnte, das ist mir wirklich ein Rätsel.

Dann schreibe ich Jonah und Jude ein Update über Edi und ihre sich verändernde Elektrolytsituation.

»Neue Restaurantidee«, schreibt Jonah zurück. »Magnesium! Das Menü besteht aus Okra, Makrele und Mangold.«

»Lecker«, texte ich zurück.

»Glück mit dem Kuchen gehabt?«, schreibe ich Honey.

Er kennt jemanden, der jemanden kennt, der vielleicht in den Neunzigerjahren für Dean & DeLuca gearbeitet hat. Er hat versprochen, die Spur zu verfolgen.

»Eine winzige Spur«, schreibt er umgehend zurück.

»Magnesium!«, schreibt Jonah wieder.

»Zurück in der Schule«, schreibt Belle.

Jules schreibt, dass sie ihre Prüfung in Ringtheorie mit links geschafft habe, also schicke ich ihr ein Pokal-Emoji und einen angespannten Bizeps, dazu einen Donut, Bagel, Hula Hoop- und Schwimmreifen.

Ich habe auch eine ganze Reihe aufmunternder Nachrichten von meinen Freunden hier bekommen. Sie haben Edi schon mal getroffen, kennen sie aber nicht wirklich gut. Sie bieten mir Trost und Essenseinladungen an, einen Spaziergang, eine Umarmung, ein Glas Wein, was auch immer ich brauche. Ich schreibe der Gruppe: »Es geht uns so weit gut. Ich werde euch wahrscheinlich einfach danach sehen.«

Jetzt braucht Jules ihre Sozialversicherungsnummer. »Gib sie an niemanden weiter«, schreibe ich, als wäre ich meschugge.

»Upsi, hab's schon auf Social Media gepostet, LOL«, schreibt sie.

Ich schreibe ihr zurück, dass sie sehr lustig ist, und sie

schreibt, dass sie das weiß und dass sie mich und Honey und Belle und die Katzen vermisst. Ich schreibe ihr eine lange Nachricht darüber zurück, dass sich ihre Abwesenheit wie ein echtes Loch in meinem Herzen anfühlt, dann lösche ich sie wieder, schreibe stattdessen »Wir vermissen dich auch« und drücke auf SENDEN.

Meine Eltern haben geschrieben. »Wie geht's Edi?«, wollen sie wissen. »Wie geht's den Kindern? Und dir? Und Honey?«

Ich schreibe ihnen, dass es den Kindern, mir und Honey gut geht, Edi so lala.

»Na ja, wie gut kann es ihr schon gehen, was?«, schreibt mein Dad. Sie ertragen es nicht, dass Edi krank ist, während sie in ihren unverwüstlichen, alten Körpern unermüdlich weitermachen. Ich weiß, wie schwer es ihnen fällt, sich nach ihr zu erkundigen, trotzdem tun sie das immer.

»Jules hat mein AOL kaputt gemacht«, schreibt mein Dad. »Ich weiß, dass sie nur helfen wollte, aber jetzt bekomme ich immer Moms E-Mails.«

»Dad«, schreibe ich zurück. »Mom und du, ihr habt eine gemeinsame E-Mail-Adresse.«

»Ich sag ja nur«, schreibt er wieder. »Ich weiß, dass sie das nicht absichtlich gemacht hat.«

»Schläfst du überhaupt, Schätzchen?«, schreibt jetzt meine Mutter.

»Richtig viel!«, antworte ich.

Sie bezeichnet mich als Lügnerin, dann schickt sie mir ein Dutzend Herzchen-Emojis und eine Sonne.

»Danke, dass ihr euch nach uns erkundigt«, schreibe ich, dann lege ich mein Handy weg.

Meine Eltern sind – inzwischen – ganz verrückt nach Honey, denn als wir zusammenkamen, schienen sie sich bei ihm nie so ganz sicher zu sein.

»Warum ruht er immer so in sich?«, fragte mein Dad mich einmal, ganz misstrauisch und empört. »Und was ist Honey bitte schön für ein Name?«

Ich erklärte, dass seine Eltern ihn, als er klein war, Honey genannt hätten – wenn sie so was wie »Gute Nacht, Honey« sagten –, doch als die Erzieherin ihn am ersten Tag im Kindergarten nach seinem Namen gefragt habe, habe er »Honey« gesagt. Ganz so, als hätte er gedacht, dass das tatsächlich sein Name sei. Sein tatsächlicher Name war Gator, also war Honey so gut wie jeder andere Name. (»Was ist Gator bitte schön für ein Name?« war die gewissermaßen vorhersehbare Fortsetzung meines Dads. Da wiederum war ich mir nicht so sicher.)

Jetzt, wo wir uns getrennt hatten, liebten sie ihn jedenfalls ganz bedingungslos. Vielleicht, weil er ein ganz wunderbarer Vater ist. Oder weil sie davon ausgehen, dass ihn an unserer Trennung keine Schuld trifft, was ja gewissermaßen auch stimmt.

Die kurze Version lautet, dass ich – Überraschung! – mit einem anderen geschlafen habe. Aber es ist natürlich noch etwas komplizierter als das.

Mein Highschool-Sweetheart, jemand, den ich mit siebzehn heiß und innig geliebt habe, kam für eine Konferenz in die Stadt und rief mich vom Hotel aus an. Er war frisch geschieden und hatte bereits via E-Mail mit mir geflirtet. Dann war er auf einmal da, nur ein paar Hundert Meter von mir entfernt.

Ich hatte mich Honey zu diesem Zeitpunkt schrecklich unverbunden gefühlt – wir schienen zwischen sinnlosen Meta-Disputen (»Hättest du einfach nur gesagt, dass es dir leidtut, statt blablabla, dann hätte ich nicht blablabla machen müssen«) und etwas anderem abzuwechseln, das mehr der gefrorenen Tundra des arktischen Schweigens entsprach. Unsere Schlittenhunde waren erschöpft, uns gingen die Vorräte aus, und als Nächstes würden wir uns gegenseitig das Fleisch von den Rippen schneiden, es grillen und essen. Die Mädchen waren mit ihrem Teenagerdasein beschäftigt. Edis Diagnose war eben erst bekannt geworden. Das soll jetzt keine Ausrede sein, dass Edi krank war – ehrlich nicht. Ich weiß nicht einmal, ob mich das beeinflusst hat oder nicht. Ich weiß nur, dass ich einen Anruf vom Hotel bekam.

»Hey Ash«, sagte er, als ich mich meldete.

»Luca. Mach das nicht.«

Er lachte und fragte: »Mach was nicht?«

»Ich weiß nicht. Nichts. Mach es nicht.« Auch ich lachte. Ich ging im Schlafzimmer auf und ab. »Also, hey, hallo!« Ich setzte mich auf den Rand des Bettes und presste die Fingerspitzen auf meine Augenlider. Als ich die Augen wieder aufmachte, war alles um mich herum verschwommen grau. Ich konnte hören, dass Luca lächelte.

»Komm vorbei«, sagte er – *raunte* er tatsächlich.

»Luca, das geht nicht.«

»O doch«, widersprach er. Ich stellte ihn mir immer noch als Teenager vor – als einen Jungen, mit dem schlanken, unersättlichen Körper eines Jungen und dem wilden, furchtlosen Herz eines Jungen. »Komm zu mir, Ash.«

Und das machte ich dann auch. Ich ging zu ihm.

Und es war nur dieses eine Mal, aber danach wollte ich nicht mehr mit Honey zusammen sein. Honey liebte mich, das wusste ich, aber ich wollte, dass man mich nachts nicht schlafen ließ, wollte voller Verlangen wegdämmern und dann aufwachen, weil mich jemand ganz erstaunt anblickte, während er mit dem Finger die Kontur meines Gesichts nachzeichnete. Dafür war Honey in vielerlei Hinsicht zu rational veranlagt und in anderer Hinsicht zu kaputt. Er hatte als Teenager, als seine Mutter sich zu Tode trank, gelernt, nicht zu viele Gefühle zuzulassen. Er hatte gelernt, wegzusehen. Einerseits war er so warmherzig und zuvorkommend – einer der wenigen Ehemänner, die ich kannte, die das Thermostat nicht ein Dutzend Mal am Tag schimpfend herunterdrehte. Gleichzeitig schien er alles, was er über das Verlangen wusste, von alten Chevy-Chase-Filmen gelernt zu haben. (»Kann ich mir mal eben dein Handtuch borgen?« war sein klassischer Verführungsspruch, wenn ich aus der Dusche auftauchte. »Ich hab gerade einen Wasserbüffel angefahren.«) Belle und Jules machen sich über ihn lustig, weil er chronisch trockene Augen hat und Augentropfen mit dem Namen Künstliche Tränen verwendet. Jedes

Mal, wenn er sie in seine Augen tropft, rufen sie: »Oh-oh! Dad hat wieder mal vorgetäuschte Gefühle.«

Ich erzählte Honey das von Luca und was ich getan hatte, wie einsam ich mich fühlte, dass ich ganz verrückt geliebt werden wollte. Er war kurzzeitig unglücklich, schleppte sich durch die nächsten Tage, stellte keine Fragen, schien das zu überwinden, und dann pfiff er auch schon wieder »Walking on Sunshine«, während er geduldig den Eisdamm auf dem Dach entfernte.

»Bist du nicht stinksauer?«, hakte ich nach, doch er zuckte nur mit den Schultern. »Ich will, dass du mich ganz verrückt liebst«, sagte ich.

»Das willst du. Ich weiß. Gleichzeitig willst du aber auch Freiraum, um zu denken und zu arbeiten. Freiheit. Manchmal willst du dich ausruhen. Und du würdest es hassen, sollte ich versuchen, dich einzugrenzen.« Dann seufzte er und presste die Lippen zu einem schmalen Strich zusammen. »Ich liebe dich, aber was du willst, ist unmöglich, Ash«, sagte er schließlich, und das stimmte auch. Es stimmt immer noch.

Ich will das Unmögliche.

Kapitel 9

Das Zimmer auf der anderen Seite des Gangs ist heute leer, das Kinderbett steht nicht mehr darin, dafür eine batteriebetriebene Votivkerze auf der Schwelle, symbolhaft für diesen Übertritt. Einen Moment lang kneife ich die Augen fest zu, lasse meine Gefühle aufsteigen, verberge mein Gesicht in den Händen, bedecke das Gesicht des Babys vor meinem geistigen Auge mit Engelaufklebern und Sternen. Das ist brutal. Nicht zu ertragen. Warum machen wir das überhaupt – jemanden lieben? Ach, unsere dämlichen, einfältigen Herzen.

Als Jules ein Neugeborenes war, sorgte ich mich so sehr darum, sie könnte sterben, dass ich einmal dachte, *der Silberstreifen ist doch – wenn sie tatsächlich irgendwann sterben sollte, dann mache ich mir danach wenigstens nicht länger Gedanken darüber, dass sie sterben könnte.* Und mit *dachte* meine ich natürlich, dass ich das Honey gegenüber laut aussprach, der daraufhin das Gesicht verzog und sagte: »Also wirklich, Ash. Mal sehen, ob es uns gelingt, irgendwann in deinem Tag einen Mittagsschlaf unterzubringen.« Aber selbst jetzt gerade, wenn ich zum Beispiel darüber nachdenke, dass ich bei einem Unfall beide Beine verlieren könnte, wäre ich vermutlich geneigt, sie mir vorauseilend mit einem Brotmesser abzusäbeln. Ich komme mit dieser Eventualität nicht klar. Verluste lauern an jeder Ecke, doch wie bereiten wir uns darauf vor?

»Was für ein Tag ist heute?«, fragt Edi, nachdem ich mich zusammengenommen habe und in ihr Zimmer gegangen bin, doch ich muss überlegen.

»Donnerstag?«, sage ich, während ich meinen Reißverschluss aufziehe. »Oder Freitag? Freitag.«

»Nein«, sagt sie. »Welches Datum?«

Hier gibt es keine Uhren, keine Kalender. Es ist wie in einem Casino, nur ohne Spiele oder Cocktail-Kellnerinnen. Ich sehe auf mein Handy: Heute ist der 20. Februar.

»Jetzt bin ich schon seit einem Monat hier«, sagt sie.

»Bist du«, bestätige ich zögerlich, weil ich nicht genau weiß, was das für sie bedeutet. Heute ist ihr Gesicht aufgedunsen, ihre Zähne wirken riesig.

»Hast du meine Trauerrede schon geschrieben?«, fragt sie.

»Nein, habe ich nicht, Edi!«

»Aber du hast darüber nachgedacht«, fährt sie fort.

»Ich weiß nicht. Also, nicht so richtig.«

»Kannst du bitte den Versuch unterlassen, dass alle sich bei meiner Beerdigung in dich verknallen?«, sagt sie, lacht dabei aber nicht.

»Das war hart«, entgegne ich, statt zu sagen: *Kenne ich dich überhaupt?*

»Kannst du das überhaupt?«, fragt sie. »Also, könntest du es so machen, dass sich meine Trauerrede tatsächlich *um mich* dreht?«

Damit bezieht sie sich vermutlich auf meine Rede an ihrer Hochzeit, in der es hauptsächlich darum ging, was für eine ausgezeichnete Freundin ich Edi war und wie lange schon und dass sie jetzt jemanden heiratete, der sie gerade mal – wie lange eigentlich? – eine Minute lang kannte und der vermutlich nicht einmal ihre Lieblings-Jolly-Rancher-Geschmäcker der Reihe nach aufführen konnte (Apfel, Kirsch, Wassermelone), ihre Lieblingsepisoden von *Chefarzt Dr. Westphall* oder das Einzige, was sie je geklaut hatte (einen Flüssiglipgloss mit Kaugummigeschmack). Jude und Edi hatten Tränen gelacht, dennoch befürchtete ich, dass es vielleicht eine Schippe zu viel gewesen war.

»Ja, Edi«, verspreche ich. »Ich sorge dafür, dass es in der Trauerrede nur um dich geht.«

»Denkst du wenigstens daran, so was wie meine Karriere zu erwähnen?«

Natürlich werde ich das! Ungeachtet der Tatsache, dass ich das noch nicht getan habe!

Jude und Edi sind Dokumentarfilmer – so haben sie sich kennengelernt –, und Edi bekommt so ziemlich jeden zum Reden: obdachlose Transteenager, Gefangene im Todestrakt, umstrittene Kandidaten für den Supreme Court, Kinderbuchautoren, die gleichzeitig vorbestrafte Sexualtäter waren (okay, davon gab es nur einen). Ich habe ihr zugesehen – ihre ruhige Art zu sprechen und wie sie den Kopf beim Zuhören schief legt, die Kamera eher eine freundliche Zusatzgliedmaße als ein Eindringling. »Erzählen Sie mir davon«, sagt sie, und die Leute tun es. »Das tut mir so leid«, sagt sie, wenn sie weinen, und sie weint mit ihnen.

Sie und Jude hatten einmal auf einer Party gefilmt, auf der ein berühmter Dichter jeden fragte, wie er sich während der unausweichlichen Apokalypse sähe.

»Du fängst an«, sagte er zu mir.

»Oh, wow, äh«, stammelte ich, dann beschrieb ich mich in einer schmutzigen Schürze, wie ich mich über eine brennende Mülltonne beugte und Eichhörnchenspieße für die Kinder der Nachbarschaft grillte.

»Hmm«, sagte er, und zumindest für mich klang es so, als würde er damit sagen *Klingt nach deinem ganz normalen Leben.* »Was ist mit dir?«, fragte er einen anderen berühmten Dichter, einen ganz angenehmen Menschen mit sanfter Stimme, der sich vorstellte, wie er sich einen Schuss setzen und sich obszönen Sexspielchen mit heißen Muskelprotzen hingeben würde, bis zu dem Moment, in dem die Zombies auftauchten oder er an einer Überdosis verstarb.

Im Film sehe ich in die Kamera und sage: »Ja, genau. Eigentlich wollte ich dasselbe sagen.« Und dann hört man Edi lachen.

»Und, was gibt's so?«, frage ich jetzt. »Hast du heute einen beschissenen Tag?«

»Ob ich einen beschissenen Tag habe? Im Hospiz? Ja, tatsächlich!«

Also krabbele ich zu ihr ins Bett und erzähle ihr vom Kuchen mit dem großen K – so wie man kleine Kinder, wenn sie wütend oder krank sind, mit ein paar Trauben abzulenken versucht. Eins kann ich jedenfalls mit Sicherheit sagen: Keiner will Trauben essen, wenn er gerade wütend ist. Oder wenn er gerade im Sterben liegt. (Hat überhaupt jemals jemand Lust auf Trauben?) Vom Kuchen mit dem großen K möchte Edi aber schon irgendwie hören. Also erzähle ich ihr, dass eine Frau namens Daisy Goldstar zu besagter Zeit für Dean & DeLuca gebacken hat, zumindest, wenn man Honeys Quelle Glauben schenkte.

»Ich habe sie gegoogelt«, erzähle ich Edi. »Und es sieht ganz danach aus, als hätte sie noch immer einen Blog über Backen. Es gibt auch Kochbücher von ihr. Ich habe nichts mit Polenta gefunden, aber ich habe ihr eine Mail geschrieben, vielleicht schreibt sie ja zurück.«

»Ich hoffe, du hast alle Register gezogen«, sagt Edi, was ich bejahe. »Aber hast du ihr auch gesagt, dass ich im Sterben liege?«, hakt sie weiter nach.

»Ich habe ihr zumindest gesagt, dass du irgendwann in nächster Zeit sterben könntest.«

Edi scheint sich damit zu begnügen.

»Hey!« Ich beuge mich nach unten und hebe meine Tasche hoch. »Ich habe Nagellack mitgebracht!« *(Wer will schon Trauben?!)*

»Ohhhh!«, ruft sie begeistert. »Jiphie! Welche Farbe? Zeig her!«

Ich ziehe den Rolltisch zu uns und reihe die Fläschchen nebeneinander auf. Auf dem Weg hierher habe ich einen Abstecher beim Drogeriemarkt gemacht und mehrere Farbschattierungen gekauft – ein perlmuttglänzendes Rosa und ein klassisches Rot, aber auch einen Nagellack mit Glitzer und einen ganz dunklen.

»Den da«, sagt sie. Es ist das dunkle Schiefergrau.

»Gute Wahl«, kommentiere ich, wie sich eine Kellnerin zu einem Teller Spaghetti mit Tinte vom Tintenfisch äußern würde.

»Danke«, antwortet sie lachend.

Olga späht herein, als ich das Fläschchen schüttle. »Mehr Salooon!«, sagt sie. »Bestimmt findet Ruth auch gut. Machst du?«

»Natürlich!«

Olga geht und wird von Cedar ersetzt, der sich danach erkundigt, ob Edi Lust auf ein bisschen Musik hat. Ihm ist es egal, dass ihm der Nagellack mit seinen giftigen Dämpfen vermutlich das Hirn zersetzen wird, und das weiß ich, weil ich ihn danach gefragt habe. Er ruft die Lyrics auf seinem Handy auf und singt den Stevie-Wonder-Song, um den Edi ihn gebeten hat – »Heaven Is 10 Zillion Light Years Away«, a cappella, weil er den Gitarrenteil nicht finden kann –, ich lackiere unterdessen Edis Nägel, puste darauf und lackiere ein zweites Mal darüber.

»Mann, ich bin so gut, Wahnsinn!«, verkünde ich.

Edi rollt erst mit den Augen, sieht dann aber hin und meint: »Ja, wirklich.«

Olga fährt Ruth herein.

»Wie schön!«, rufe ich. »Die Party kann losgehen.«

»Wessen Party?«, fragt Ruth. »Juniors Party?«

»Ach, einfach nur eine Nagellack-Musik-Party«, sage ich unbeholfen, und sie zuckt mit den Schultern.

Ich bitte Ruth, eine Farbe auszuwählen, irgendeine, und bin ganz überrascht, als sie sich für dieselbe, fast schwarze Farbe wie Edi entscheidet. Bei so vielem, was ich über die anderen denke, liege ich absolut falsch! Ich sollte versuchen, mir das zu merken.

Ein Lehrer für Kreatives Schreiben hat meine Klasse im College einmal darum gebeten, die Hände von alten Menschen zu beschreiben. »Das wird immer ein Klischee«, sagte er und lächelte dann affektiert. »Die Hände meiner Großmutter! Die Adern, die Haut! So knotig! Ich liebe sie! Sie wird sterben!« Wie Belle sagen würde: *Was für ein Arsch!*

Doch irgendwie blieb das bei mir hängen, also erwähne ich an dieser Stelle einfach nur, dass Ruth die Hände eines alten Menschen hat. Sie sind so stark abgenutzt, dass sie mich ehrlich gesagt ein bisschen verwirren – wo genau fangen die Fingernägel an, und wo hören sie auf? –, aber ich gebe mein Bestes. Sie schließt die Augen, während ich ihre Nägel lackiere, und ich spüre jeden Knochen in ihren Fingern, obwohl ich sie nur ganz locker festhalte, als wären es kleine Mäusebabys, die ich zerquetschen könnte.

»Tadaa!«, rufe ich, sie öffnet die Augen, hält die Hände hoch und klatscht dann.

»Wunderbar!«, flüstert sie und betrachtet erneut ihre Hände. Das Klatschen ist ihrer Maniküre nicht gerade gut bekommen, wie ich feststelle, aber sie schüttelt einfach nur begeistert den Kopf – *Wunder, ein Wunder, ja, ein Wunder ist geschehen!* – und flüstert erneut »wunderbar!«.

»Liebes«, sagt sie und sieht mich eindringlich an. »Wärst du so nett und würdest mir ein Ginger Ale holen? Light«, fügt sie noch hinzu. »Ich mache gerade Diät.«

Ja, natürlich! Sehr gern! (Aber Diät? Also echt.) Ich düse in die Küche und schenke ihr den Drink ein, drücke den Plastikdeckel auf den Becher, schiebe einen Strohhalm hinein und düse wieder zurück. Allerdings muss hier irgendein physikalisches Gesetz am Werke sein oder aber irgendeine Form von brodelnder Hexenmagie, denn als ich Ruth den Becher reiche, spritzt Ginger Ale aus dem Strohhalm und über ihre weiße Baumwollweste und ihre Frotteeslipper.

»Verdammt!«, rufe ich aus. »Mist. Tut mir leid. Verdammt! Nicht fluchen! Ach Mann! Es tut mir so leid, Ruth.«

Ruth winkt einfach nur ab und sagt: »Braucht es nicht«, tupft das Ginger Ale mit einem Taschentuch ab und hält ihre lackierten Nägel wieder hoch, damit alle sie bewundern können.

Als Nächstes lackiere ich Cedars Nägel – in Blassrosa –, während Ruth den Rest ihres Bechers austrinkt und sich mit Edi über die Hunde unterhält.

»Da bist du ja, Ruth!« Dr. Soprano steht in der Tür. »Du warst nicht in deinem Zimmer«, dröhnt er. »Hallo, alle zusammen!«

Ich weiß nicht, ob alle Ärzte in Hospizen so sind,

aber unserer vermittelt einen enormen Mangel an Dringlichkeit. Ihn umgibt ein *Was ist das Schlimmste, das passieren könnte?*-Vibe – den ich ganz besonders tröstend finde, aber ich weiß nicht, ob es seinen Patienten genauso geht.

»Ich statte der Jugend einen Besuch ab«, sagt Ruth, und er lacht sein dröhnendes Mafiaboss-Lachen.

»Ich borge diese Lady hier mal einen Moment«, sagt er, und Ruth winkt, als er sie hinausrollt.

Und dann ist auf einmal Jonah da, rotwangig, wischt sich den Schnee vom kahlen Kopf, eine schöne Überraschung.

»Du bist da!«, ruft Edi. »Juchu!«

Er erzählt uns, dass die Arbeit ätzend gewesen sei, also habe er früher Feierabend gemacht und sei hochgefahren. Jonah fährt ein schickes Auto, von dem ich immer denke, es würde Chivas Regal heißen, was ihn nervt.

»Du denkst an einen Cutlass Supreme«, sagt er, »aber auch das ist kein Auto, das ich fahren würde, weil ich nicht dein Großonkel Saul bin.«

Er küsst uns beide, zieht seine Jacke aus, sagt Edi, dass sie toll aussieht, und fängt dann an, eine Tasche des exquisiten Ross & Daughters auszupacken. Sie enthält nicht nur Rugelach und Bagels und Räucherlachs und Cream Cheese, sondern auch geräucherten Skilfisch, eingelegte Heringe, Blinis und eine Dose Kaviar, die man unbenommen als einen *Eimer* Kaviar bezeichnen könnte.

»Himmel, Jonah, hast du dafür auch eine Schaufel mitgebracht?«, frage ich.

Er zuckt mit den Schultern. »Ich bin reich, verklag mich doch.«

»Mag ich überhaupt Kaviar?«, fragt Edi, was wir nicht wissen, aber wir sind uns einig, dass wir das herausfinden müssen.

Der Sirenengesang des Skilfisches lockt Dr. Soprano zu uns. »Ohhh!« Seine Augen leuchten angesichts dieser Auslage. Er wäscht sich die Hände an Edis Waschbecken, trocknet sie ab und steht dann mit seinem erwartungsvollen Gesicht und verdächtig sauberen Fingern da, bis jemand ihn dazu auffordert, sich doch zu bedienen. Er bestreicht eine Bagelhälfte mit Cream Cheese, schichtet dann eine dicke Lage Lachs darauf und verziert sie mit Kaviar. Ich tue es ihm gleich. Ein paar Minuten wird mehr gegessen als geredet.

»Ist das der *Blechdosenmann?*«, fragt Edi ohne irgendeinen Bezug, und wir alle hören auf zu kauen und sehen sie an. Sie ist hochgebettet und betrachtet uns, als wären wir abstrakte Kunstwerke. »In *Der Zauberer von Oz*«, sagt sie.

Ich schüttle den Kopf, schlucke meinen letzten Bissen Bagel hinunter. »Ich glaube, es heißt nur der Blechmann. Ohne Dose.«

»Gibt es so was wirklich?«, fragt sie.

»Ich glaube nicht«, antworte ich.

»Es kommen doch richtige Löwen, Vogelscheuchen, Mädchen und Hunde vor«, meint sie. »Warum haben sie dann ausgerechnet das eine Ding ausgewählt, das gar kein Ding ist?«

Gute Frage. »Ich habe keine Ahnung«, sage ich.

»Aber man trifft doch nicht einfach so auf einen Blechdosenmann, wenn man im Wald spazieren geht, oder?«, hakt sie weiter nach.

Wir sind uns alle einig, nein, das würde nicht passieren.

»Puh! Gut zu wissen, was?«, meint Edi.

Schon irgendwie!

Ich sehe zu Dr. Soprano, der nachdenklich lächelt. Er überprüft Edis IV-Zugang. »Wir müssen dem Mädchen hier ein bisschen mehr Magnesium verabreichen«, dröhnt er.

»Iss noch ein bisschen Räucherlachs, Edi«, sagt Jonah. »Das ist jüdisches Superfood.«

»Nein«, sagt sie. »Mir reicht's. Aber noch eine Frage: Heißt es Jamaica oder *Kroatien?*« Das kommt darauf an! Es heißt *Jamaica,* wie wir herausfinden – dort hat ihr Cousin geheiratet.

Das führt Jonah dazu, uns die zweifelhafte Geschichte einer Großtante zu erzählen, die nach Newark geflogen war und in dem Glauben, in Manhattan gelandet zu sein, eine Woche dort verbracht hatte. »Newark, New *York*«, ahmt Jonah ihren schweren russischen Akzent nach. Zwar habe sie das Empire State Building nicht gefunden, ansonsten aber eine recht schöne Zeit dort verbracht.

Farrah sitzt inzwischen neben Edis Bett und starrt sie an. »Du bist so käsegeil«, sagt Edi zum Hund und dann an mich gerichtet: »Genau wie du.«

»Stimmt«, sage ich. »Kaum gibst du mir ein Stück Cheddar, schon mache ich …«

»Hey!«, ruft Jonah dazwischen. *(Trauben!)* »Edi. Ich habe auch Schokolade mitgebracht. Das hätte ich fast vergessen.« Er steckt die Hand in seine Jackentasche, doch statt Schokolade zieht er einen Zettel hervor, der ganz oft und klein zusammengefaltet ist. »Oh«, sagt er. »Moment mal. Ich habe eine Nachricht von Dash.«

»Oh!«, sagt Edi und schüttelt den Kopf. Jonah hält ihr den Zettel hin, aber sie nimmt ihn nicht. Ihre Augen füllen sich, bis sie überlaufen. »Nein, Jonah.«

»Okay«, sagt er. »Schon okay. Ich lasse ihn dir für später da.« Jonah setzt sich auf Edis Bett, und sie lehnt sich an ihn.

»Ach Jonah«, sagt sie.

Er schlingt seine langen Arme um sie und sagt nur: »Ich weiß. Ich weiß.«

Als Edi vor einem Monat hierherkam, wurde sie mit dem Krankenwagen hergebracht. Und bevor sie sie in den Krankenwagen verfrachteten, hatte sie sich von Dash verabschiedet. Von ihrem bildschönen Jungen mit den großen braunen Augen. Ihrem Baby. Die Sozialarbeiterin des Sloan Kettering hatte einen Plan mit ihr entworfen, und die Idee war, ihn wissen zu lassen, dass sie ihn immer lieben würde, gleichzeitig sollte sie aber ganz eindeutig und unmissverständlich sein, ihm diese Liebe darbringen, als wäre es ein ausgestochenes Herz aus süßem Teig, ordentlich gebacken und glasiert – und keine anatomische Brust voller Sehnsucht. Voller Blut, heftig schlagend vor Trauer.

»Wie lief es?«, fragte ich Jude, als er von zu Hause anrief.

»In etwa so, wie du es dir vermutlich schon gedacht hast«, lautete seine Antwort. Sie hatte sich auch von ihm verabschiedet, natürlich – ihrem Ehemann! Von dem Menschen, neben dem sie unzählige Nächte geschlafen hatte, dem Menschen, mit dem sie die meisten Witze geteilt hatte, den Großteil ihres Strahlens. Das schien einfach unmöglich! Das durfte nicht wahr sein. (»Wir sehen uns!«, hatte sie zu ihm gesagt, wie er mir erzählte, und er musste trotz seiner Tränen lachen.)

Doch wir beide dachten an Dash. Wir stellten uns die Milchstraße der Mutterliebe vor, die Dashs Zukunft erfüllte – ganze Galaxien davon, riesig und leuchtend und überall. So viel davon, o ja. Doch so vieles davon nicht zu verorten.

Nicht hier.

Kapitel 10

Jonah ist immer noch im Unflätig, und Belle hat mich überredet, einen Spaziergang durch den Wald am Ende unserer Straße zu machen. Das ist die beste Idee, die je jemand hatte. Der Himmel erinnert an gräuliches Slushie-Eis – so kalt und nass, dass ich bei jeder Windböe vor Kälte Kopfschmerzen bekomme. Stöhnend presse ich die Hände an den Kopf.

»Also bitte, Mama! Kannst du jetzt vielleicht keinen echten Herzinfarkt haben?«, sagt Belle.

»Nein, nein! Alles bestens! Einfach großartig!«

Wir sehen eigenartige V-Formationen von Gänsen, die sich kreuzen. Kommen sie oder gehen sie? Wir finden nicht heraus, in welche Richtung sie fliegen, und fragen uns, ob sie sich unwohl fühlen, wenn sie so aneinander vorbeifliegen. Wir hören sie schnattern und stellen uns vor, wie sie nervös zueinander sagen: *Äh, Jungs?*

Ich deute auf die Weiden, die im späten Februarlicht schon fast golden aussehen. Belle nickt. Ich erzähle ihr von der Eule, die ich in der Nacht gehört habe, während

Thumper und Jelly mit großen Augen am Fenster standen, als wären sie zu Stein erstarrt.

»Was denkst du, wenn Katzen eine Eule hören, halten sie sich selbst dann für Jäger oder für Beute?«, fragt Belle.

»Das weiß ich nicht. Vielleicht trifft ja irgendwie beides zu.«

»Sag mal«, überlegt Belle unvermittelt. »Ist das im Darm Flora oder Fauna?«

»Flora«, antworte ich.

»Stimmt. Ja, Darmfauna wäre vermutlich ein bisschen too much. So was wie Rehe, Stinktiere und das alles.«

Wir reden einen Moment über einen Artikel, an dem ich gerade schreibe. Er heißt »Triste Pantry«. Doch Belle denkt zuerst, ich hätte »Triste Panty« gesagt, was angesichts des traurigen Zustands meiner Unterwäsche durchaus auch Sinn ergäbe.

»Ist es etwa ein *Listicle?*«, fragt sie angewidert, betont dabei ganz besonders das testikuläre Wesen des Wortes. Ist es nicht. Es geht darum, aus einer einzigen Dose und einer einzigen Trockenware ein Abendessen zuzubereiten. »So was wie Tomaten und Reis. Oder Kichererbsen und Nudeln«, erkläre ich.

»Das ist ja wohl noch trauriger als die Höschen«, meint Belle. »Aber vielleicht nicht so traurig wie dein letzter Artikel.«

Das stimmt vermutlich. Der Artikel hieß »Weinen nützt nichts: Was mit verschütteter Milch gemacht werden kann«. Und das *war* ein Listicle.

»Hat sich bei dir was in Sachen Job getan?«, frage ich. Sie würde gern ein paar Stunden arbeiten.

»Irgendwie ja?«, sagt sie. »Dad wird mir wohl dabei helfen, einen Catering-Job zu bekommen. Auf Craigslist suchen die Leute nur nach jemandem, der vorbeikommt und so Sachen macht wie ihr Aquarium nackt putzen.«

Ich lache. »Und wie gut wird das bezahlt?«

Sie macht eine abwiegelnde Handbewegung. »Nicht so gut, wie man das gern hätte.«

Wir sprechen etwas über das College, das Belle gerade durch den Kopf geistert. »In einem Jahr werde ich mit all meinen Bewerbungen durch sein!«, sagt sie. »Also, ich klopfe auf Holz, aber wie verrückt ist das bitte schön?«

Sie möchte auf eine Frauenuni – »Was nützt es denn sonst, queer zu sein?« –, und ihr Vater und ich sind von dieser Idee ganz begeistert.

Auf dem College-Infotag an ihrer Highschool vor Kurzem hatte eine andere Mutter einen Seufzer ausgestoßen und mich gefragt: »Wünschen Sie sich nicht auch, Sie könnten das alles noch mal machen?«

»College?«, hatte ich gesagt. »O Gott. Ich weiß nicht. Ich glaube nicht, dass ich tatsächlich noch die Energie habe, von jedem Date flachgelegt zu werden.«

Wenigstens Honey hatte gelacht, was für ein Glück, dass es ihn gibt, während die andere Mutter zurückgewichen war und vermutlich nach einem etwas alltäglicheren Small Talk Ausschau gehalten hatte.

»Verlass mich nie!« Das könnten meine nächsten Worte sein, die ich schluchzend an Belle richte, aber ich verkneife sie mir. »Ich weiß!«, sage ich stattdessen fröhlich. »College! Ich kann es kaum glauben!«

Wir stapfen durch den prächtigen Schneematsch, die metallisch-klirrende Luft, und ich muss an Belle als Kleinkind in diesem Wald hier denken. Wie sie vor Honey und mir herrannte, mit ihren herumbaumelnden gestreiften Fäustlingen und ihrer kleinen blauen Bommelmütze, wie sie sich dann umdrehte und zu uns zurückrannte und Honey sich jedes Mal nach unten beugte, um sie hochzuheben. »Zum Glück bist du wieder da!«, rief er immer wieder aufs Neue. »Wir haben dich schon vermisst!«

Ich erinnere mich auch daran, wie ich vor ein paar Jahren durch die Fotos auf meinem Handy scrollte.

»Hast du die gemacht?«, fragte ich Jules. Es waren ein Dutzend Fotos von Honey und mir, wie wir unter diesen Bäumen standen und stritten. Honey hielt die Arme mit zum Himmel zeigenden Handflächen ergeben nach oben. Ich zoomte in das Foto hinein, um mir mein Gesicht anzusehen – mein Mund war zu einer schmalen, verbissenen Linie verzogen, und meine Stirn warf wütende Falten, erinnerte an ein zerknautschtes Geschirrtuch. Nie zuvor hatte ich mich selbst so hässlich gesehen.

»Mhm«, sagte Jules schuldbewusst.

»Wow! Es tut mir leid, dass du mitbekommen hast, wie Dad und ich gestritten haben.«

»Ja, das war echt übel.«

Wie wahr. Das war übel hoch zwei.

Wir sahen uns einmal einen Dokumentarfilm über diesen berühmten Künstler an, der wunderschöne Skulpturen aus Blättern, Moos, Schnee und Dreck herstellte. Ein packender Film. Man sah, wie er Eissplitter zu einer glitzernden Kuppel verband, einen grauen Regenbogen aus Strandkieseln und ein riesengroßes Nest aus Zweigen formte. Alles war wunderschön und vergänglich. Und dann kam da diese eine Szene – als wäre sie aus einem anderen Film herausgeschnitten –, in der er nach Hause ging und ein Sandwich aß. Seine Frau war da, rührte etwas auf dem Herd um, und ihr hingen bestimmt fünfzehn Kinder am Rockzipfel, als wäre sie ein Opossum. Sie war total gereizt und fragte: »Kannst du nicht wenigstens ein Kind mitnehmen?« Sehr fröhlich ließ er sie wissen, dass er das, leider, leider, nicht könne. Und dann wurde die nächste Szene eingeblendet, in der er eine *Skulptur aus Gänseblümchen* machte. Da stand er buchstäblich auf einer Wiese und pflückte Blumen – das war die Arbeit, die er verrichtete –, und man saß da und dachte nur, *Echt jetzt? Da konnte er nicht einmal* ein *Kind mitnehmen?* Ich hatte mir den Film mit Honey angesehen.

»Hoffentlich verlässt sie ihn«, sagte ich.

»Echt jetzt?«, fragte er.

Und ich spürte, wie mich Wut erfüllte, als wäre ich ein Eimer unter einem Wasserhahn. Wenn ich jetzt eine dieser berühmten Flechten-Collagen, Kieselspiralen oder so sehe, spüre ich noch immer, wie die Wut in mir aufwallt. Auch das Wort *Ehefrau*. Dabei stelle ich mir uns Frauen vor, wie wir Haferbrei auf dem Herd umrühren und dabei knietief inmitten der Windeln und Gefühle aller anderen stehen.

Jetzt gerade denkt Belle laut über ganz andere Dinge nach: »Wer hat eigentlich die Idee für den Bonbongeschmack *Andorn* gehabt?«, fragt sie sich, ehe sie zu der Schlussfolgerung kommt, dass die Leute Kinder hassen müssen.

»Hat das Wort Mumps eigentlich irgendwas mit Mumpitz zu tun?«, überlegt sie laut. »Weil man dann aussieht wie so ein kleines aufgedunsenes Schreckgespenst? Aber eigentlich ist es völliger Mumpitz und gar nicht weiter schlimm?«

Außerdem habe sie immer gedacht, der Ausdruck würde *sich stehlen* lauten, nicht *sich stählen*, erzählt sie, und das habe für sie nie einen Sinn ergeben. »Ich habe mich da immer gefragt *Ja, und wohin soll ich mich denn wegstehlen?*« Ich beschreibe ihr, dass ich mir bei diesem Wort vorstelle, in einer riesigen, quietschenden Rüstung aus Metall zu stecken, und sie sagt, dass sie sich das ab jetzt auch so vorstellen wird.

Dann gehen wir eine Weile schweigend nebeneinander her, der Himmel über dem Wald wird von blauen, weißen und pinken Streifen überzogen, als die Sonne untergeht. Erst bleibe ich stehen, dann Belle.

»Hey, Belly«, sage ich, sie dreht den Kopf zu mir um, blinzelt mich mit ihren langen Giraffenwimpern aus dem schmalen Streifen an, der zwischen ihrem schwarzen

Schal und der schwarzen Mütze frei ist. »Ich weiß einfach nicht, ob ich mir Sorgen um dich machen sollte.«

Sie kneift die Augen zusammen, erwidert munter: »Ja, geht mir genauso.«

»Wegen *mir?*«

»Deswegen, weil du Sex mit so vielen Leuten hast.«

»Mit zwei Leuten«, sage ich abwehrend.

Seufzend sagt sie: »Mom, es sind mindestens drei. Ich hab tatsächlich nicht alles gelesen. Aber ich habe eine SMS von Dr. Soprano gesehen, und darin kam das Wort *Schwanz* vor.«

»O Gott!«, rufe ich aus.

»Na ja, also … ich habe schon alles gelesen.«

»Tut mir leid«, sage ich, statt einfach aus dem Wald zu rennen, ins Auto zu springen, nach San Francisco zu düsen und mich dort mitsamt dem Auto von der Golden Gate Bridge zu stürzen. »Das muss dich ganz schön schockiert haben.«

»Ja«, sagt sie, schüttelt dann den Kopf. »Ich weiß auch nicht. Es geht dabei gar nicht so sehr um den Sex. Eher um die ganz klassischen Bedürfnisse eines Kindes. Vermutlich wünsche ich mir einfach nur, dass du mit Dad zusammen bist.«

»Das weiß ich. Dein Dad ist der Beste. Das tut mir wirklich leid, Belle.«

»Ich weiß, dass es dir leidtut.«

»Das war jetzt ein krasser Themawechsel«, meine ich.

»Schon, oder?«, sagt sie, macht kehrt und läuft nach Hause.

Wir laufen den Hügel hinauf zu unserer Sackgasse, wo unser Nachbarsjunge Robby gerade mit seinem Plastikschlitten draußen ist.

»Ich mag deine Hose!«, rufe ich ihm zu. Er trägt witzigerweise einen zu kurzen gestreiften Pyjama über seinen Schneeschuhen. Aber Belle und ich sind wohl bis zur Unkenntlichkeit vermummt, weil Robby den Schlitten fallen lässt und »Nicht mit Fremden reden!« ruft.

»Robby!«, rufe ich. »Wir sind's!« Doch er flitzt bereits die Straße hinauf, zieht die Haustür auf und verschwindet im Inneren.

»O Gott, Mom!« Belle lacht so heftig, dass sie in die Hocke geht. »Ich mach mir gleich in die Hose. *Ich mag deine Hose?*«

Ich lache so heftig, dass mir die Tränen kommen. »Was habe ich nur für ein Problem?«, frage ich, während sie den Kopf schüttelt und Robbys Schlitten hochhebt.

»Schreib seiner Mutter besser eine SMS, ja?«, meint sie.

»Gute Idee«, finde ich.

»Aber mal ernsthaft«, sage ich, nachdem ich unserer Nachbarin rasch eine Entschuldigung geschickt habe und Belle und ich uns in der Küche aus unseren vielen Schichten pellen. »Was stimmt mit mir nicht?« Ich bin mit einem Mal so müde und kann es mir gerade so verkneifen, mich einfach auf den Boden zu legen.

»Komm her«, sagt Belle und breitet die Arme weit aus, so wie ich das immer bei ihr gemacht habe. Wenn das eigene Kind einen tröstet – dann ist das einfach zu viel!

»Alles gut«, sagt sie. Ich schluchze leise in ihren Nacken. »Das alles ist gerade richtig schwer. Und manchmal ist es wichtig für Kinder«, meint sie, löst sich etwas von mir und lacht wieder, »dass sie von einer netten Nachbarin daran erinnert werden, sich vor Fremden in Acht zu nehmen.«

Kapitel 11

Es ist wieder eisig kalt. Unser kleines Haus ist von Eiszapfen bekränzt, und Honey ist vorbeigekommen, um meinem zwanzig Jahre alten Chevrolet Starthilfe zu geben.

»Tut mir leid«, sage ich, als er fragend auf Jonahs klobigschicken Cutlet Supreme sieht, oder was für eine Scheißmarke das auch immer ist. »Keiner von uns hat ein Starthilfekabel.«

»Kein Problem«, sagt Honey. Er reicht mir eine Tasche mit lauter Sachen für Edi, dann küsst er mich auf die Wange, streut etwas Salz auf die vereiste Auffahrt und fährt zurück zur Apotheke.

Jetzt bin ich wieder im Unflätig, creme Edis Füße mit nach Pfefferminz duftender CBD-Creme ein und fühle mich wie eine Heilige.

»Magma?«, sagt Edi unsicher.

»Was?«

Sie schüttelt den Kopf.

»Mama?«, schlage ich vor. »Deine Mom?«

»Magma«, sagt sie wieder.

»Meinst du geschmolzene Magma?«

Sie schüttelt den Kopf. »Wie ich meinen Abschluss gemacht habe. *Magma* cum laude?«

»Ähm, das war ich. Du hast mit *summa* cum laude abgeschlossen. Außerdem heißt es *magna.*«

Sie nickt, fragt: »Ist Jonah hier?«, und jetzt schüttele ich den Kopf.

»Er musste zurück nach New York. Er kommt am Freitag wieder her.«

»Wer sind dann die Leute da draußen?«, fragt sie und zeigt aus dem Fenster. »Hey Leute!«, ruft sie schüchtern und winkt.

»Welche *Leute?*«, frage ich, und sie zeigt wieder nach draußen. Vor ihrem Fenster wehen die blattlosen Bäume im Wind.

»Die Leute da draußen, die winken.«

»Ah! Weiß ich nicht.«

Sie nickt. »Das Zeug, das Honey rübergeschickt hat, ist gut«, sagt sie und rekelt sich glücklich.

»Ja, oder?« Tatsächlich weiß ich das gar nicht, denn ich habe aufgehört zu kiffen.

Als ich das letzte Mal etwas mit Honey geraucht habe, saß ich einfach nur in zugedröhnter Panik da und fragte mich laut, wie die Droge jemals wieder aus meinem System verschwinden würde, *falls* sie das je tun würde.

»Aber die Blut-Hirn-Schranke …«, hatte ich mich zerstreut gefragt.

»Das ist echt lustig!«, hatte Honey trocken verlauten

lassen. Trotzdem hatte er gelacht und mich festgehalten, bis ich mich gut genug fühlte, um etwas Caesar Salat zu essen und mir im Fernsehen anzusehen, wie Leute ihre Häuser am See renovierten.

Ich frage Edi, ob sie sich an das erste Mal erinnert, als wir etwas geraucht haben. Da waren wir zusammen mit Luca und einer Freundin von Edi, ihrer cooleren Freundin Alice, gegenüber der ich damals – tatsächlich auch heute noch – eine heillose Eifersucht empfand, im Central Park. Während ich noch immer bei Blockbustern wie *Caddyshack – Wahnsinn ohne Handicap* Popcorn aus der Nase prustete, hatte Alice Edi an jene Sorte Film herangeführt, die man Independent-Film nennt, in denen Leute nackt und grunzend am Esstisch auftauchten, mit Diamantketten behangen waren und Schweinemasken trugen. Wann immer ich sie begleitete, spähte ich im abgedunkelten Arthouse-Kino zu ihnen in der Hoffnung, so etwas wie Verblüffung oder Bestürzung in ihrem Gesicht zu erkennen, doch dem war nie so. »Atemberaubend«, sagten sie danach, worauf ich ein »Mega! Aber so was von!« verlauten ließ. In Sheep Meadow breiteten wir eine alte Tischdecke aus, aßen in Wodka getränkte Wassermelonenscheiben und ließen einen Joint kreisen, den Alice aus dem Versteck ihres Dads gemopst hatte – er war irgend so ein Musikmanager, und bei ihnen zu Hause gab es immer Drogen. Es war ein wunderschöner Tag im Spätfrühling, Blütenblätter wirbelten konfettigleich von den Bäumen, die Sonne strahlte wie die Liebe selbst auf uns herunter, und ich feierte unsere Jugend, unsere reife

Freiheit, dieses berauschende Wassermann-Zeitalter, in dem wir uns von der Angst umnachten ließen und dann einschliefen, nur um wieder aufzuwachen und pinkfarbenes Zeug in eine Tupperschüssel voller Wassermelonenrinde zu erbrechen.

Edi schüttelt den Kopf. »Nicht so richtig«, sagt sie. Dann: »Warte, hast du dir da einen Sonnenbrand auf dem Po geholt?«

»Ähh, puh. Nicht, dass ich wüsste!«

Wieder schüttelt sie den Kopf und meint dann rätselhaft: »Dann denke ich wohl an deine Hochzeit.«

Auch auf die Gefahr hin, wie eine Werbung für Diamanten zu klingen – uns eint ein ganzes Leben voller Erinnerungen, Edi und mich. Wir waren zusammen im Kindergarten und dann in der Grundschule. An ihrer Bat-Mitzwa trug ich eine grüne Cordhose und eine weiße Rüschenbluse. An Halloween waren wir zusammen Süßes und Saures ergattern, im Central Park hat ein Mann, der tatsächlich einen Trenchcoat trug, vor uns blankgezogen, und wir haben zusammen Haarspangen mit Bändern umflochten. Wir gingen auf unterschiedliche Highschools, aber zusammen auf Konzerte von REM und David Bowie. Wir aßen Frusen Glädjé mit Mokka-Splittern. Wir tranken Tab, Fresca und Diet Slice und besprühten uns gegenseitig mit Anaïs Anaïs. Wir hatten bei der jeweils anderen eine Zahnbürste, zeigten uns unsere Knutschflecken und die verletzten Gefühle, unsere Ergebnisse sowohl bei den Aufnahmeprüfungen für die Uni wie auch bei den Schwangerschaftstests. Sie landete auf der Columbia, ich besuchte das College hier, aber wir sind in unserem Junior Year zur selben Zeit für ein halbes Jahr nach Italien gegangen, wo wir unser Körpergewicht in Gnocchi verspeisten und eine Nacht in einem Bordell in Neapel verbrachten, das wir versehentlich für eine Jugendherberge gehalten hatten. Wir führten durch die Hochzeit der jeweils anderen und richteten die Babypartys füreinander aus. Wir hielten die neugeborenen Babys der anderen im Arm, und später dann, während ihrer Behandlung und meiner Trennung, hielten wir einander die Hand und das Herz fest.

Edis Gedächtnis ist wie eine Sicherungsfestplatte für meines, und ich habe dasselbe beklommen-bange Gefühl, das einen überkommt, wenn das bunte Rad am Computer anfängt, sich zu drehen.

Ich habe das Gefühl, das man haben würde, hätte man einen Tresor, gefüllt mit allem Schmuck, den man besitzt, doch die Person, die den Code dazu hat, hängt mit den Fingerspitzen am Felsvorsprung über einem Abgrund.

»Hey.« Edi hat ihr Shirt hochgezogen, sieht zu ihrer PEG-Sonde und blinzelt bedächtig. »Sieht das für dich okay aus?« Tut es nicht!

Ich spreche mit Violet im Schwesternzimmer, erkläre ihr, dass die Austrittsstelle gerötet und entzündet ist. Ich frage, ob ich eine Flasche steriles Wasser bekommen kann, um sie abzuspülen. Sie haben heute alle Hände voll zu tun. Eine neue Patientin hat so heftige Schmerzen und ist so aufgewühlt, dass sie sie aus ihrem Zimmer und ins

Schwesternzimmer gefahren haben, um sie zu beruhigen – so wie man ein krankes Kind zu sich ins Bett holt. Violet streicht die blassen Haare liebevoll aus dem alten, verkniffenen Gesicht, während sie gleichzeitig irgendwelche Unterlagen ausfüllt und mit mir redet.

Seufzend sieht sie auf. »Uns ist das sterile Wasser ausgegangen«, sagt sie. »Aber Ash, ich denke, du kannst normales Leitungswasser nehmen. Ich glaube nicht, dass das einen großartigen Unterschied macht.«

Sie fügt kein »zu diesem Zeitpunkt« hinzu, aber ich höre ihre Worte, als hätte sie sie laut ausgesprochen.

»Violet«, sage ich, und meine Augen füllen sich mit Tränen.

Sie steht auf, nimmt mich über den Schreibtisch hinweg in den Arm. »Ash. Ich weiß. Füll einfach die sterile Flasche am Hahn auf. Das musst du Edi nicht sagen. Soll ich mich darum kümmern?«, fragt sie noch.

»Nein, nein. Alles gut. Ich schaffe das.«

Edi friert entsetzlich, nachdem wir ihre Sonde durchgespült haben, also drehe ich die Heizung auf, breite mehrere Decken über ihr aus und wickle ihr meinen Kaschmirschal, den ich von Jonah geborgt habe, um den Hals. »Besser«, sagt sie. »Hier.« Sie hält ihr Handy hoch. Es ist ein Foto, das Jude ihr von Dash geschickt hat, auf dem er einen frisch ausgefallenen Zahn mit strahlendem Zahnlückenlächeln in die Kamera hält.

»Puh!«, sage ich.

»Ja, oder? Das ist ganz schön … herzergreifend.« Unsicher sieht sie mich an. »*Nerz*ergreifend?«

»Herzergreifend«, sage ich, und sie lacht.

»O Gott, mein Hirn!«

Edi isst einen Bissen von einem Brownie und ein Viertel der Wassermelonenwürfel, trinkt zwei riesige Gläser Apfelsaft, dann döst sie unter ihren vielen Schichten ein. Ich schreibe mit Jules hin und her, die gerade in Stimmung ist, mich daran zu erinnern, wie ich von ihr verlangt habe, einen Dankesbrief an alle ihre Freundinnen zu schreiben, die an ihrem sechzehnten Geburtstag zur Party gekommen waren. Sie hatten ihr zusammen ein Scherzgeschenk gekauft, einen Dildo.

»Du wolltest, dass ich einen Dankesbrief für einen Dildo schreibe«, textet sie mir jetzt, was so nicht ganz stimmt (ich hatte vorgeschlagen, dass sie *Geschenk* schreiben soll), aber es kommt schon hin. Sie fügt noch ein Dutzend lachender Emojis hinzu.

»Bislang ist das hier der beste Teil meines Tages«, texte ich ihr ganz ehrlich.

»Bist du in der Schule?«, schreibe ich Belle – nicht ganz so unwissend, denn ich habe bereits einen automatisierten Anruf der Schule erhalten, der mich über das Gegenteil informierte.

»Ja«, schreibt sie, ein paar Sekunden später dann, »Ehrlich gesagt, nein«. Ich schicke ihr ein fragend dreinblickendes Emoji, auf das sie nicht eingeht.

»Was haben alle nur mit diesen beschissenen Bauernhaus-Spülbecken?«, schreibt sie stattdessen.

Meine Eltern haben geschrieben, dass sie sich um alle Sorgen machen; Jude fragt mich nach Updates; Jonah hat sich noch etwas mehr Gedanken über Elektrolyte gemacht und mir auch geschrieben, dass er mich liebt. Ich bin so müde, ich habe das Gefühl, von einer Märchenfee vergiftet worden zu sein.

»Hey, Ash.« Dr. Soprano späht zur Tür herein und fragt in seinem dröhnenden Flüsterton: »Kann ich mal eben mit dir sprechen?« Ich lächle müde, doch er sagt: »Nein, wirklich sprechen.«

»Natürlich«, sage ich dann und folge ihm nach draußen.

»Ich habe ihrer Infusion etwas Lorazepam hinzugefügt«, erzählt er mir im Gang. »Für das Angstgefühl, und etwas, das Haldol heißt und vielleicht dabei hilft, dass ihre Gedanken klarer bleiben.« Ich nicke. »Ich weiß nicht genau, was los ist, was genau los ist – wir warten auf das neueste Blutbild –, aber vielleicht ist das hier gerade der Anfang dessen, was wir eine ›Zustandsveränderung‹ nennen.« Wieder nicke ich. »Das können wir nie mit Sicherheit sagen«, meint er. »Ich meine, Edi! Sie ist eine echt harte Nuss. Aber es tut mir leid, Ash.« Er schließt mich in seine riesigen Arme, zieht mich an seinen breiten Torso, und einen Moment lang kann ich weder etwas sehen noch richtig gut atmen, was aber ganz angenehm ist. Fühlt sich so ein Isolationstank an? Vielleicht brauche ich genau das!

»Danke!«, sage ich und löse mich von ihm. Ich wische mit den Ärmeln mein Gesicht und seinen Pulli ab.

Irgendwo im Haus wird eine Gruppe ukrainischer Juden aus Anatevka, ihrem *rührenden, störrischen* Heimat-

Schtetl vertrieben. »Bald wird man ein Fremder sein an fremdem Ort«, singen sie.

Dr. Soprano zuckt mit den Schultern. »Aber na ja«, sagt er dann noch, »ich habe auch Ruth zwei Wochen gegeben.« Er lacht. »Wir wissen es einfach nicht.«

»Ich weiß. Nichts zu wissen, scheint alles zu sein, was ich gerade weiß.«

Kapitel 12

Inzwischen ist es später, aber immer noch derselbe Tag, und Edi ist etwas besser beieinander. Ich war nach Hause gegangen, während sie schlief, habe Belle und die Katzen gefüttert, den Haufen ungeöffneter Post geflissentlich ignoriert und war dann »auf einen Absacker« zurückgekommen, wie wir unsere Schlafenszeit-Besuche im Unflätig nennen.

Edi sitzt im Bett, als ich eintreffe, in einem sauberen weißen Morgenmantel, frisch geduscht, und blättert durch den *New Yorker.* Auf ihrem Rolltisch brennt eine extravagante Duftkerze und verströmt einen Duft von Sandelholz und Feige.

»Hey! Was für ein schöner Anblick!«

»Ich fühle mich gut«, sagt sie. »Die neue Krankenschwester war da und hat mir geholfen, kacken zu gehen.«

Diese Krankenschwester, so stellt sich heraus, ist eine ehemalige Bautechnikerin, die dann aber doch auf die Krankenpflegeschule ging, weil sie das Gefühl hatte, ihr ganzes hydraulisches Problemlösen sei zu nichts nütze.

»Ihre Strategie war quasi eine Checkliste«, sagt Edi. »Da steckte eine richtige Methode dahinter. Sie hat gesagt: *Sei unbesorgt, am Ende von diesem Ganzen hier werden Exkremente da sein.*«

»Wow! Ich bin beeindruckt.«

In letzter Zeit habe ich gedacht, wenn der Tod eine Oper wäre, dann müsste der Bösewicht jemand sein, der *Constipatio* heißt. Alle anderen würden in den höchsten Tönen von diesen letzten von Bewusstsein durchdrungenen Tagen singen, von der Fülle eines gut gelebten Lebens, und dann würde er auf die Bühne kommen und seine bösen Basso-Arias über verstopfende Unannehmlichkeiten und Erniedrigung schmettern. »Ich liebe euch alle, aber jetzt muss ich gehen und einen letzten kleinen Scheißhaufen herauspressen!«, das sind wohl im Wesentlichen die letzten Worte eines jeden.

»Also ich finde, ich sollte entweder sterben oder mich besser fühlen«, sagt Edi. »Oder ich sollte Schmerzen haben, aber wieder gesund werden. Es ist nicht fair, sich beschissen zu fühlen *und* zu sterben.«

»Absolut unfair!«, stimme ich ihr zu.

»Aber ich habe mich schon schlechter gefühlt … also«, sie zuckt mit den Schultern und lächelt. »Hey, und wo wir gerade darüber sprechen – gibst du mir mal die Pflaumen bitte?«

Das tue ich, dann nehme ich sie wieder an mich und esse selbst eine. »Kann in der Natur enthaltene Gegenstände wie Steine, Zweige, Schalen oder Stiele enthalten«, lese ich von der Verpackung vor. »Okay, über diese

Wiederholung von *enthalten* bin ich nicht sonderlich glücklich, versteht sich. Aber was soll das? Dieser ganze Mist ist nicht einfach so *in einer Tüte enthalten*. Es ist eher so, dass diese Sachen nachlässig *dort zurückgelassen* werden.«

»Willst du etwa darüber schreiben?«, fragt Edi. »Mach das nicht.«

»Vielleicht. Mal abwarten. Aber, ähm, sorry, wenn ich das Thema wechsle, aber das da?«, sage ich und zeige auf einen neuen Strauß. Er ist riesig – so was sieht man sonst nur in der Eingangshalle eines Museums, drapiert in einer steinernen Badewanne, die aus einer der Pyramiden ausgegraben wurde – und einfach wunderschön: Salweide, Lilien, Rosen, dazu etwas Silbriges und Farniges.

»Jonah«, lautet Edis Erklärung dazu.

»Mega«, sage ich und reibe in dem universellen Zeichen für *Der Strauß muss ein Vermögen gekostet haben* den Daumen gegen die Fingerspitzen.

»Hey«, sagt Edi plötzlich ganz schüchtern. »Kann ich dich was fragen?«

Sollte es sich um *Vögelst du meinen Bruder?* handeln, so beschließe ich, mich auf den Boden fallen zu lassen und einen Herzinfarkt vorzutäuschen.

»Natürlich.« Ich ziehe meinen Stuhl näher ans Bett und setze mich.

»Was glaubst du, was passiert, nachdem man gestorben ist?«

»Ach Gott!«

Ich bin in einem durch und durch atheistischen Haushalt groß geworden, also lautet die kurze Antwort *nicht viel.*

»Werft mich einfach in die Mülltonne, wenn ich mal gehe!«, teilt mein Dad uns immer mit.

Will ich dann so etwas einwerfen wie: »Ähm, Dad, bei Beerdigungen geht es eigentlich mehr um …«, so unterbricht er mich.

»In die Mülltonne!«

»Okay!«, sage ich. »Dann ab in die Mülltonne!«

Als die Mädchen klein waren, fragten sie sich ganz verwirrt, ob die Menschen denn glauben würden, dass das Himmelreich im Himmel existiere – also im Himmel der *Erde.* Das war wirklich sehr verwirrend.

»Und ist es nur für diesen Planeten das Himmelreich oder für das gesamte Universum?«, wollten sie wissen.

»Wohl eher für das ganze Universum?«, antwortete ich unsicher, und sie überhäuften mich mit vielen heiklen Fragen über Wolken, Himmelspforten, Engel, die irgendwo im Blau herumsitzen, keine schwarze Materie in Sicht, und mir wurde bewusst, dass alles, was ich wusste, vermutlich von einem Gary-Larson-Comic stammte. Vielleicht auch von einer Episode von *Looney Tunes.*

»Ich denke, es gibt da so was wie Energie«, sage ich jetzt. Irgendwie mogele ich mich da schon durch! »Etwas, das nicht ganz du ist? Gleichzeitig aber auch irgendwie nicht *nicht* du ist.« Edi nickt höflich. »Irgendwas zwischen den Erinnerungen der Menschen von dir und einem etwas stofflicheren Ding.« Das könnte ich sogar tatsächlich glauben. »So was wie beseelter Sternenstaub.«

Was? »Vielleicht verwandelt man sich in eine Art frei herumwirbelndes Bewusstsein, das die Menschen umgibt, die man liebt, sodass man gewissermaßen noch bei ihnen ist, und die Luft, die sie atmen, besteht quasi aus einem selbst.« Edi lächelt – sie stellt sich vermutlich gerade vor, wie wir einen Atemzug ihres Bewusstseins aushusten und auskeuchen. Ich bin einfach so richtig erbärmlich. »Tut mir leid«, sage ich. »Das ergibt alles keinen Sinn, ich höre es selbst. Vermutlich weiß ich einfach nicht, was ich denke – abgesehen davon, dass die Menschen, die wir verlieren, irgendwie immer noch bei uns sind. Was denkst du?«

»Ich habe keine Ahnung«, sagt sie. »Aber ich habe das Gefühl, als hättest du gerade mehr deine Wahrnehmung beschrieben, nachdem ich gestorben bin, als meine. Werde ich irgendwo *sein?* Mit einem Gefühl für mich selbst?« Ich weiß es nicht – ich hoffe es. »Es ist so frustrierend, dass ich in diesem bescheuerten, kranken Körper feststecke«, sagt sie. »Das scheint irgendwie so unwesentlich zu sein, aber na ja, wohin sollte ich auch sonst gehen?« Ich stelle mir vor, wie ich meinen eigenen Körper aufknöpfe und sie mit darin einwickle, als wäre er ein geteilter Mantel.

»Ich würde alles dafür geben, dich hierzubehalten«, sage ich, trotz des Schluchzers, der in meiner Kehle aufsteigt.

»Ich weiß. Und ich würde alles dafür geben, um hierzubleiben.«

»Bald wird man ein Fremder sein an fremdem Ort«, singe ich ihr vor, und sie schließt lächelnd die Augen.

»Vor allem aber«, sagt sie, »bin ich so richtig, richtig durstig.«

Der Körper und seine niederen Bedürfnisse! Trauer schlägt wie ein Tsunami über unseren Köpfen zusammen, diese wunderbare Seele wird bald heimatlos sein, aber Durst ist Durst. Also erfülle ich ihre Nacht – diese eine, wunderschöne Nacht, das einzige Jetzt und Hier, das wir je haben – mit Sprite.

Kapitel 13

Ich liege noch immer mit angewinkelten Knien auf dem Rücken, aber meine Gynäkologin ist auf ihrem Stuhl neben mich gerollt und redet mit mir.

»Ash, alles sieht gut aus. Ich glaube wirklich nicht, dass du Gebärmutterhalskrebs oder Eierstockkrebs hast, oder – Wie hast du das genannt? – *Vagina*krebs. Ich weiß, dass deine Freundin krank ist. Das ist ganz schrecklich beunruhigend.«

Ich habe das Verb *überlaufen* schon in Verbindung mit Tränen gehört, aber wahrscheinlich habe ich das bis jetzt nie wirklich verstanden. Meine Augen – sie sind wie bescheuerte alte Wasserhähne. Ich weine ja noch nicht einmal, jedenfalls nicht richtig, dennoch fließen die Tränen unablässig in meine Haare. Ich fühle mich wie die Skulptur meiner selbst, die in Blei gegossen wurde. Hätte ich eine Million Dollar, würde ich sie dafür ausgeben, um einfach nur den restlichen Tag hier liegen bleiben zu können, den Kopf auf diesem zerknitterten kleinen Kopfkissen.

»Okay«, sage ich.

Ihre Augen sind grüne Leuchtfeuer der Besorgnis. »Ich kann aber gern noch ein Blutbild machen lassen«, sagt sie. »Wenn dich das beruhigt.«

Heirate mich, würde ich am liebsten sagen, tue es aber nicht, sondern einfach nur: »Nein. Keine Ahnung. Alles okay. Obwohl – und das hätte ich vielleicht schon früher sagen sollen – ich hure gerade ein bisschen herum.«

Sie lächelt, fragt, ob ich mich schütze, was ich bejahe.

»Aber ich bin wirklich schrecklich müde«, füge ich noch hinzu. »Also *klinisch* müde. Vielleicht leide ich ja an einer Mangelerscheinung.«

»Ich denke, wir können diese Mangelerscheinung *Trauer* nennen«, sagt sie einfühlsam. »Aber ein Vitamin-B-Komplex wird dich nicht umbringen.«

Sie umarmt mich, sagt mir, ich solle auf mich aufpassen, und ich verlasse ihre Praxis mit einer Blisterpackung von irgendwas, einem Vitamin-Rezept und einer Handvoll Gleitgelproben und Kondomen, die ich aus einer Schale mitnehme, wie jemand, der sich bei Süßes oder Saures ganz schäbig den Beutel füllt.

Zurück im Auto, gehe ich alle meine Kassetten durch. Zu den schönen Sachen meines älteren Sedans gehört, dass er tatsächlich noch ein Kassettendeck hat. Ich habe noch jedes Mix-Tape, das Edi mir je aufgenommen hat, und stecke jetzt eines hinein, um meine Traurigkeit weiter zu befeuern. Das Tape heißt »Asche für Ash« (natürlich in einer Bubble-Schrift geschrieben), und »Avalon« von Roxy Music zieht mich als Erstes nach unten.

Das Leben ist ein beständiges Auf und Ab zwischen dem Wunderschönen und dem Bedrohlichen – als würde man eine Runde Joggen gehen, und in einem Moment besteht die ganze Nachbarschaft aus blühendem lila Flieder, und im nächsten sind es dreckige Boxershorts und auf links gedrehte Latexhandschuhe.

Ich fahre und weine, dann sehe ich Blaulicht hinter mir – Wie lange ist es wohl schon da? –, ein Streifenwagen. Ich fahre an den Rand, damit er an mir vorbeifahren kann, doch er bleibt hinter mir stehen. Verdammt! Im Seitenspiegel sehe ich, wie der Polizist aussteigt und auf mich zukommt. Ich halte meinen Finger hoch – *Moment bitte!* –, weil ich erst eine Zange nehmen muss, um den abgebrochenen Arm der Fensterkurbel zu greifen und das Fenster herunterzukurbeln.

»Wissen Sie, wie schnell Sie auf dieser Straße fahren dürfen?«, fragt er. Dann: »Oh, hey, ganz ruhig.«

Ich weine, verberge mein Gesicht in den Händen, in denen ich immer noch die Zange halte.

»Ganz ruhig. Hier passiert gerade nichts Schlimmes. Ich muss nur einen Blick auf Ihren Führerschein und Ihren Fahrzeugbrief werfen.«

Ich bin tatsächlich noch nie zuvor herausgewunken worden. Aber das muss jetzt nichts heißen, wirklich nicht. Honey hat mir das Autofahren beigebracht, als ich mit Jules schwanger war, und die letzten zwanzig Jahre bin ich wie eine Oma gefahren, die ihr Auto einmal pro Woche hernimmt, um Suppenknochen zu kaufen.

Ich finde meinen Führerschein im Geldbeutel, dann

mache ich das Handschuhfach auf, in das ganz viele Zettel hineingestopft sind. Was sind das für Unterlagen? Ich ziehe sie heraus. »Ist es das?«, frage ich. Ich weine so heftig, ich sehe kaum noch etwas.

»Nein«, sagt er. »Das ist der Ölwechsel. Nein, das hier sind die Reifen. Und das ist ein Take-away-Menü. Lassen Sie mich mal durchsehen.«

»Meine Freundin liegt im Sterben«, schluchze ich. »Drüben im Unflätig. Im Hospiz Der gnädige Hirte. Ich bin ein bisschen spät dran. Ich muss ihr diesen Fettstift und die Limo vorbeibringen. Und diese Socken hier.« Wortlos sieht der Polizist mich an. »Und außerdem«, ich weine immer noch, »die *People*-Zeitschrift.«

»Okay, okay«, sagt er. Mit jedem Wort stößt er weiße Atemwölkchen aus. Er nimmt den Papierstapel in seine lederbehandschuhten Hände, sieht ihn rasch durch, legt einen Zettel obenauf und gibt mir dann alles zurück. »Das ist ganz schön hart. Das verstehe ich. Ich lasse Sie heute mit einer Verwarnung weiterfahren. Okay?«

»Danke«, schluchze ich. »Aber Sie sollten tun, was Sie tun müssen. Ich will hier nicht diese privilegierte weinende weiße Frau mitten an Ihrem Arbeitstag sein, die keinen Strafzettel bekommt.«

»Na ja, ich kenne Sie nicht, aber heute, tja, da sind Sie einfach mal das für mich. Viel Glück mit Ihrer Freundin.«

Er geht zurück zu seinem Auto, steigt ein, und ich warte darauf, dass er weiterfährt, damit ich noch etwas länger weinen kann und dann hoffentlich hier sterbe, aber er fährt nicht los. Ich rufe Honey an, der beim ersten Klingeln abhebt.

»Hey Ash«, sagt er. »Alles okay?«

Schniefend erkläre ich, dass ich in der Stadt rausgewunken wurde, dass jetzt ein Polizist hinter mir steht und darauf wartet, bis ich mich wieder genug gefasst habe, um weiterzufahren.

»Warte einfach. Du bist gleich bei mir um die Ecke.«

Ich habe jemanden geheiratet, der einfach zu allem Ja sagen will, und ich habe ihn gewissermaßen gezwungen, Nein zu unserer Ehe zu sagen. Wie ist das passiert? So ziemlich das Einzige, was Honey nicht mag, ist, wenn er einen Sattelzug ohne Auflieger auf der Autobahn sieht, weil er dabei einfach, wie er sagt, ein *komisches Gefühl* hat. Aber das war es dann auch schon mit seinen Abneigungen. Als ich das erste Mal mit ihm im Flugzeug saß, war Honey voll und ganz auf die Sicherheitseinweisung konzentriert.

»Glaubst du, die Stewardessen müssen dieses überdeutliche Mimen lernen?«, überlegte er laut. »Oder aber nur diese ganz spezifischen Vorgänge von zuschnappen lassen oder aufblasen?« Er zeigte auf die bebilderten Anleitungskarten in den Sitztaschen vor uns. »Die sieht nicht gerade besonders vergnüglich aus, findest du nicht?«, fragte er. Er meinte damit diese Frau in Kostümrock und High Heels, die die aufblasbare Rutsche mit einem irrwitzigen Grinsen hinuntersaust.

Während wir darauf warteten, dass wir losrollten, blätterten wir den Bordshop-Katalog durch und suchten uns auf jeder Seite unser Lieblings-Item aus. Sehr viel später machten wir mit unseren Mädchen genau dasselbe, und stets überraschten sie uns mit ihren kleinen Wünschen: einen Federwisch mit Stiel, um Kronleuchter abzustauben; ein beheizbares Hundebett; feuchtigkeitsspendende Handschuhe; einen birnenförmigen Korb für Birnen. Honey jedoch wollte genau das, wovon ich dachte, dass er es haben wollte: Pool-Roboter, Geldzählmaschinen und andere Gadgets, die Arbeiten automatisch für einen erledigten, damit man sie nicht mehr selbst machen musste. Obwohl Honey kein bisschen an der Anhäufung von Reichtum interessiert ist, ist er doch niemand, der zu einem schönen Leben Nein sagt.

Wir flogen zur Hochzeit von Edi und Jude, und sobald wir abgehoben hatten, hielt Honey meine Hand fest, beugte sich zu mir und sah aus dem Fenster. »Schau mal!« Weit unter uns blitzte im tiefblauen Abend eine Brücke auf, wie zwei Lichterketten. Die Sonne tauchte in bunten Streifen am Horizont unter. Um uns herum dösten alle Passagiere oder blätterten durch das Bordmagazin, während mein ganzer Körper von der Magie des Flugs und der Magie des Menschen neben mir summte, der mir, als der Getränkewagen auf uns zukam, zuflüsterte: »Bestell einen Bloody-Mary-Mix. Dann fühlst du dich, als hättest du einen kostenlosen Gazpacho bekommen.« Honey war wie eine ruhige Ein-Mann-Party – eine lustige, mit richtig gutem Essen.

Bis er beschwingt die Straße entlanggelaufen kommt, ist der Streifenwagen weitergefahren. Honey steigt auf der

Beifahrerseite ein und umarmt mich linkisch über die Gangschaltung hinweg. »Dann ist der Polizist also doch weggefahren«, meint er.

Kleinlaut sage ich: »Ja. Ich habe ihm gesagt, dass mein Mann kommt und mich hier retten wird.«

»Hast du ihm denn auch gesagt, dass dein Mann ganz *geduldig* kommt, um dich *schon wieder* zu retten?«

Ich weine und nicke. Er lächelt, reicht mir ein Taschentuch, sagt, dass er mich zum Unflätig fahren und zusammen mit mir bei Edi vorbeischauen wird.

»Du bist einfach der Beste«, sage ich.

Er lacht und meint: »Genau.«

Kapitel 14

Edi ist in der Dusche, als wir ankommen, also schlagen Honey und ich uns ein bisschen die Zeit tot, indem wir die Küche plündern.

»Wer hat hier Rinderrippenstücke gemacht?«, fragt er, wobei sein Kopf im Kühlschrank steckt.

Er ist beeindruckt. Eine Freiwillige hat Maismuffins gemacht, und wir beschließen, uns einen zu teilen, doch Honey besteht darauf, ihn erst in die Pfanne zu legen, während ich frischen Kaffee aufbrühe. Der Muffin ist buttrig, knusprig und köstlich, der Kaffee stark und lecker, denn ich habe eine dicke Schicht Sahne in jede Tasse gegeben.

Der Kühlschrank im Hospiz ist immer voller Creme- und Sahnezeugs: Eiscreme, saure Sahne, Schlagsahne und viele Dosen Sprühsahne. In Sachen Essen geistert hier durch die Räume tatsächlich ein *Jetzt oder nie*-Gefühl, und man überlegt sich auch, was das denn eigentlich ist, worauf man im eigenen Leben wartet. Ich meine, knusprig-triefende Käse-Makkaroni? Mit dicker Glasur überzogene Eclairs? Geschmolzener Scheiblettenkäse über einem Teller Kartoffelchips – was die Krankenschwestern hier die *Hausnachos* nennen? Iss deinen Grünkohl und deine Blaubeeren und alles andere, aber nicht nur das. Iss auch was von dem guten Zeugs.

Wir leeren die Spülmaschine, stellen unsere Teller und Tassen hinein, schlendern zurück, um nach Edi zu sehen, die jetzt im Schneidersitz auf ihrem Bett sitzt und ein Kreuzworträtsel löst. Sie trägt einen flauschigen pinkfarbenen Pulli, eine weiße Unterhose und weiße Kompressionsstrümpfe bis zu den Oberschenkeln.

»O wow, was ist denn hier los – spielst du in einem Bon-Jovi-Video mit?«, frage ich, und sie lacht. »Du siehst seltsam heiß aus.«

Als ich mich zu ihr beuge, um sie zu küssen, betrachtet sie mein Gesicht einen Herzschlag lang.

»Hast du geweint?«, fragt sie, was ich verneine. Sie schüttelt den Kopf, starrt mich an.

»Ist ja auch egal, ich habe Neuigkeiten vom Kuchen mit dem großen K.«

Ich erzähle ihr und Honey, dass sich Daisy Goldstar bei mir gemeldet habe. Ja, sie sei in der Tat die Bäckerin des sizilianischen Zitronen-Polenta-Rührkuchens, den sie in aller Bescheidenheit als ihr »Markenzeichen, ein wahrhaftig GRANDIOSER Kuchen« bezeichnete. Nein, das Rezept könne sie mir nicht schicken. Sie verstehe, dass wir es ganz ganz unbedingt haben wollen – und sie verstehe auch, weshalb. Stattdessen bat sie mich um Edis Adresse und sagte, wir sollten uns auf eine Überraschung gefasst machen.

»Was für eine Bitch, will das Rezept einfach für sich behalten«, sagt Edi. »Aber auch, o Gott, was für ein Schätzchen! Glaubst du, sie schickt wirklich einen Kuchen?«

Das glaube ich! Doch ich versuche, nicht zu sehr über die Frage nachzudenken, wann genau der Kuchen hier eintreffen wird.

»Wow!«, sagt Edi. »Das ist echt ein wahr gewordener Traum! Ich kann es kaum abwarten. Wir sollten eine Flasche Schampus besorgen.« Eine ausgezeichnete Idee. Das werden wir.

Honey kehrt wieder zu seiner Arbeit zurück, und Cedar steckt den Kopf herein. Er ist am Gehen, hätte aber noch Zeit für einen Song.

»Komm einfach rein und rede kurz mit uns«, sagt Edi. »Entspann dich. Setz dich. Hier.« Sie deutet auf ihren Tisch, ihre Kommode. »Überall steht was zum Knabbern rum. Legales und illegales Zeugs. Bedien dich.«

»Alles gut«, sagt Cedar. »Danke.« Er stellt seinen Gitarrenkoffer ab, zieht einen Stuhl heran und setzt sich.

»Ich habe eine Frage«, sagt Edi. »Was hat es mit dem Wu-Tang-Clan auf sich?«

»Was meinst du?«, fragt Cedar einfühlsam.

»Keine Ahnung. Irgendwie sind sie einfach nicht so toll. Ich meine, ›Dance Hall Days‹? Also bitte.«

»Du meinst Wang Chung«, sage ich. »Eine New-Wave-Band aus den 80ern«, erkläre ich Cedar.

Er ruft »Protect Ya Neck« auf seinem Handy auf, und wir hören uns den Song an.

»*Das* ist Wang Chung?«, fragt Edi.

Lachend antworte ich: »*Wu-Tang-Clan*«, und bezichtige sie, *Schtus* zu reden und zu ihrer eigenen dusseligen Oma zu werden. Auch sie lacht.

»Das ist so was von wahr, echt«, meint sie.

»Ach, du warst doch immer schon so ein bisschen verpeilt«, tröste ich sie. Und erinnere sie an das eine Mal, als Honey sagte, er müsse ein paar Palmherzen räuchern, und Edi ihn fragend angesehen und so getan hatte, als würde sie sich einen Joint an die Lippen halten.

»Entschuldige mal, aber hast du nicht deine Mom und ihre Cousine aus Dublin belauscht, als sie über jemandes Hysterektomie tratschten, und dann jahrelang gedacht, die *Troubles* in Nordirland hätten eine gynäkologische Ursache?«, sagt sie dann. Das stimmt. »Ach, und noch was.« Jetzt ist sie in Fahrt. »Ash hat gedacht, der Rotary Club würde sich treffen, um über den Verkehrsfluss zu sprechen.«

»Na schön, Frau Professor Neunmalklug«, sage ich. »Was *ist* der Rotary Club dann genau?«

Sie verzieht das Gesicht. »Es geht jedenfalls nicht um … Rotoren«, sagt sie unsicher.

Nachdem Cedar weg ist, kommt eine Pflegehelferin namens Kirby ins Zimmer, schließt die Tür hinter sich, steht vor der geschlossenen Tür, redet laut über die Wettervorhersage mit uns – Schnee! –, sagt, ihr sei gerade todlangweilig (*todlangweilig!*), und fragt, ob Edi einen Lieblingssong über ihr Handy abspielen könne; sie höre nämlich für ihr Leben gern neue Songs!

Edi zuckt mit den Schultern, ruft Josephine Baker auf,

die »La vie en rose« singt, und Kirby bittet sie, lauter zu stellen.

Ach ja! Jetzt macht es Klick. So sieht es das Protokoll im Unflätig vor, wenn ein Toter abtransportiert wird – was sie hier »einen Übertritt vollenden« nennen. Sie informierten Honey und mich über dieses System zur Aufrechterhaltung der Moral, als Edi hier aufgenommen wurde. In jedes Zimmer kommt ein Mitarbeiter oder ein Freiwilliger, und alle werden abgelenkt, während die Leute von der Leichenhalle hier sind, und mit Ausnahme dessen, dass es kein bisschen lustig ist, sind hier alle Voraussetzungen für eine Panne in einer Sitcom gegeben: Die Leute schleichen auf Zehenspitzen herum, einen Finger an den Lippen, die Leiche wird unter einem fröhlichen Laken aus dem Gebäude geschmuggelt, nichts zu sehen, liebe Leute! Das hier ist ein Ort, an den die Leute kommen, um zu *leben!* Ich bin ganz begeistert davon, mit welcher Innigkeit sie hier ihre Patienten zu schützen versuchen.

»Wer ist gestorben?«, fragt Edi, nachdem Kirby weg ist. Ich weiß es tatsächlich nicht. Ich hoffe, es ist nicht Junior oder Ruth, weil ich sie erstens liebe und weil ich mir zweitens eingeredet habe, dass Edi nicht sterben wird, solange sie noch da sind. Also müssen jetzt einfach alle für immer weiterleben.

»O Gott«, sagt sie plötzlich und strahlt. »Erinnerst du dich an Edinburgh?«

Nach dem College sind Edi und ich nach England geflogen, zunächst, um meine Großeltern in Sheffield zu besuchen, und dann, um mit dem Zug nach Schottland zu fahren, wo wir eine wunderbare Woche auf dem West Highland Way gewandert sind. Irgendwo entlang dieser Strecke sind wir bei ein paar Pints Bier mit einer großartigen Frau aus Edinburgh ins Gespräch gekommen, die uns eingeladen hat, auf dem Rückweg bei ihr Station zu machen – ihre Kinder seien erwachsen, und sie habe ein Gästezimmer, in dem wir übernachten könnten. Das war zu einer Zeit, als es noch keine Handys gab, also zeigten wir ihr unsere Zugtickets, und sie schrieb sich Tag und Ankunftszeit auf. »Lovely!«, hatte sie gesagt (*loovly*). »Dann sehen wir uns!« Und tatsächlich stand sie eine Woche später am Bahnhof, riss die Arme hoch, als sie uns sah, und trieb uns fröhlich zu ihrem winzigen Auto, in dessen Kofferraum wir unsere Rucksäcke verstauten.

Sie erkundigte sich nach unserer Reise, und wir erzählten ihr von den Haggis in den Jugendherbergsküchen, dem Regen, den nebligen *Lochs* und den Blasen an unseren Füßen. Dann hielt sie vor einer Reihe kleiner Backsteinhäuser an und schaltete den Motor aus.

»Es tut mir leid, ich habe eine etwas heikle Neuigkeit«, sagte sie, löste ihren Sicherheitsgurt und drehte sich zu uns um. »Mein Vater ist gestorben und hier im Haus aufgebahrt.«

»Um Gottes willen!«, riefen wir. Das tue uns schrecklich leid! Da habe sie uns abgeholt, und wir hätten einfach völlig selbstvergessen gequatscht und erzählt. Wir baten sie, uns nach einer Jugendherberge oder einem Bed and Breakfast suchen zu lassen. Doch davon wollte sie nichts wissen. Es gäbe außerdem genug zu essen und zu trinken, und es seien auch nette Leute da. Und so gesellten wir uns, immer noch in schmuddeligen Shorts und Wanderschuhen, zu dieser Gesellschaft, die sich um den geöffneten Sarg versammelt hatte. Ein Leichenschmaus. Wir aßen Mutton Pie, tranken Scotch, hörten zu und lachten, während diese Menschen, die wir nicht kannten, ihre Erinnerungen über diesen Mann im blauen Anzug mit uns teilten – ihrem Freund, Bruder, Vater, Opa, Onkel, Cousin, Nachbarn –, den wir, genau genommen, nie treffen würden.

Später richtete unsere neue Freundin uns ein Bett im Zimmer neben dem Wohnzimmer her, in dem ihr toter Vater aufgebahrt war. Edi und ich blieben die ganze Nacht wach, waren entsetzt und lachten, lachten, so leise uns das möglich war. Gut möglich, dass wir einen Wettkampf im Darstellen der »überzeugendsten Leiche« ausgetragen haben, aber vielleicht auch nicht – wer kann das schon wissen? Der Tod war traurig und beängstigend, aber wir waren gerade mal zweiundzwanzig Jahre alt. Wir waren unsterblich.

Ich sage Edi, dass ich mich natürlich an Edinburgh erinnere, doch dabei fällt mir noch etwas anderes ein – eine Geschichte, die ich unlängst meinen Mädchen erzählte, um irgendetwas zum Thema *Leben bevor es Handys gab* zu verdeutlichen. Deshalb sage ich: »Und an Sorrento.« In dem Semester, in dem Edi und ich in Italien waren, hatten wir die Frühlingsferien an unterschiedlichen Orten verbracht – sie traf sich irgendwo mit ihrem Freund, und ich besuchte eine neue Freundin auf Sizilien –, aber wir wollten uns treffen und gemeinsam mit dem Schiff nach Capri fahren. Leider konnten wir nicht herausfinden, wo genau der Fährhafen war – das stand nicht in unserem *Let's Go!*-Führer. Also breiteten wir eine Faltkarte aus, wählten das namenlose Ende einer Halbinsel und vereinbarten einen Tag und eine Uhrzeit, um uns dort zu treffen.

An besagtem Tag stieg ich in Sorrento, unweit der Stelle, die wir vereinbart hatten, aus dem Bus und ging zögerlich einen langen Pfad hinunter, der an einer Klippe über dem Meer endete. Natürlich war Edi nicht da. Warum hatten wir nicht einfach vereinbart, uns am Fährhafen zu treffen, wo auch immer dieser war? War überhaupt der richtige Tag? Sollte ich nach Capri übersetzen oder nach Florenz zurückreisen? Wir hatten keinen Plan B. Ich aß die Hälfte des riesigen Thunfischsandwichs, das ich gekauft hatte, um es mit ihr zu teilen, bekleckerte mich mit dem Öl des leckeren Fischs und der marinierten Paprika und versuchte, nachzudenken. Ich warf einen letzten Blick auf die Uhr, nahm einen großen Schluck Wein aus meiner Flasche, sammelte die Reste meines einsamen Picknicks ein und stand auf, um zurückzugehen. Und da war sie! Edi! Winkte mir von dem Pfad aus zu wie eine Fata Morgana, die ein riesiger Rucksack überragte.

Sollte es eine Metapher für unsere Freundschaft geben, dann wohl diese: blindes Vertrauen. Absolute Zuverlässigkeit. Die Liebe wie ein Kompass, unbeirrbar auf Norden ausgerichtet.

»Weißt du noch, ich hatte dir extra ein Sandwich mitgebracht?«

»Wenn ich mich richtig erinnere, dann hattest du das aber bereits aufgegessen«, sagt Edi jetzt.

»O Gott, nein, nein, habe ich gar nicht! Ich habe die Hälfte davon für dich aufgehoben. Das ist ja wohl der beste Teil der Geschichte!«

»Das ist doch völlig egal!«, sagt sie und lächelt mich an. »Aber das war schon ganz schön abenteuerlich.«

Kapitel 15

Ein Tag später. Edi schläft, und ich habe den Laptop herausgeholt. Ich schreibe als Ghostwriterin die Memoiren eines Mannes mit Amnesie, und das ist in etwa genauso schwierig und stumpfsinnig komisch, wie es sich anhört.

»Erzähl mir mehr davon«, sage ich und versuche, während unseres wöchentlichen Videocalls mehr Details auszugraben.

»Ich kann mich einfach nicht erinnern!«, lautet seine Antwort.

»Könnte das eine Art High-Concept sein?«, hatte Belle unlängst gefragt. »Wie zum Beispiel ein Buch mit leeren Seiten, das doppelt verwendet werden kann und anderen, die an Amnesie leiden, als Tagebuch dienen könnte? *Aber dann schreibt niemals jemand etwas hinein?*« (Ich sollte vielleicht erwähnen, dass Belle auch diejenige ist, die die Idee zu einem nihilistischen Garagenverkauf hatte. Dabei würden die Menschen vorbeikommen, und man würde ihnen fünf Dollar für das Vergnügen abknöpfen, dass sie *keine* halb abgebrannte Duftkerze oder ein benutztes

Fondue-Set kaufen können. »Denk doch mal, wie glücklich sie sein werden, wenn sie von dort wegfahren!«, lautete ihre Überlegung. »Sie haben für fünf Dollar all dieses Nichts bekommen!«)

Um das alles noch etwas komplizierter zu machen, neigt der Amnesie-Patient darüber hinaus zu selbstverherrlichenden Übertreibungen. »Ich bin einmal als blinder Passagier auf einem Schiff mitgefahren«, erzählte er mir, ehe er mir seine Matrosenlieder schmetternden Monate als eine Art vagabundierender Landstreicher und Deckarbeiter beschrieb. Als ich ihn nach dem Namen des Schiffes fragte, teilte er mir verlegen mit: »Tatsächlich nannte sich diese ganze Erfahrung das Dartmouth Semester at Sea.«

Vielleicht bekommen die Memoiren ja den Titel *Lügen, an die ich mich nicht so gut erinnern kann.*

»Woran arbeitest du gerade?« Edi ist wach, also erzähle ich es ihr. Während ich rede, schlürft sie mit dem Strohhalm irgendein Getränk aus einem riesigen Glas, schüttelt den Kopf und seufzt. »Warum machst du solchen Scheiß, Ash?«, fragt sie.

Ich fühle mich angegriffen, also sage ich etwas unwirsch: »Tut mir leid, aber ich muss meine Familie unterstützen.«

Ich hasse die Arbeit als Ghostwriterin so sehr, dass ich unerhört viel verlange, in der Hoffnung, dass keiner meine Dienste in Anspruch nimmt. Aber alle, die mich anheuern, sind bereit, diesen Preis zu bezahlen, also sage ich fast nie Nein. Durch diese Voraussetzungen generieren sich allerdings die schlimmsten Kunden: reiche Männer, höchst selbstverliebt in die eigene Geschichte (oder in das, woran sie sich davon noch erinnern), die sie um mich herumwirbeln lassen wie Luftschlangen oder Rasierschaum. Dann bin ich bedeckt vom klebrig-glibberigen Netz ihrer schaumig-weißen Erinnerungen, und sie düsen weiter auf ihre private Insel, rufen mir über die Motorengeräusche hinweg noch zu: »Und jetzt mach einen Besteller daraus!«

»Warum schreibst du nicht selbst ein Buch?«, fragt Edi. »Du hast einen *Doktortitel,* verdammt noch mal, Ash.« Das stimmt zwar, ist aber meiner Meinung nach nicht sonderlich wichtig. »Dein dämlicher Underachiever-Schwachsinn altert nämlich nicht sonderlich gut.«

»Wow! Okay. Verdammt.« Ich weiß nicht, ob der Schmerz, die Trauer und das Sterben Edi in diesen Menschen verwandeln, der mir gegenüber solche Empfindungen hegt – oder ob sie diese Gefühle vielleicht schon immer in sich getragen hat, doch das Hospiz verwandelt sie jetzt in eine Frau, die sich nicht daran stört, solche Fakten kundzutun. Ich rufe mir in Erinnerung, ihr nichts über den Gesundheitsartikel über Frauen mit dem vorläufigen Arbeitstitel »Kein Land für alte Mösen« zu erzählen, an dem ich gerade arbeite.

»Du willst also nichts davon hören, wie die kalifornische Sun-Maid-Genossenschaft mich dazu eingeladen hat, eine Traubenbotschafterin zu sein?«, sage ich, und sie lacht. »Ich muss einfach nur fünfzehn *auf Trauben fixierte* – ihr Ausdruck – Blogposts schreiben. Im Gegenzug, nun ja – gibt es kein Geld, aber sie fliegen mich nach Fresno zur jährlichen Traubenernte und Krönung der Traubenkönigin. Und jeder bekommt einen einjährigen Vorrat an Trauben. Was sich, in meiner Familie, auf null Trauben resümiert.«

»Sag, dass du das nicht machst«, sagt Edi.

»Ich mache es nicht.«

»O Gott, du machst es doch?«

»Ich mache es nicht«, antworte ich ganz ehrlich.

»Und ein Buch *darüber* schreiben?«, meint Edi.

»Über uns?«, frage ich. »Über Freundschaft?«

»Ja«, sagt sie. »Über das alles. Auch über den Tod. Übers Sterben, das Hospiz.«

»Nein. Ich würde das Buch nie fertig schreiben. Ich würde nie wollen, dass es endet. Ich würde einfach endlos weiterschreiben.« Nur mit Mühe halte ich meine Tränen zurück.

»Zieh es einfach durch«, sagt sie und lehnt sich zurück, schließt die Augen. »Moment. Denke ich an Anne Rice oder an Ayn Rand?«, fragt sie, und ich antworte: »Ayn Rand.«

Die Freiwilligenkoordinatorin schaut bei uns vorbei, um uns zu sagen, dass eine Gruppe Fünftklässler im Hospiz ist, um ein Blockflötenkonzert vorzutragen, ob wir teilnehmen wollen?

»Ob wir wollen?«, überlegt Edi laut. »Ich weiß nicht, *wollen* wir?«

»Wir wollen!«, sage ich.

Im Wohnzimmer sitzen ein paar der Leute vom Unflätig auf den Sofas, andere in Rollstühlen und Sesseln, und am Rand stehen ein paar Mitarbeiter. Es sind auch viele Angehörige da – alle bemühen sich, eine erschöpfte Freude für diese Kinder an den Tag zu legen, die hereinstapfen und nervös einen Halbkreis bilden, wobei sie sich an ihre schrecklichen Instrumente klammern. Der Musiklehrer kündigt den ersten Song an – »Hot Cross Buns«, was sonst? –, und die Schüler tröten die Noten heraus, als würden sie versuchen, nicht ausblasbare Geburtstagskerzen auszublasen. *Fiep fiep fiep. Fiep fiep fiep.*

Ich erinnere mich an ein Blockflötenkonzert von Jules vor langer Zeit und daran, wie schrecklich aufgelöst Belle beim Zusehen war, weil wir auf dem Weg dorthin beim Supermarkt vorbeigefahren waren – wir hatten den Auftrag, Milch und Kekse mitzubringen –, wo gerade jemand damit beschäftigt war, die Molkereiabteilung aufzufüllen – und zwar von hinten! Zu jener Zeit war das für Belle ein ganz besonderer Schreckensmoment – nur vergleichbar mit den ersten paar zerknitterten Blättern Toilettenpapier, die an der Rolle klebten –, und sie hatte sich mit großen Augen an uns geklammert, während wir zusahen, wie die Joghurtbecher in ihren Reihen nach vorn geschoben wurden, wobei wir einen flüchtigen Blick auf eine Hand erhaschten.

»Wer steht da hinter den Joghurtbechern?«, fragte sie im Auto. »Und warum kommen sie nicht einfach nach vorn?«

»Belle, Schätzchen«, hatte Jules beruhigend gesagt, »so machen sie das nun einmal.«

Trotz dieses langen Abgleitens in meine Erinnerung ist das Flötenkonzert hier im Unflätig *immer noch in vollem Gange!* Sie pusten die ersten Noten von »We Shall Overcome« heraus – *Fiep Fiep Fiep Fiep Fiiiep-Fiep-Fiep.*

Edi greift nach meiner Hand. »Weißt du noch?«, flüstert sie. O ja. Als Dash in die Vorschule ging, fuhr ich zum *Special Friends Day* zu ihm in die Schule nach Brooklyn, und wir hatten dieses Lied zusammen gesungen. Danach hatte die Lehrerin die Schüler gefragt, ob sie wüssten, was *overcome* bedeutet. Kleine Hände schossen in die Höhe. Also, *alle* Hände.

»Ja, Axel?«

»Na ja, wenn ein Freund zum Spielen zu mir nach Hause kommt?«

»Ah«, hatte die Lehrerin lächelnd gesagt. »Du denkst an *come over* – und da hast du recht. Das ist genau das, was *come over* bedeutet.«

Dann erklärte sie, was *overcoming* bedeutete, etwas überwinden, Schwierigkeiten bewältigen, und sie sprach behutsam über die Bürgerrechte und fragte die Kinder, ob ihnen noch etwas anderes dazu einfiel.

Alle Hände schossen nach oben: »Also einmal, ja? Da ist die Batterie aus dem Handy meiner Mom rausgefallen. Also, einfach so! Und dann hat sie sie wieder reingemacht.«

»Das ist astreine Nobelpreis-Scheiße«, hatte Edi mir zugeflüstert. Die anderen Kinder hatten ähnliche Widrigkeiten abgespeichert: eine zerbrochene Bonbonschale, die wieder geklebt wurde; verschüttetes Maismehl, das aufgekehrt wurde; ein Klecks Zahnpasta, der jemandem von der Tube auf die Hausschuhe gespritzt war und dann mit einem Blatt Toilettenpapier abgewischt wurde.

Diese aufsteigende Ballade des Widerstands erinnert mich an ein paar belanglose Missgeschicke in den eigenen vier Wänden. »*Deep in my heart*«, singt Jude immer noch gern, »*I do believe* … dass man Goldfische die Toilette runterspülen kann.« Doch jetzt muss ich daran denken, wie ruhig Dash damals auf meinem Schoß gesessen hatte. Edi war bereits krank, sie hatten ihm jedoch noch nichts davon gesagt. Hatte er es trotzdem gewusst? Vielleicht bedeutete *overcome* für ihn bereits etwas ganz anderes. Vielleicht dachte er auch einfach an Roboter und Butterscotch Pudding. Wie sollte man das wissen?

Das Lied kommt zu seinem stürmisch gefiepten Ende. Edi hat den Kopf an meine Schulter gelehnt, und ich drücke ihre Hand. Aber sie schläft tief und fest. Das Publikum applaudiert, die Musiker verbeugen sich, Saft und Haferkekse mit Zuckerguss werden herumgereicht und verspeist, dann leert sich das Zimmer langsam. Schließlich sind nur noch Edi und ich, viele künstliche Blumen und echte Pflanzen und Motivationssprüche da. NUR WER SELBST EIN FREUND IST FINDET FREUNDE steht auf einem bestickten Kissen auf dem Sofa. Wie wahr! VIEL GLÜCK!, steht auf einem Heliumballon, der an der Decke hängt. *Viel Glück beim Sterben!*

Kapitel 16

Scriv und Belle sind in Belles Zimmer, und die Tür ist zu. Sie lachen leise, ein Geräusch so rein wie das Klingeln von Glöckchen oder das Prasseln von Regentropfen. Ich stelle mir vor, wie ich die Tür aufreiße und sie überrasche, bei was auch immer sie gerade tun, und rufe: »Erwischt!«

Ich höre Scriv kichern und Belle, wie sie neckend sagt: »Fleischverliebt.«

Ich komme vom Dermatologen, bei dem ich erfolglos versucht habe, mir Hautkrebs diagnostizieren zu lassen. Stattdessen hat der Arzt, der nicht gerade dafür bekannt ist, sich wie ein Mensch zu verhalten oder tatsächlich ein solcher zu *sein,* auf mich gezeigt und an die Krankenschwester gerichtet gesagt: »Leichte Sonnenschäden im oberen Brustbereich«, was diese notierte.

An mich gewandt sagte er: »Das kommt davon, dass Sie keine Sonnencreme aufgetragen haben.«

»Oh! Tut mir leid.«

»Das muss es nicht. Mir ist das egal.«

Ich lachte. »Ich glaube nicht, dass Sie ein *Egalsein* vermitteln wollen. Also, Ihnen ist das doch sicherlich nicht egal.«

Ohne zu lächeln, erwiderte er: »Tatsächlich ist es mir wirklich völlig egal.«

Ich zog die Augenbrauen hoch und zwinkerte der Arzthelferin zu, die daraufhin lachte.

Die Tatsache, dass Belle aller Wahrscheinlichkeit nach keinen so gefühllosen Roboter daten wird, ist der größte Segen, den ich mir vorstellen kann. Nicht einmal jemanden wie ihren liebevollen Vater!

»Was würdest du tun, wenn du nach Hause kommst und ich tot auf dem Boden liege?«, hatte ich ihn einmal gefragt, weil ich wegen irgendeiner Sache genervt war. »Was würdest du dann tun?«

»Ähm«, hatte er gesagt, doch ich unterbrach ihn, ehe er mir antworten konnte.

»Du würdest um mich herumlaufen und dabei ›Dancing Queen‹ pfeifen. Und dann würdest du eine Guacamole machen oder die Katzen füttern.«

»Das, mein Schatz«, hatte Honey leicht verstimmt entgegnet, »nennt sich *seine eigenen Gefühle verletzen.*«

»Mom, wir hören, dass du da draußen bist«, ruft Belle. »Schon okay, komm einfach rein.«

Die beiden liegen mit Thumper und Jelly im Bett, sind beide angezogen. Belle hält eine Packung Katzenleckerli in der Hand und liest laut vor. »Okay«, sagt sie zu mir. »Wenn du eins davon essen müsstest, welches würdest du wählen? Du hast die Wahl zwischen Käsecracker, Fleischverliebt, Shrimptastisch, Specktakulär oder Thunfisch Luau, was der Geschmack der kulturellen Aneignung ist, also wähl nicht den aus.«

»Käsecracker«, sage ich. »Eindeutig. Aber ich möchte, dass es so schmeckt wie richtige Käsecracker, nicht nach so was wie Knochenmehl, Stiereier oder was da sonst tatsächlich drin ist.«

»Wie stehen die Chancen, dass du eins davon isst?«, fragt Scriv.

»Zehn zu eins?«, antworte ich, und beide lachen, weil es wohl die falsche Antwort auf eine andere Frage ist.

Scriv würde sich ebenfalls für Käsecracker entscheiden und Belle für Specktakulär, weil sie Speck manchmal schon etwas vermisst, jedoch ohnehin nicht vorhat, Katzenleckerli zu essen.

Jelly und Thumper streifen um die Arme der beiden und schnurren so laut, dass ich sie von der Tür hören kann.

»Mein Gott«, ruft Scriv. »Hört nur! Thumper macht die leisen Delfingeräusche!«

»Die liebe ich! Hast du dich je gefragt, ob die echten Delfine sie nur machen, um einander zu nerven?«, fragt Belle. »So wie das unter Geschwistern üblich ist? Also gar nicht, um miteinander zu kommunizieren – einfach nur, um ein Arsch zu sein. Und die ganzen anderen Delfine sagen dann so: *Hör endlich auf, dieses ätzende Quietschgeräusch zu machen, sonst bringe ich dich noch um!*«

Als die Mädchen noch klein waren und sich gegenseitig mit schrägen Geräuschen in den Wahnsinn getrieben haben, wie zum Beispiel, wenn sie die Luft in die Wange saugten, in der ein Lolli steckte, sagten wir immer: »Manche Geräusche sind nur für den lustig, der sie *macht.*« Insgeheim denke ich das immer noch ab und zu, wenn in einem Meeting zum Beispiel jemand zu viel redet. Und ich befürchte stets, dass ich es irgendwann auch laut ausspreche.

Scriv und ich sind uns bei den Delfinen nicht so sicher.

»Okay, okay, ihr schlimmen Finger«, sagt Belle liebevoll, ehe sie jeder Katze ganz viele Leckerli zusteckt.

»Du verwöhnst die Katzen total«, sage ich, und Belle teilt mir mit, dass auf der Verpackung zwei Leckerli pro fünfhundert Gramm Körpergewicht empfohlen werden, also würde sie ihnen quasi hundert Leckerli *zu wenig* geben.

»Sieh nur, wie runzlig Thumpers süßes Gesicht wird, wenn er kaut«, sagt Scriv.

»Total, oder? Er ist einfach der Allersüßeste!«, sagt Belle.

Entgegen dem, was behauptet wird, sind Teenager heutzutage sehr viel netter und intelligenter und außerdem unschuldiger, als wir es in ihrem Alter waren.

»Habt ihr beiden euch schon Gedanken dazu gemacht, wie es wäre, Menschenessen zuzubereiten?«, frage ich. »Wir könnten auch was bestellen, ehe es anfängt zu schneien.«

»Zu spät«, sagt Belle und zeigt aus dem Fenster, wo dicke Flocken nach unten fallen. »Kann Scriv heute hier schlafen, damit wir uns keine Sorgen wegen dem Sturm machen müssen?«

»Natürlich!«

»Und kann Dad rüberkommen? Er wollte, dass wir zu ihm kommen, aber jetzt sind wir schon hier, und das wäre so richtig gemütlich.«

»Klar!«, sage ich und summe »Jente o Jente, ach bring einen Mann«, um Belle zum Lachen zu bringen, was mir auch gelingt.

Als Honey hier ist, ziehen wir unsere aufgeblasenen Reifen und Schlitten zur Wiese auf der anderen Straßenseite und sausen kreischend in die blaue Dämmerung. Runter und wieder hoch, runterfahren und wieder hochschleppen: dieses Abwechseln von Unerbittlichkeit und Rausch, das den Rhythmus des Schlittenfahrens ausmacht. Ich erinnere mich an einen Winter, nachdem Honey und ich uns getrennt hatten und er immer noch ganz verzweifelt beteuerte, dass er sich versöhnen wollte. Jules hatte mir Fotos der Katzen auf dem Handy gezeigt und dann, Moment mal – »Was ist das denn?«, hatte ich gefragt.

»Oh«, sagte sie, leicht verlegen. »Da waren wir mit Dad Schlittenfahren.« Und da war Honey – Ich-kann-keinen-Tag-ohne-dich-leben-Honey –, Schnee stob um ihn herum auf, und er hatte den Kopf in heller, unbändiger Freude in den Nacken geworfen.

»Dad sieht glücklich aus«, sagte ich tonlos.

Und Jules meinte: »Na ja, Mama, ich meine, er war ja auch *Schlittenfahren.*«

Wieder zu Hause, rubbeln wir unsere Haare mit Handtüchern trocken und ziehen uns bequeme Klamotten an, bereiten ein gutes, einfaches Abendessen zu und essen: Spaghetti, mit dem Pesto, das Belle letzten Sommer eingefroren hatte. Wir bekommen eine Nachricht von der Schule und werden darüber informiert, dass tags darauf angesichts der Wettervorhersage schneefrei sein wird. Die Kinder sind überglücklich, hüpfen jubelnd herum, halten sich an den Händen, spielen Ringelreihen und beschließen, die ganze Nacht aufzubleiben. Honey lässt Ahornsirup mit Butter aufkochen und gießt es über Schalen mit frischem, fluffigem Schnee, den die Kinder von draußen geholt haben.

»Oh, machen wir jetzt Eiscreme?«, fragt Scriv, und Belle erklärt, dass man den Schnee letztlich gar nicht isst.

»Schau. Er kühlt den Sirup nur ab und macht ein Ahornsirup-Toffee.«

Wir sind uns einig, dass es eigentlich kein perfekteres Essen als das hier geben kann. Belle und Scriv machen Popcorn, während Honey im Holzofen ein Feuer entzündet, und dann suchen wir uns gemeinsam einen Film aus. Unerklärlicherweise fällt unsere Wahl auf *Der weiße Hai.* Unser Haus ist klein und warm, die Katzen strecken uns ihre Bäuche entgegen, und alles ist ganz gemütlich, wie Belle es vorhergesagt hatte. Draußen fällt der Schnee in dichten Flocken, der Film ist alt und sonderbar, dennoch schreien wir alle immer wieder los.

Am Abend bevor Honey und ich den Verkauf- und Kaufvertrag unterschreiben sollten, gab es einen ebensolchen Schneesturm, und ich befürchtete, es könnte ein schlechtes Omen sein. Honey hörte mir zu, wie ich meine Sorgen wälzte, allerdings strapazierte meine Sprunghaftigkeit beim Hauskauf seine Geduld doch sehr. Und es war auch nicht hilfreich, dass ich Angst vor unserer Maklerin mit ihrem silber blitzenden Cabrio und ihren unheimlich weißen Zähnen hatte. Ihre Mimik wurde von ihren Augenbrauen bestimmt, die sie dem Anlass entsprechend zu bemalen schien: An manchen Tagen waren es braune Bögen der Ungläubigkeit, an anderen brachten sie die ambitionierte Teilhaberschaft zum Ausdruck, in der wir alle steckten. Sie beschrieb einen ausladenden Bogen mit der Hand an der Tür eines Schlafzimmers und hauchte: »Hier stelle ich mir das Elternschlafzimmer vor …« Auch die Augenbrauen stellten sich eindeutig genau das vor.

»Haben Sie es denn nicht vor Augen?«, fragte sie.

»Nicht so richtig«, hätten wir sagen können, brachten es aber nicht über die Lippen.

»Reißen Sie diesen Wäscheschrank raus«, sagte sie. »Verabschieden Sie sich von diesem kleinen Schlafzimmer, denn ich sehe hier das *Badezimmer* für das Elternschlafzimmer!« *Wo sollen dann die Laken und die Handtücher hin?*, hätten wir fragen können. *Und wo sollen die Kinder hin?* »Hier stelle ich mir eine hübsch gestrichene Wandverkleidung vor«, flüsterte sie verschwörerisch. »Ich stelle mir vor …« *Schiebetüren. Wandleuchten. Taschentüren. Fliesenspiegel.* (»Fliesenspiegel heißt nicht, dass es einen Pool gibt«, merkte Honey unsicher an und erinnerte mich damit an eine schuldbewusste zweijährige Jules, wie sie verkündete: »Zahnseide darf man nicht *essen.*«)

»Ich weiß nicht«, sagten wir dann und wann, und der Mund wie auch die Augenbrauen unserer Maklerin verkündeten lautlos das Wort *Wiederverkauf.*

Ein paar Monate lang hatten Honey und ich mit einer fieberhaft abstrakten Manie über Immobilien geredet, an sie gedacht und davon geträumt.

»Dachgauben«, sagte Honey tonlos zu mir im Auto, als wir an einem Haus vorbeikamen, das noch nicht einmal zum Verkauf stand. »Gepflegter Garten.«

»Terrasse mit Glimmerschiefer«, entgegnete ich daraufhin.

»Teilansichten.«

Wir channelten unsere Maklerin, ebenso die Immobilienbeschreibungen, die wir wie eine heilige Schrift studiert hatten. Wir machten dasselbe bei Häusern von Freunden (»Offenes Wohnkonzept«, flüsterten wir einander zu. »Detailverliebt.«) und wurden auch davon verfolgt, wenn wir unseren Kindern Bilderbücher vorm Insbettgehen vorlasen. Wie in aller Welt konnten Ernie und Bert sich ein Sandsteinhaus in Park Slope leisten?

»Wohnküche«, meinte Honey, sah mir dabei über die Schulter, während ich die Vorschul-Mantras wiederholte, die da waren: sich selbst den Saft einschenken, sich selbst das Toastbrot schmieren. »Einbauleuchten.«

Unsere Maklerin hielt mich für wählerisch oder sonderbar, und beides traf zu. Ein Kolonialhaus, das sie uns zeigte, ging hinten auf den hell beleuchteten Parkplatz einer Klinik für Schädel-Hirn-Traumata hinaus, und ich stellte mir vor, wie die Leute mit dick bandagiertem Kopf orientierungslos zu unserer Hintertür taumelten und in unserem Schaukelstuhl kollabierten. Bei einer süßen kleinen Ranch hatte ich etwas an dem morschen alten Baumhaus hoch oben in einem altersschwachen Ahornbaum auszusetzen. Ich lag nachts wach und stellte mir vor, wie die Kinder in den Tod stürzten und wir die Hände rangen: *Dieses verfluchte Haus!* Dann wieder mochte ich die Tupperwaren-Kanne nicht, die mit der Aufschrift KATZENSTREU auf dem Küchentresen stand. Oder aber das eigenartige Wort *bulkhead*, weil ich dabei an Shrek denken musste. Oder an Frankenstein. Außerdem mochte ich die Bezeichnung *Schönes Zuhause zu verkaufen* nicht – als bekäme man mit seiner Immobilie gleich ein ganzes Leben mitgeliefert: Teller voller Hackbraten, eine liebevolle Ehefrau, genug Holz für den Ofen. Als würde einem das Haus selbst Sicherheit bieten und einen glücklich machen.

Letztlich waren wir doch durch den Schnee gefahren. Wir hatten dieses kleine Cape House mit seinen schiefen Decken und nicht zusammenpassenden Türknäufen gekauft. Und mein Aberglaube hatte sich nicht bewahrheitet, zumindest größtenteils. Ja, wir fühlten uns hier, wo die Mädchen wie Gummibälle durch die Zimmer hüpften, sicher und glücklich. Sie hatten all ihre Milchzähne unter diesem Dach verloren! Ihren ganzen Babyspeck! Sie wurden erst schlank und pickelig und wütend und dann glatthäutig und nett und wunderbar. Doch auch ich hatte etwas verloren – abgesehen von meiner Ehe –, allerdings weiß ich nicht genau, ob ich wirklich verstehe, was das war.

»Was?«, fragt Honey jetzt.

Woraufhin auch ich »Was?« sage.

Er lächelt. »Du hast geseufzt.«

Ich lache, zucke mit den Schultern. Auf dem Bildschirm werden die Strände von Martha's Vineyard von einem großen Weißen Hai belagert, genau wie von Bundfaltenhosen und toxischer Männlichkeit. Der Wind weht den Schnee gegen unsere Fenster und heult mitunter sehr effektvoll. Die Katzen schnarchen leise. Im Ofen brennen und knistern die Holzscheite. Belle und Scriv haben ihre Beine miteinander verknotet, ihre Gesichter werden vom Fernseher erhellt.

»Nichts«, sage ich und lächle ihn an. »Ich weiß auch nicht.«

Ich werfe einen Blick auf mein Handy und sehe, dass ich eine Nachricht von Edi bekommen habe.

»Vermutlich zu viel Schnee, um heute Abend noch vorbeizukommen?«, hat sie vor ein paar Stunden geschrieben. *Verdammt.* Ich stelle mir einen Autoaufkleber vor, auf dem steht: *Kein schneefrei im Hospiz!*

»Tut mir leid!«, schreibe ich ihr. »Ach Mann. Keine Ahnung, wie es auf einmal so spät geworden ist. Ich könnte mit den Schneeschuhen rüberlaufen!«

»Schon okay«, schreibt sie zurück. »Mir geht's gut. Ich liebe dich.«

»Ich liebe dich auch«, schreibe ich, kneife die Augen zusammen, stelle mir ihr Gesicht vor, male gedanklich Herzen auf ihre Wangen und bestäube sie mit Glitzer.

»Vermutlich kenne ich den Unterschied zwischen beten und einen Cupcake verzieren nicht«, sage ich zu Honey, und er lacht, legt mir einen Arm um, sodass ich in reumütiger Behaglichkeit zusehen kann, wie ein riesiges, prähistorisches Seeungeheuer die Beine und Leiber von allen zermalmt, ehe es selbst in Stücke zerfetzt wird.

Kapitel 17

Edi hat unzählige gerahmte Bilder auf ihrer Kommode hier stehen. Bei den meisten handelt es sich um Fotos von Dash. Ein paar sind von ihr, Dash und Jude; andere von ihr, Jonah und ihren Eltern, bevor ihre Mutter verstarb. Eines ist von ihren Freunden in Brooklyn, ein anderes von ihr und Alice, und auf beide bin ich ganz schrecklich eifersüchtig. Zwei sind von Edi und mir. Auf einem Foto sind wir vier Jahre alt, sitzen auf einer Parkbank und halten Händchen. Ich trage eine Jeans-Schlaghose und eine Jacke mit großer Kapuze und Zottelkranz. Sie trägt eine rot-weiß karierte Hose und eine rote Plüschjacke, die ich auch gern gehabt hätte. Sie sieht wie ein Mini-Model aus, ich dagegen wie eine Kinderstatistin vom Set zu *Jesus Christ Superstar*. Auf dem anderen Foto sieht Edi entsetzlich fabelhaft und lustig entsetzt aus, stellt stolz ihr Spaghettiträgerkleid und die satinweißen Mary-Jane-Schuhe zur Schau, die dunklen Haare zu einem perfekten Dutt nach hinten frisiert. Ich stehe mit Nadel und Faden in meinen Bequemschuhen und den großen silbernen Kreolen hinter ihr und nähe sie gerade in ihr Hochzeitskleid ein, nur wenige Augenblicke ehe die Zeremonie beginnt. Die circa fünfzig Knöpfe, die sich über den Rücken erstrecken, wurden nicht ordentlich festgenäht, wie sich herausstellte, und waren abgefallen, als ich versuchte, die Knöpfe zu schließen.

»Das passt so, oder?«, fragte sie immer wieder.

Und ich wiederholte ein ums andere Mal hinter ihr: »Das ist absolut perfekt! Einfach perfekt!«

»Genau *deshalb* heirate ich dich«, sagte sie, und der Fotograf lachte.

»Kannst du mir helfen?«, fragt Edi, die im Bett liegt.

»Du bist wach!«, rufe ich. »Natürlich.«

Sie möchte, dass ich ihr ein Kissen unter die Knie schiebe, damit der Druck auf ihre Hüfte, der sie umbringt (der sie *umbringt!*), etwas weniger wird. Ihre Beine sind durch die Wassereinlagerungen stark angeschwollen, ganz schwer und unbeugsam knielos, sie sehen aus wie Baumstämme. Baumstämme in flaumigen SpongeBob-Schwammkopf-Socken. Ich ächze nicht, als ich sie hochhebe.

»So besser?«, frage ich, doch sie schüttelt den Kopf. Ich ziehe die Kissen etwas mehr hierhin und dahin, und sie seufzt.

»Ich weiß auch nicht«, sagt sie. »Vielleicht lieber was in den Rücken?«

Dr. Soprano hatte mir erklärt, dass manche dieser Schmerzen – die Edi als Schmerzen in ihren Gelenken wahrnimmt – von ihren Organen herrühren, die langsam versagen. Er beschrieb die Leber als eine Art Bauchrednerin, die ihrem Leiden durch die sie umgebenden Gliedmaßen und Knochen Ausdruck verleiht.

»Möchtest du deinen Klicker drücken?«, frage ich. Edi hängt an einer Morphinpumpe. Der Markenname dieses Apparats ist – kein Scherz – *Vorbote*.

»Kann ich da draufdrücken, wann immer ich will?«, hatte sie Dr. Soprano gefragt, und der hatte mit den Schultern gezuckt und genickt.

»Ich werde nicht zulassen, dass du eine Überdosis nimmst, wenn du das damit meinst.«

»Aber abgesehen davon? Ich muss also einfach nur da draufdrücken?«

Als unser alter Kater Brisket im Sterben lag – an dem Tag, an dem der Tierarzt kam, um ihn zu erlösen –, hatte ich ihm einen ganzen Hühnchenschenkel gebraten, vermutlich die eine Sache, auf die er ganz versessen war. Nachdem ich den Schenkel vor ihm auf einen Teller gelegt und ihn zum Fressen aufgefordert hatte, hatte er daran geknabbert, ganz aufgeregt, dann aber innegehalten und mich misstrauisch angesehen, als wollte er sagen *Das verheißt jetzt nichts Gutes.* (Tat es tatsächlich auch nicht.) Die opiumhaltige Mischung hatte Edi ähnlich skeptisch werden lassen.

»Ich wollte immer mal Heroin ausprobieren«, sagte sie, »aber so kommt es mir ganz schön eigenartig vor, mit diesem *Bedien dich!*«

Außerdem ist gar nicht klar, ob diese Medikamente wirklich so gut funktionieren. Vielleicht verdünnen sie sich ja gewissermaßen selbst, weil Edi so aufgeschwemmt ist? Vielleicht ist Edis Verträglichkeit aber auch ins Astronomische gestiegen.

»O Gott«, flüsterte Jonah mir zu, als er das letzte Mal hier war und die Krankenschwestern ihre Dosis erst einmal und dann noch einmal höher einstellten. »Sie ist Keith Richards.«

Jetzt möchte sie etwas an dem Brief arbeiten, der für Dash bestimmt ist, Erinnerungen aus seiner Kindheit und Ratschläge für sein zukünftiges Ich. Ich setze mich neben sie ins Bett und schreibe, während sie redet. Sie diktiert eine Mischung aus normalen und total verrückten Sachen: Er solle beim Backen immer großzügig Valrhona-Schokolade verwenden, auch wenn sie irre teuer sei (okay!); er werde den Eindruck haben, niemals über seinen ersten Liebeskummer hinwegzukommen, aber das würde er, das verspreche sie ihm, er würde sich langsam immer besser fühlen, bis davon nur noch eine winzige, unsichtbare Narbe an der Stelle zurückbliebe, an der sein Herz verheilt sei (das ist absolut wahr!); sollte er sich jemals eigenartig fühlen, ohne so recht zu wissen, weshalb, dann rate sie ihm, einen proteinreichen Snack zu sich zu nehmen, wie zum Beispiel Hüttenkäse oder natriumarmes Trockenfleisch (Hilft immer!); das Scheuerpulver Bon Ami funktioniere genauso gut wie die ganzen chemischen Badreiniger und bestehe einfach nur aus … Hühnerknochen, so glaube sie, vielleicht seien es aber auch Eierschalen? (Klingt gut!); er solle Tennis spielen – er solle sich wirklich darum bemühen, Tennis spielen zu lernen, und dann auch viel spielen und ein richtig, richtig guter Tennisspieler werden.

Ich höre auf zu tippen. »Hey Eds«, sage ich. »Der Punkt klingt ein bisschen stressig, finde ich. Keiner in deiner Familie spielt Tennis.« Ich stelle mir Dash mit einem Schweißband von Björn Borg um den Kopf vor, wie er über einen Vorhandfehler weint. *Das war der letzte Wunsch meiner sterbenden Mutter!*

»Hm.« Sie macht sich eine Dose Grapefruit-Sanpellegrino auf, gießt die ganze Dose in ihr Glas, saugt den Inhalt mit einem Strohhalm auf, bis sie es leer getrunken hat, schlürft dann noch ein bisschen zwischen den Eiswürfeln herum. »Lass es drin. Tennis sieht so aus, als würde es *richtig viel* Spaß machen!« Okay! Ich stelle diesen Ratschlag in eckige Klammern, damit ich später daran denke, ihn zu löschen.

Er solle unbedingt auf eine Ivy League School gehen, eine der Elitehochschulen, (auch dieser Ratschlag wird von mir mit eckigen Klammern versehen), müsse das aber natürlich nicht machen (ja, klar). »Willst du erstklassige Fähigkeiten erlernen, dann komm zu uns!«, nuschelt Edi. Das ist ein alter Werbeslogan einer Technischen Universität, der mindestens eine Million Mal im Fernsehen lief, während wir bäuchlings bei Edi auf dem Boden lagen und uns Wiederholungen von *Gilligans Insel* und *Welcome Back, Kotter* ansahen und karamellüberzogenes Popcorn über den Boden prusteten. Wir finden die Werbung auf YouTube und sehen sie uns an, und als Nächstes rufen wir alle alten Werbespots für die Eistorten auf, an die wir uns erinnern (Fudgie the Whale! Cookie Puss! Wicky the Witch!). *Was bin ich doch erbärmlich,* denke ich. Was, wenn das Edis letzter Tag auf Erden ist, und sie verbringt ihn damit, Tom Carvels Stimme zu lauschen, wie er die Vorzüge von Icy Wicy aufzählt? Aber was sonst können wir machen? Schließlich haben wir immer noch Zeit – nicht viel, das stimmt schon, aber womit sollen wir die Zeit, die uns bleibt, zubringen, ehe sie zu Ende ist?

Wo wir gerade vom Ende sprechen (hahaha), Olga kommt herein, um über Edis Eingeweide und ihren ausbleibenden Stuhlgang zu sprechen. »Vielleicht ist kein Kacka da drin«, sagt sie zum Schluss und tätschelt Edis Bauch, als wäre er ein unartiges Kind. »Aber das ist oh-*khay!*«

Edi will die Übertragung einer Live-Webcam von einer trächtigen Giraffe ansehen, die sie verfolgt. »O nein, verdammt!«, ruft sie, als sie die Webseite des Zoos aufruft. »Sie hat ihr Baby bekommen, und ich habe es verpasst!«

Ich frage sie, ob sie sich die Geburt jetzt ansehen will, auch wenn das nicht mehr live ist.

»Na gut«, sagt Edi und klickt auf den Pfeil, um das Video zu starten.

Es ist die erstaunlichste Sache überhaupt. Das Weibchen läuft hin und her und stöhnt, ihre Knie sind knubbelig, ihr Fell ein braun glänzendes Mosaik. Auch der Bulle läuft hin und her, sie treffen aufeinander, lösen sich dann voneinander, kommen graziös wieder aufeinander zu, als wäre das für sie choreografiert.

Die Kommentare im Chat sind unterdessen eigenartig

und peinlich. »Ich glaube, sie bekommt es wirklich!«, schreibt jemand. Ein anderer geht sich ein Sandwich machen – weil es einfach viel zu lange dauert. »HÖRT AUF IN GROSSBUCHSTABEN ZU SCHREIBEN!«, verlangt ein entnervter Zuschauer von den anderen. Wieder ein anderer schreibt: »Ich hoffe, es stirbt, haha – nur ein Scherz.«

Die Kuh müht sich inzwischen ab, schnaubt. Sie steht in einer Ecke ihrer Box, und man sieht etwas Dunkles zwischen ihren Beinen auftauchen, wieder verschwinden, erneut auftauchen. Sie peitscht mit dem Schwanz. Da ist es wieder! Das ist der Kopf! Nein, das sind die Hufe. Es ist der Kopf mit den Hufen, vielleicht liegt das Kalb zusammengeklappt in ihr, die Fruchtblase platzt. Dann eine Pause. Das Kalb, halb geboren, blinzelt mit seinen riesigen Kuhaugen. Diese Kreatur lebt in zwei Welten gleichzeitig, kennt beides, das Davor und das Danach. Das Kalb ist noch nicht ganz, aber eben doch schon hier. Mit einem lauten Platschen von Flüssigkeit und Gliedmaßen fällt es auf den Boden der Box, als die Mutter ein letztes Mal ganz heldenhaft presst und sich dann umdreht, um ihr langbeiniges, zappelndes Kind zu begrüßen. Leben! Wie in aller Welt? Ich tupfe mir die Augen mit dem Ärmel ab.

»Igitt«, sagt Edi und klappt ihren Laptop zu. »Widerlich.«

»Was habe ich verpasst?« Dr. Soprano steht in der Tür, gefolgt von Farrah, die hinter ihm hereintapst und uns angrinst.

»Nicht viel«, sagt Edi. »Mir fallen vielleicht die Augen zu«, fügt sie hinzu, nachdem es bereits passiert ist.

»Kann ich mit dir reden, Ash?«, fragt er mich.

»Ich wollte sowieso gerade gehen.«

»Lass dir Zeit«, sagt er. »Komm einfach in meinem Büro vorbei.«

Etwas später liege ich auf dem Rücken auf seinem Wollteppich, nackt bis auf meine Wollsocken.

»Du kannst mit mir machen, was du willst«, sage ich. »Leg mich flach. Ich hab echt Bock darauf, ehrlich. Aber ich bin so verdammt müde. Vielleicht bleibe ich dabei einfach nur liegen.«

Dr. Sopranos Schniedel erinnert mich an jene Zucchini, die meine Mutter immer »Baseballschläger« genannt hat – die Sorte, die so unvermittelt wächst und überraschend groß wird, dass sie letztlich in einem Sieb im Spülbecken landet, dann mit der Kastenreibe klein gerieben und mit der Aufschrift »für Zucchinibrot« versehen wird, weil sie zu groß ist, um in Scheiben geschnitten und angebraten zu werden. An sich ist das nicht schlecht, allerdings könnte mich das in diesem besonderen Moment noch etwas mehr erschöpfen.

»Hm«, meint er, stützt sich auf einen Ellenbogen auf und lächelt dabei ganz freundlich. »Das fühlt sich für mich nicht gerade *toll* an. Nicht wie ein sexuelles Aufeinandertreffen von erregten, bereitwilligen Erwachsenen.«

»Äh, ich weiß«, sage ich. »Diagnostizier mich.«

Er denkt nach. »Sexuelle Narkolepsie?«

»O Gott, gibt es das tatsächlich?«, frage ich.

Er lacht und meint: »Scheint so.«

Ich zwinge mich, mich hochzustemmen, hinzuknien, zu strecken und zu sprechen und mich einfach insgesamt etwas mehr um die *Tun*-Wörter bei dieser Interaktion zu bemühen. Ich ziehe sogar meine Socken aus. Es ist erstaunlich, wie viel Spaß ich habe.

»Du bist vermutlich die netteste superheiße Braut, die ich je getroffen habe«, sagt Dr. Soprano etwas später zu mir und sieht mich auf eine Weise an, die man als *starren* bezeichnen könnte.

»O Gott!«, sage ich. Ich drehe meine Arme, untersuche meine Ellenbogen auf Verbrennungen vom Teppich. »Jetzt fühle ich mich wie ein Hologramm in einer Folge von *Scooby-Doo*. Das bin ich nämlich wirklich nicht. Echt nicht.«

»So wie du das mit Edi machst«, sagt er.

»Also bitte! Weshalb ich mich so heroisch verhalte? Wo ich mich doch manchmal zwingen muss, hierherzukommen, weil ich eigentlich lieber mit meinen Katzen und meiner Tochter im Bett liegen bleiben, Wein aus der Flasche trinken und Nachos essen würde und dann, noch während ich die Nachos esse, die ich bereits gemacht habe, darüber nachdenke, noch mehr Nachos zu machen? Du hast ja keine Ahnung.«

Ich sammle meine Klamotten ein, ziehe ein Teil nach dem anderen an und bleibe dann halb fertig auf dem Teppich sitzen. Ich trage inzwischen meinen BH und auch die Wollsocken wieder.

»Es ist kein Verbrechen, sich davon überfordert zu fühlen«, sagt Dr. Soprano einfühlsam, und ich schüttle den Kopf.

»Ich bin davon nicht *überfordert*«, sage ich. Irgendwo im Haus singt Golde enervierend »Ist es Liebe?«. »Ich bin feige. Einfach erbärmlich.«

»Nein«, sagt Dr. Soprano. »Du bist einfach nur ein bisschen schrullig.«

»Ist das dasselbe wie ein bisschen schäbig?«, frage ich noch immer auf dem Boden sitzend.

»Nein«, sagt er. »Es ist dasselbe, wie nicht die ganze Geschichte über dich selbst zu kennen.«

Hat Dr. Soprano mich gerade gemansplaint? Streng genommen bin ich beleidigt. Es kann aber durchaus sein, dass er recht hat.

Kapitel 18

Honey war heute hier, um nach einem Inbusschlüssel zu suchen, den er in der Apotheke brauchte. Ich lungerte in seiner Nähe herum, während er den Werkzeugkasten durchforstete.

»Findest du, dass ich arschig bin?«, fragte ich ihn, und er lachte und meinte nur: »Kontext?«

»Kein besonderer Kontext.«

»Dann ja.«

»Danke!«, sagte ich ehrlich.

Er grinste mich nur an und sagte: »Gern geschehen.«

Inzwischen bin ich wieder zurück im Unflätig und helfe Edi, sich bettfertig zu machen. »Kann ich dich was fragen?«, fragt sie, ebenso minzatmig und nachthemdbekleidet wie meine Mädchen zur Schlafenszeit, als sie noch klein waren. Ich kann mich gerade so davon abhalten, ihr Kinn anzuheben, um ihr Gesicht mit einem warmen Waschlappen abzureiben.

»Natürlich«, sage ich.

»Schläfst du mit Dr. Soprano?«

»Oh«, sage ich. »Himmel. Ja? Also, ich *habe* mit ihm geschlafen.«

Edi schüttelt den Kopf und sagt nur: »Ash.«

»Verurteilst du mich?«

»Dich verurteilen?« Ihre Augen blitzen. Sie scheint bei ungewöhnlich klarem Verstand zu sein, als steckte ihr ganzes funkelndes Ich wieder in ihrem Körper. *Stinksauer.* »Ob ich dich verurteile, weil du mit meinem Hospiz-Arzt schläfst? Wo du doch das perfekte Leben hast, auf das du einfach nur ... *scheißt?* Ja, ja, ich verurteile dich.«

Ich sage nichts.

»Du ziehst all diese Leute mit schrecklichem Verständnis für Grenzen an«, fährt sie fort. »Und irgendwie häufst du sie alle an. Dabei liebt Honey dich so sehr. Ja, er ist nicht perfekt« – ich beherrsche mich, einzuwerfen *Piemand ist nerfekt!* –, »aber er ist ein guter Mensch, ein guter Begleiter, ein großartiger Vater. Er ist lustig, sieht gut aus, und er ist treu.«

All das stimmt. Honey ist einer der Menschen, die dich vom Hospiz abholen, in dem deine beste Freundin im Sterben liegt, dich auf eine Tasse Kaffee einladen und zuhören, während du über deine Gefühle sprichst, auch dann, wenn seine Augenbrauen die ganze Zeit voll verwirrter Besorgnis hochgezogen sind.

»Außerdem vergöttert er dich.«

»Ich weiß.«

»Das ist alles, was ich mir wünsche, Ash. Einfach nur lieben und geliebt werden.« Sie weint jetzt. Auch ich weine. »Meine unperfekte Ehe. Meine Familie. Mein Leben – ich will all das behalten. Es tut mir leid. Ich weiß, dass ich dir ein schlechtes Gewissen machen will. Aber das, was ich verliere? Das gibst du *bewusst* auf.«

»Es tut mir so leid, Edi«, sage ich. Ich sitze inzwischen auf ihrem Bettrand und halte ihre Hände fest. »Trotzdem ist es nicht so einfach.«

Honey und ich haben einmal ein Haus auf Cape Cod gemietet, und meine Eltern sind für ein paar Tage zu uns gekommen. Wir führten sie in ein schickes Fischrestaurant am Kai aus, wo wir an einem Tisch mit Blick aufs Meer saßen und gefüllte Muscheln und Hummerbisque aßen. Der Himmel war von einem so unglaublichen Blau wie in einer Kinderzeichnung, und die ganze Zeit über saß eine Möwe im offenen Fenster, hüpfte auf einem Fuß herum, würgte an einem Seestern, während ihr drei Arme des Seesterns nur wenige Zentimeter von unseren Tellern entfernt aus dem Schnabel hingen.

»Das ist so nett hier«, sagte meine Mutter ohne jede Ironie, und ich glaube, dass ich lachte. Absolute Perfektion mit einer würgenden Möwe mittendrin – genau so fühlt sich mein gesamtes Leben manchmal an.

»Wirklich nicht?«, fragt Edi. »Ich meine, könntest du nicht einfach beschließen, dass es so einfach *ist?*«

Könnte ich?, frage ich mich auf dem Heimweg.

Die Ehe verwirrte mich. Manche Tage schienen einfach nur eine endlose Abfolge von Körperfunktionen zu sein: laufender Ventilator in einem stinkenden Badezimmer; das Geräusch, wie jemand seine Zehennägel in den Mülleimer klippt; ein schmalziges Wattestäbchen auf dem Waschtisch; eine Ansammlung von rasierten Barthaaren um das Waschbecken. Hinterlassenschaften eines anderen, die sich unablässig irgendwo manifestieren! Das kann einem wirklich den letzten Lebenswillen rauben.

Und dann unser Sexleben. Es war wie eine zu groß gewordene Zimmerpflanze: hoch aufgeschossen und vernachlässigt, erfüllt vom Bestreben, das Fenster zu erreichen, manche Blätter schon gelb oder abgefallen. Doch eines Tages stand sie dann unvermittelt saftig grün und strahlend da, strotzend vor Gesundheit und von Blüten übersät.

Wenn wir fernsahen, fühlte sich Honeys Hand auf meinem Schenkel manchmal wie eine Scheibe Wurst an, als wäre sie einfach da *hindrapiert*. Unterdessen huschten eigenartige, schmutzige Erinnerungsfetzen von meiner Zeit mit Luca vor meinem inneren Auge vorbei: das schwere, metallische Poltern, wenn seine Gürtelschnalle auf den Boden knallte; lose Fäden, wo einst die Knöpfe eines Hemdes waren; ein feuchter Geruch, wie von Baumpollen. Luca war leidenschaftlich – schmuddelig und unzuverlässig –, doch ich wollte auswählen und bestimmen, mir à la Frankenstein ein monströses Spektrum an Eigenschaften zusammenschustern, die als solche niemals in einer einzigen Person existieren können, die nicht schon irgendwelche Bolzen im Hals stecken hatte.

In den letzten Tagen, ehe Honey auszog, stritten wir. Wir stritten bis spät in die Nacht, und ich war wütend, weil Honey irgendwann einschlief, doch ich war dann auch selbst eingeschlafen. Und hatte unbeabsichtigt meine Schotten dicht gemacht. Ich wollte sagen, was ich wirklich fühlte – ich spürte noch immer so viel Wärme, so viel Liebe in mir –, doch ich bekam kein Wort dazu heraus.

Stattdessen wurde ich zu einem Roboter, der auf *übertreibende Xanthippe* programmiert war: »Nie machst du«, sagte ich. »Immer machst du«, »Ich wäre weniger allein, würde ich allein leben«, und auch »Das ist völliger *Schwachsinn*«. Ich weiß noch, dass ich dachte, mit Honey zu streiten, sei, wie mit einer Tube Frischkäse zu streiten: Es gab zwar nicht sonderlich viel Widerstand, doch irgendwie konnte man nicht damit aufhören.

In etwa zu der Zeit, als ich das dachte, sagte Honey: »Ich habe das Gefühl, als würde ich gerade versuchen, ein Skalpell zu lieben.«

Ich wusste, was er damit meinte. Doch ich führte mich wie ein leidgeprüfter Tintenfisch auf, verspritzte meine giftigen Tintenwolken und schluchzte: »Warum siehst du mich denn nicht? Warum findest du mich nicht?«

Lange Momente lagen wir still da, warteten, stritten, kämpften gegen den Schlaf an. *Streck deine Hand aus,* sagte ich zu mir selbst. Doch es hätte wohl eine Art Winde gebraucht, um mich auf ihn zuzubewegen. Es hätte ein

Erdbeben gebraucht. Wütend zu Bett zu gehen – das war der Todesstoß, das wussten wir, aber wir machten es trotzdem. Bis Honey mich verließ, gab es keinen Moment, in dem wir nicht stritten.

Doch jetzt weiß ich auch nicht mehr. Mein hübscher, heißer Honey. Er war Chefkoch, als ich ihn in dem Restaurant, in dem ich direkt nach dem College kellnerte, kennenlernte. Es war ein wunderschönes Restaurant mit ockerfarbenen Wänden, bernsteinfarbenen Lampen und einer Vase mit rosafarbenen Rosen auf jedem Tisch. Honey bereitete ein fantastisches, dunkel glänzendes Rindergulasch zu und perfekte Steaks mit Pommes. Er kochte Polenta mit grünem Pfeffer und Parmesan und Brotsuppe, auf der köstliche Olivenölschlieren schwammen. Ich trug weiße Hemden und lange schwarze Röcke, empfahl die Gerichte (»Das Entenconfit, unbedingt«) und bekam ordentlich Trinkgeld. Ich flirtete an der Durchreiche, war ganz begeistert, wenn Honey meine Bestellungen ankündigte. Als er dann anfing, mich nach Feierabend nach Hause zu begleiten, war mein ganzes Sein von einem Verlangen erfüllt, und gleichzeitig war ich eigenartigerweise ruhig. Das ergibt keinen Sinn, nicht einmal jetzt.

Hat Edi recht, was uns betrifft? Oder ist das ein fehlgeleiteter Wunsch einer Sterbenden, bei dem es gar nicht so sehr um mich geht, denn wer weiß, vielleicht schlägt sie als Nächstes vor, dass ich trainieren soll, um eine olympische Stabhochspringerin zu werden?

»Ash?« Honey steht vor dem Sofa, auf dem ich gerade liege, als hätte ich ihn herbeigerufen. »Entschuldige, wenn ich dich erschrecke. Ich habe geklopft, ehe ich reingekommen bin.« Er setzt sich neben mich, und mein Herz klopft ganz eigenartig. »Ich habe dir den Inbusschlüssel zurückgebracht.«

»Zum Glück! Ich wollte gerade unbedingt ein paar Schrauben mit dem … Inbusschlüssel nachziehen.«

Er lacht.

Belle ist mit Freunden unterwegs, und Honey erkundigt sich nach ihr, fragt, was es Neues gibt.

»Nichts, außer, dass sie Cream-of-Wheat-Porridge – ich zitiere – *so scheiß-unnütz wie nur was* findet.« Wieder lacht er. »Hast du was geraucht?«, frage ich.

Er hält Daumen und Zeigefinger aneinander. »Fast nichts.«

Ich rieche seinen angenehmen Duft, eine Mischung aus Harz und seiner warmen Haut. Sie ist so vertraut, diese surrende Energie zwischen uns, wie eine molekulare Störung. Als die Mädchen klein waren, hatten wir einen Bauernhof von Fisher Price, und das war ihr Lieblingsspielzeug. Sie spielten die ganze Zeit damit, brachten Schwein, Kuh, Huhn und Pferd zum Schlafen in den Stall, dann mussten alle wieder aufstehen, das Silo wurde mit Mais- und Weizenkörnern gefüllt. Wenn Honey und ich etwas Zeit für uns haben wollten, dann legten wir die Batterien ein, und die Mädchen jubelten und johlten: Mit den Batterien erwachte das Bauernhaus zum Leben, es wurde gewiehert, einige Dinge drehten sich, und ich weiß gar nicht, was sonst noch alles funktionierte, da ich zu beschäftigt damit war, ihren Dad zu besteigen. Honey und ich nannten ihn den »Sex-Bauernhof«, und man kann sagen, dass es das Lieblingsspielzeug von allen zu Hause war. Wenn ich nach unten gehe, um die Wäsche aus dem Trockner zu holen, und den Bauernhof auf dem Regalbrett stehen sehe, überkommt mich immer noch ein Verlangen. *Honey.*

Ich ergreife seine Hand. »Honey, komm mit mir ins Bett.«

Ich sollte erleichtert darüber sein, dass er weder zurückschreckt noch erwähnt, wie hoch die Wahrscheinlichkeit ist, dass er sich in meinen Laken Chlamydien oder Läuse einfängt. Doch was er dann sagt, ist fast noch schlimmer.

Er küsst mich auf die Stirn und sagt: »Ich glaube nicht, dass das eine gute Idee ist.«

Kapitel 19

Belle liegt in meinem Bett, isst Nachos und blättert durch den neuen Spielzeug-Katalog von *American Girl.*

»Ich will noch immer diese ganzen Sachen haben«, sagt Belle, als sie einen Hippie-Camper darin entdeckt, oder den Eisstand, mit all dem bunten Zubehör und den Accessoires. »Ich glaube nicht einmal, dass es sich dabei um eine nostalgische Sehnsucht handelt. Ich glaube, es ist eher ein *Habenwollen*-Wollen.« Sie hat viele Mußestunden mit diesen Katalogen zugebracht. »Mit echten Lichterketten mit Licht?« Sie seufzt.

»Verdammte Scheiße!« Sie sieht sich etwas aus nächster Nähe an. »Nein. Fehlalarm. Ich dachte, sie hätten endlich eine Butch-Puppe rausgebracht, aber nein, es ist einfach nur ein Junge. *Logan.* Siehst du hier?« Ich sehe es.

Empört wirft sie den Katalog auf den Boden. »Fledermäuse, das sagt dir doch was?«, fragt sie unvermittelt.

»Ja.«

»Und dass eine Fledermaus einfach nur eine winzig kleine Maus ist – also das süßeste und niedlichste Ding überhaupt? Aber dann breitet sie die Flügel aus, und auf einmal ist sie riesig und horrorfilmmäßig gruselig?«

»Ja«, sage ich.

»Genauso geht es mir bei menschlichen Penissen.«

»Was? Wie war das?«

Belle nimmt sich einen voll beladenen Nacho, schiebt ihn sich in den Mund und versucht, gleichzeitig zu sprechen, hält dann aber einen Finger hoch, bis sie fertig gekaut und geschluckt hat.

»Ein Penis«, erläutert sie. »Er ist ganz weich und klein, wie so ein unschuldiges kleines Baby-Meeresgetier. Und auf einmal wird er dann zu so einem furchterregenden Ding, das im Grunde wie ein riesiger Alien-Fangarm aussieht.«

»Süße, wo siehst du diese ganzen menschlichen Schwänze?«

»Hetero-Pornos.«

»Wie wäre es dann mit ein bisschen *weniger* Hetero-Pornos?«, schlage ich vor.

»Absolut. Tatsächlich will ich mir *gar keine* Hetero-Pornos mehr ansehen.« Belle kratzt die letzten Reste des geschmolzenen Käses mit dem Daumennagel vom Teller. »Scriv und ich waren einfach nur neugierig, was Heteros überhaupt so zusammen *machen.* Aber es war widerlicher, als wir es uns vorgestellt hatten.«

»Gibt es in Sachen Sex etwas, worüber du gern reden würdest?«

Während der Grundschule waren Edi und ich von Mr. Sumner, dem an einer Hand drei Finger, an der anderen der Daumen fehlte, über Sicherheit und optimales Verhalten an Maschinen aufgeklärt worden. Ich bin wohl zur Sex-Ausgabe von Mr. Sumner geworden.

»Nö«, sagt sie, »aber ich würde absolut mit dir darüber reden, wenn ich Fragen hätte.« Nachdenklich kaut sie weiter. »Andere Frage, die aber damit zusammenhängt: ein offener Tanga. Was hat der denn bitte schön so als Kleidungsstück zu bieten?«

Ich weiß gar nicht, wo ich mit meinen Mutmaßungen anfangen soll.

»Bist du nicht einmal von einem Typen in einem Wäscheladen sexuell belästigt worden? Ich habe Dad und dich da mal drüber reden hören«, sagt sie als Nächstes.

»Nein. Also ich meine, vielleicht? Ich weiß es wirklich nicht. Das war kein Wäscheladen – es war die Wäscheabteilung des Ladens, in den Oma mich mitgenommen hat, um mir BHs zu kaufen. Und der Typ, der dort gearbeitet hat, na ja, der hat mich irgendwie ein bisschen viel betatscht. Er hatte ganz feuchte, raue Hände. Er kam in die Umkleide, wenn ich allein drin war. Wahrscheinlich war es schon irgendwie widerlich. Aber das war keine große Sache.«

Ungläubig sieht Belle mich an und verzieht das Gesicht. »Doch«, sagt sie. »Das war absolut *schon irgendwie widerlich.* Es tut mir leid, Mom. Es ist absolut schrecklich, was dir da passiert ist. Hat er dich nicht sogar irgendwie auf dem Schoß gehabt?«

Ich schüttle den Kopf. »Nein, nein, das war der Typ vom Eisenwarenladen.«

»Das waren Zeiten!«, meint Belle. »O Gott! Oh, und noch was? Aber ohne jeden Zusammenhang, uns ist der Kringle ausgegangen.«

Kringle ist eine dänische, mit Kirschen gefüllte Teigrolle, die ich manchmal als Nascherei kaufe.

»Uns ist der Kringle nicht *ausgegangen*«, erwidere ich. »Das ist nicht wie mit Milch oder Eiern. Kringle gibt es nur hin und wieder.«

»Tja, könnten wir das bitte ändern?«, fragt Belle. »Könnten wir uns bitte dazu verpflichten, dass wir immer Kringle dahaben müssen? Das Leben ist viel zu kurz für eine Kringle-Flaute. Das könnte mein Zitat fürs Abschlussbuch werden.«

Ich lache und sage, dass ich darüber nachdenken werde.

»Wäre es verkehrt, den Katzen die Arme und Beine wegmachen zu lassen?«, fragt Belle. »Ich hätte sie einfach gern ein bisschen mehr …« – sie hält inne, um ihren Teller abzustellen und Jelly ganz an den Hals zu sich hochzuziehen – »… *wie ein Sitzkissen.* Sie sind so schrecklich eigensinnig, was das Kommen und Gehen betrifft.«

Ich gehe davon aus, dass man einen Tierarzt nur schwer mit diesem Argument überzeugen könnte.

»Wusstest du, dass es einen extra *Senat-Polsterer* gibt?«, fragt Belle als Nächstes.

Das erinnert mich an sie als Kleinkind, wie sie einen nachts mit willkürlichen Fragen bombardierte. Da wurde man von ihrem nach Milchshake duftenden Atem im

Gesicht geweckt und gefragt: *Wieso haben Zwiebeln eine so papierene Schale?*

»Als könnte das die tatsächliche Jobbezeichnung von jemandem sein, Senat-Polsterer«, sagt sie jetzt. Jelly schnurrt ihr ins Gesicht, obwohl sie im Vollbesitz ihrer Fortbewegungsgliedmaßen ist. »Glaubst du, derjenige sieht sich die Kongressanhörungen im Fernsehen an, sieht dann, wie etwas passiert – wie zum Beispiel der Füller von jemandem ausläuft und auf den Stuhl sabbert –, und denkt dann so: *Mist!* Oder ist es eher ein: *Juphie! Den kann ich neu aufpolstern!?* Ich könnte mir ja beides vorstellen.«

»Hey Belle«, sage ich da.

»Ja?«

»Hat Daddy eine Freundin?«

Sie sieht über den Kopf des Katers hinweg zu mir. »Oh«, meint sie. »Ja. Also, könnte schon sein.«

»Könnte schon sein?«

»Ich denke ja, er *hat* eine. Ja.«

»Weißt du, wer sie ist?«, hake ich nach.

»Eine von seinen Kundinnen.«

»O Gott!«, rufe ich aus. »Eine *Kundin?* Belle, dein Vater verkauft Medikamente. *Eine Kundin!*«, schnaube ich entrüstet.

»Verdammt, Mom! Ich meinte von damals, als er das Catering hatte, aber entspann dich mal, okay? Und außerdem: Die Leute, die in Daddys Laden kommen? Die nennt man tatsächlich *Kunden.*«

»Ja, okay. Sorry.« Natürlich fühlt sich Belle dabei nicht wohl. Das sehe ich. Ich will ihr keine weiteren Fragen stellen. »Wie heißt sie?«, frage ich dennoch. »Kenne ich sie? Tue ich das?«

»Es ist Gemma«, sagt Belle.

»Die Mutter von den Zwillingen?«

»Yup.«

»Die Zwillinge *Finola* und *Phineas?* Ich fasse es nicht.« Gemma und ich haben verschiedene Yoga-Kurse zusammen besucht. Sie ist hübsch, Engländerin und in etwa zehn Jahre jünger als ich, was nicht ganz so schlimm ist, wie es sein könnte. Ich wünschte, sie wäre eine von diesen *Desperate Housewives*-Ladys – bei denen sich alles um Brüste wie Wassermelonen, Tratsch und diese nie endende Schwäche für die ADHS-Medikamente ihrer Kinder dreht –, aber so ist sie nicht. Sie ist total mustergültig. Wahrscheinlich macht sie sogar ihren eigenen Kombucha! Okay, das ist vielleicht ein schlechtes Beispiel. Denn tatsächlich mache auch ich meinen eigenen Kombucha. Aber das hier ist eine der Städte, in denen man seinen Kieferorthopäden samt Frau bei *Die Vagina-Monologe* antrifft, verdammt noch mal. Sie hingegen ist eher der Typ *Irischer Strickpullover mit Zopfmuster.* Genau. Sehr *blonder Flechtzopf, der über den Rücken hängt.* Das denke ich, und aus Versehen habe ich es wohl auch laut ausgesprochen.

»Mom. Hör auf. Ich bin darüber ganz offensichtlich auch nicht sonderlich erfreut. Aber du ziehst dich nur selbst runter. Du willst irgendwie, dass Dad sich den Rest seines Lebens vor Kummer verzehrt. Sorry, aber das ist so. Und das ist nicht in Ordnung. Die Namen der Kinder seiner Freundin nerven dich, okay, und wenn schon. Ich denke mal, du solltest ein bisschen über dich selbst hinwegkommen.«

»Du hast recht. Du hast absolut recht. Es tut mir leid, dass ich dich da mit reingezogen habe.«

»Schon okay, Mama. Ich weiß, dass es scheiße ist.« Sie reicht mir die Katze. »Lass einfach alles zu, was du fühlst«, sagt sie. Diesen Satz habe ich schon unzählige Male zu ihr und Jules gesagt.

Ich verkneife mir ein Schluchzen und sage auch nicht, *Wie in aller Welt konnte ich so viel Glück haben?* Ich sage einfach nur: »Danke, Schätzchen.«

Kapitel 20

Edi ist gestürzt. Ich war im Zimmer, habe aber geschlafen und bin mir noch immer nicht sicher, wie das passieren konnte. Irgendwann habe ich sie weinen gehört und bin aus dem Bett gekrabbelt, um nach ihr zu sehen. Sie war nass, und Jay, der Pflegehelfer der Nachtschicht, hat mir geholfen, sie umzuziehen, und dann stand Edi zitternd da, während Jay das Bett abzog. Ob sie sich einfach mit mir in das Zustellbett legen könne, um sich aufzuwärmen, bis ihr Bett wieder bezogen sei? Jay fand diese Idee großartig.

Edi weinte, ich legte mich in Löffelchenstellung von hinten an sie, und sie flüsterte: »Hol mich hier raus.«

Da weinte ich dann auch. »Das würde ich gern«, flüsterte ich zurück.

»Das weiß ich«, sagte sie, dann schlief sie ein.

Jay hatte die Laken im Arm. Er lächelte mich an, legte einen Finger an die Lippen, löschte das Licht und schloss die Tür hinter sich.

Und dann war ich wieder wach, Edi lag auf dem Boden und blinzelte nach oben zur Decke.

»O Gott!« Benommen kniete ich mich neben sie. Dann stand ich auf und drückte den Alarmknopf, kniete mich wieder hin und presste meine Stirn gegen den Boden, um nicht ohnmächtig zu werden. »O Gott, Edi!«

Jay rannte herein. Er untersuchte sie, tastete alles ab. »Tut es hier weh? Oder da?«

»Nein«, sagte Edi und lächelte schüchtern, verwirrt, lag noch immer auf dem Rücken. »Es geht mir gut.«

Jay überprüfte ihre Vitalwerte – ihr Herzschlag war etwas erhöht, aber alles andere schien so weit in Ordnung –, und wir setzten sie auf. Ihr PICC-Katheter steckte nicht mehr drin.

»Oje«, sagte Edi langsam und sah zu der Stelle, wo er eigentlich stecken müsste. »Oje, oje.« Wäre Winnie Puuh jemals in dem Versuch, dem Hospiz zu entfliehen, auf den Boden gestürzt und hätte dabei aus Versehen seinen Katheter herausgerissen, dann hätte er wohl genau das gesagt.

Jetzt hängt ein Schild an Edis Tür mit dem Vermerk *FLUCHTGEFAHR*. Außerdem hat sie einen Bewegungsmelder, der an ihrem Bett festgemacht ist. Und – schlimmer als all diese Dinge – sie hat Blut in ihrem Drainage-Beutel. Sie schläft, und ich warte auf Dr. Soprano. Violet war heute Morgen hier, und ihr ist es gelungen, einen intravenösen Zugang für die Schmerzmittel zu legen, aber es braucht einen Spezialisten, um den PICC-Katheter wieder anzubringen. Im Schlaf ist Edis Kopf nach hinten gekippt, ihr Mund steht offen, und ihre Wangen sind regelrecht eingefallen. Ich habe eindeutig schon Menschen gesehen, die sehr viel *lebendiger* aussahen als Edi hier. Ich sehe zu, wie sich ihre Brust hebt und wieder senkt, sitze in einem Stuhl beim Fenster und bin so müde, ich könnte kotzen.

Die Tür knarzt, und eine ältere Patientin, die ich nicht kenne, kommt leise herein, durchwühlt die Kommodenschubladen und zieht einen von Edis Pullis heraus, ehe Violet hinter ihr hereingeeilt kommt.

»Ist dir kalt, Lois?«, fragt Violet sanft, formt mit den Lippen ein an mich gerichtetes *Entschuldigung!* Und bringt sie wieder nach draußen.

»Ash!«, dröhnt Dr. Sopranos Bass leise. »Da habt ihr Mädels euch ja ganz schön die Nacht um die Ohren geschlagen«, meint er.

»Das kannst du laut sagen«, gebe ich zurück. »O Gott.«

Er zieht den Drehstuhl zu mir und setzt sich. »Also«, sagt er. »Ein paar Sachen von Bedeutung: Blut im Beutel. Innere Blutungen. Wir können zum jetzigen Zeitpunkt nicht genau sagen, woher das Blut kommt – vielleicht von der Leber, den Nieren, der alten OP-Wunde an ihren Eingeweiden –, und wir werden es auch nicht wissen, ehe es offensichtlich wird.«

»Was können wir dagegen machen?«

Er seufzt, legt seine großen Hände im Schoß aneinander und beugt sich zu mir. »Nichts, ehrlich gesagt. Das ist der harte Teil der Palliativmedizin, Ash. Wir versuchen alles, damit es für sie so schmerzlos wie nur möglich ist. Das bedeutet, dass wir versuchen, den PICC-Katheter wieder zu legen, damit sie es angenehm hat und hydratisiert wird. Ansonsten nichts. Was immer da gerade los ist – das ist der Lauf ihrer Krankheit.« Leise schiebt sich Violet, gefolgt von Farrah ins Zimmer. Sie legt Edis Pulli gefaltet auf einen Stuhl und geht wieder. Farrah sitzt vor mir, legt ihr Kinn auf meinem Knie ab und wackelt mit den Augenbrauen, während sie mich ansieht.

»Das kann nicht sein«, sage ich, streichle die Ohren des Hundes. »Ich meine, sie ist gestürzt. Ich hätte wach sein müssen, um auf sie aufzupassen, und das war ich nicht. Damit meine ich nicht, dass ich mir die Schuld gebe. Also, ja, doch, das tue ich – aber das habe ich nicht gemeint.« *Was meinst du dann?* »Das ist so unfair, dieses Stürzen. Das sollte einfach nicht zum natürlichen Lauf der Dinge gehören.«

»Ich verstehe, was du meinst. Aber Ash, es gibt keine Ausnahmen in einem Hospiz. Kein Zurücksetzen auf null.« Dr. Soprano lächelt und reibt sich über seinen Stoppelbart. »Wir versuchen nicht, das System auszutricksen. Das alles ist Teil des Prozesses – Edis Nervosität, ihre Unruhe. Das ist etwas, das wir bei vielen Patienten in dieser Phase beobachtet haben. Flucht.«

Hol mich hier raus. Hier, aus dem Hospiz. Hier, aus diesem kaputten Körper. »Es sieht danach aus«, sagt er einfühlsam, »als solltest du jetzt die Menschen hier versammeln, die hier sein wollen.«

Ich nicke. »Okay«, sage ich. Das alles ist viel zu anstrengend und die Aussicht auf Käse zu gering für Farrah, die jetzt aufsteht, sich streckt und auf leisen Pfoten hinausschleicht. Mit Ausnahme meines abgehackten Atems sitzen wir still da.

»Nichts von all dem ist deine Schuld«, sagt Dr. Soprano schließlich.

»Ich weiß.« Ich habe ein Taschentuch gezwirbelt und zu einer tränengetränkten Rolle zerrieben, weiße Fetzen verteilen sich überall auf meinem Schoß. »Was passiert als Nächstes? Mit Edi, meine ich.«

Er zuckt mit den Schultern, nickt, rollt etwas dichter zu mir, ergreift meine Hände, obwohl er damit auch mein widerliches Taschentuch festhält. »Die verbleibende Zeit für sie wird sich nach einem Muster entfalten, das wir noch nicht wirklich kennen. Vielleicht schläft sie viel, zieht sich ganz zurück und erledigt ihre weitere Arbeit hier nur innerlich. Ich würde aber davon ausgehen, dass wir noch ein bisschen mehr von ihr mitbekommen.« Er lächelt. »Sie ist ein strahlendes Licht, wie du weißt. Mit einer eigenen *Meinung*, Entschlossenheit.«

Wie aufs Stichwort piepst etwas an Edis Infusionsständer – der Beutel ist leer –, und sie öffnet die Augen. »Erdbeerkuchen mit Mürbeteig«, sagt sie heiser.

Ich stehe auf, gehe zu ihrem Bett und kauere mich neben sie. »Hey Eds.«

Sie räuspert sich und sagt dann: »Oder geröstete Mandeln.«

»Okay.«

Sie blinzelt mich an. »Aber der Good-Humor-Eiswagen ist *nicht* da«, sagt sie, als würde sie dieser Überlegung nachgehen.

»Leider nein«, sage ich.

»Ich dachte, ich hätte ihn gehört.«

Ich nicke. »Ich glaube, das waren nur deine Medikamente, die aufgebraucht sind. Für Erdbeermürbekuchen kann aber garantiert gesorgt werden.«

»Okay.« Sie versucht, sich über die Lippen zu lecken, die sich schälen. Ich halte ihr ein Glas Wasser mit Strohhalm hin, und sie saugt daran. Dann suche ich nach einem Fettstift in der Schublade ihres Nachttischs, tupfe ihn ihr auf die Lippen und ziehe meine eigenen Lippen breit, wie um ihr zu bedeuten *Zieh die Lippen auseinander, damit ich den Fettstift auftupfen kann.*

»Jetzt, wo du wach bist, kann ich dich gleich noch ein bisschen länger piesacken!«, sagt Dr. Soprano. Er hört sie mit dem Stethoskop ab, sieht sich ihre Augen an und bittet sie, auf alles zu zeigen, was ihr wehtut.

»Hier?«, meint sie und zeigt dabei auf ihren Kopf. »Nein, nein. Da?« Sie zeigt zum Fenster.

»Vielleicht einfach beides«, sagt Dr. Soprano. Er nestelt an ihrem intravenösen Zugang herum. »Du siehst gut aus, Edi. Gib Bescheid, wenn du etwas mehr Schmerzmittel brauchst. Ash, begleitest du mich nach draußen?«

Im Gang schüttelt er den Kopf. »Wir sehen uns das später noch mal an, okay? Ich habe den Zuständigen für Gefäßmedizin angerufen, damit wir zusehen, dass wir den PICC-Katheter wieder angelegt bekommen.«

»Okay«, sage ich, dann lächeln wir einander traurig an. »Tschüss!«, sage ich hilflos – *Lass mich nicht allein!*

»Halt die Ohren steif, Ash.« Damit geht er.

Edi hat in ihrem Zimmer die Augen offen, scheint aber nicht an Reden interessiert zu sein und braucht auch nichts. Ich spreche Jude eine Nachricht auf die Voicemail, dann sitze ich da, klappe den Laptop auf und schreibe eine E-Mail an unsere ganzen Leute. An Jonah und den Vater der beiden. An Alice und ein paar Freunde in Brooklyn. An ein paar Freunde vom College. (So viele andere Freunde! Aber warum nur?) An Jules, Honey und meine Eltern. Der Betreff? *Keine unerwartete Neuigkeit,* tippe ich und lösche es gleich wieder. Ich befürchte, dass jemand dann einen winzigen Moment lang denken könnte, sie wäre tot. *Um euch auf dem Laufenden zu halten,* tippe ich. Ich versuche, zu beschreiben, was hier vor sich geht, ohne die anderen mit meinen eigenen Schuldgefühlen und meiner Seltsamkeit nach unten zu ziehen. »Gern kann ich bei einer FaceTime-Session helfen, und das ist durchaus eine gute Alternative. Aber – und ihr wisst, wie schwer es mir fällt, das zu schreiben – wenn ihr Edi noch mal sehen wollt, dann solltet ihr wohl demnächst hierherkommen.« Ich lösche *demnächst* und schreibe stattdessen *bald.* Dann lösche ich *bald* und schreibe *jetzt.* Ich teile allen mit, dass sie gern bei mir übernachten können, dass wir genug Luftmatratzen und Schlafsäcke haben. Danach klicke ich auf SENDEN. Als Nächstes schreibe ich allen eine SMS, um ihnen mitzuteilen, dass ich ihnen eine Mail geschickt habe.

»Scheiße«, hat Jude bereits zurückgeschrieben. »Ich denke, dass ich hochfahren will.«

»Natürlich«, schreibe ich zurück. Edi dreht sich, und

ich stehe auf und beuge mich über sie, aber es sieht nicht so aus, als würde sie etwas haben wollen.

»Scheiße«, schreibt Jude erneut. Gefolgt von drei Pünktchen. Dann nichts mehr. »Aber Dash«, schreibt er dann.

»Ich weiß«, schreibe ich zurück.

»Den will ich nicht mitbringen. Aber ich kann ihn auch nicht wirklich hierlassen.«

»Argh«, schreibe ich. »Jude, das tut mir so leid. Sollen wir die Plätze tauschen?«

»Nein«, schreibt er. »Bleib bei ihr. Ich überlege mir was.«

Meine Eltern schreiben, dass sie mich lieben, fragen, ob ich möchte, dass sie kommen. »Mir reicht es, dass ihr für mich da seid und dass ihr kommen würdet«, schreibe ich ihnen ehrlich zurück.

Jonah und Jules schreiben beide, dass sie ihre Sachen packen und sich auf den Weg machen. »Süße, du musst nicht nach Hause kommen«, schreibe ich Jules.

»Ich weiß, Mom. Ich will aber«, schreibt sie zurück.

Cedar steckt den Kopf herein. »Hey Edi«, sagt er. »Hey Ash. Habt ihr Lust auf ein bisschen Musik?« Edi dreht den Kopf zu ihm, sieht ihn an und lächelt. »Ist das ein Ja?«

Dieser Junge ist ein wahrer Schatz und einfach ein Profi. Er zieht einen Stuhl heran, fragt Edi, ob sie irgendwelche Wünsche hat, die daraufhin den Finger an die Stirn presst und so tut, als würde sie nachdenken. Schließlich sagt sie: »Doily?«

»Doily«, meint Cedar. »Noch so ein Song, den ich

nicht kenne.« Edi schüttelt den Kopf. *Nicht Doily.* »Soll ich einfach was spielen, von dem ich weiß, dass du es magst?«

Wieder schüttelt sie den Kopf, sagt »Doily«, schlägt sich gegen die Stirn und lacht.

»O Gott, Edi«, sage ich. »Dir liegt eindeutig ein Wort auf der Zungenspitze, und es ist *Doily.*«

Sie lacht, seufzt, zuckt mit den Schultern.

»›Across the universe‹?«, fragt Cedar, und Edi lächelt. Er klimpert ein bisschen. *Words are flowing out like endless rain into a paper cup …*

Ich schließe die Augen. »Ich lege mich nur einen Moment lang hin«, flüstere ich, krabbele ins Beistellbett und döse zu Cedars engelsgleich-rauer Stimme ein. *Nothing's gonna change my world.* Aber meine Welt wird sich verändern.

Als ich aufwache, ist Cedar nicht mehr da, stattdessen steht Violet mit einer Schachtel im Arm da. »Da ist was für dich gekommen, Edi«, sagt sie.

»Was?«, fragt Edi.

Violet stellt die Schachtel auf Edis Tisch und sagt: »Ich weiß nicht. Du musst es aufmachen und nachsehen.«

Handschriftlich ist eine Absenderadresse vermerkt, und das Paket ist gut zugeklebt. Ich schneide das Klebeband letztlich mit der Nagelfeile von Edis Nagelzwicker auf, ziehe die Klappen nach oben und sehe sofort, was es ist: eine pinkfarbene Konditorschachtel, die von einem rot-weißen Band zusammengehalten wird. Jetzt sind Fanfaren angesagt! Ich rufe Jude an und frage, ob ich auf

FaceTime schalten kann. »Es ist nichts Schlimmes«, sage ich rasch, und er sagt, *Klar doch*.

Wir haben Judes Gesicht auf dem Handy, dann bringe ich ihn rüber zu Edi, die ihrem Mann zuwinkt.

»Halte mal«, sage ich zu ihr, gebe ihr das Handy, dann bringe ich die pinke Schachtel. Edi sieht sie, ebenso Jude. Auf der Schachtel sind zwei Etiketten angebracht. Auf einem kleinen, blumenförmigen Etikett in einer Ecke steht in Kursivschrift IN LIEBE, DAISY. Und auf dem anderen steht, jawohl, SIZILIANISCHER ZITRONEN-POLENTA-KUCHEN. Edi strahlt und zieht die Augenbrauen hoch.

»Wahnsinn!«, ruft Jude.

»Schon, oder?«, sage ich.

Ich düse in die Küche, schnappe mir ein Messer und ein paar kleine Teller, will zurückeilen, denke aber gerade noch an den Champagner – er steht im Kühlschrank, ist mit einem Kreppband und der Aufschrift EDIS KUCHEN versehen – und renne mit allem zurück. Als ich mit den Gläsern, Tellern, dem Besteck und der Flasche wieder bei Edi eintreffe, höre ich, wie Jude sich leise mit Edi unterhält, und sehe, wie sie nickt. Ich nehme den Deckel ab und schneide in den duftenden, mit Zucker gesprenkelten Kuchen, hole ein Mittelstück heraus und lege es auf einen Teller, den ich Edi reiche. Dann nehme ich das Handy und halte es so, dass Jude zusehen kann. Er singt den Titelsong von *Rocky*. Edi hält den Kuchen an ihren Mund, beißt hinein, kaut und schließt die Augen.

»Perfektion!«, kommentiert Jude am Handy. »Der Adler ist gelandet!«

Edi schluckt, öffnet die Augen wieder. »Hey«, sagt sie, stellt den Teller in ihrem Schoß ab. »Er könnte ein paar Zitronenspritzer oder so was vertragen.«

Ich sehe Jude an, und er lacht. Ich habe keine Worte, um ihm zu sagen, dass das hier das Sinnigste ist, was sie den ganzen Tag über von sich gegeben hat.

»Aber ist er so gut, wie du ihn in Erinnerung hattest?«, fragt Jude, und, Halleluja, Edi lacht.

Kapitel 21

Jonah trifft ein, wir weinen und umklammern einander ganz verzweifelt auf dem Gang, ehe er zu Edi hineinschlüpft, die gerade schläft. Ich verspreche, bald zurückzukommen, aber ich will duschen, nach den Katzen sehen und zu Hause sein, wenn Belle von der Schule kommt. Ich halte unterwegs beim Supermarkt, kaufe einen Kringle, und als ich zum Auto zurückkomme, klemmt ein Zettel an meiner Windschutzscheibe, auf dem steht: *Lern parken, Arschloch.* Dann klingelt mein Handy.

Es ist Belle. »Was ist los, Süße?«, frage ich.

Es folgt ein Moment der Stille, dann höre ich die Stimme eines Mannes: »Ähm, spreche ich mit der Mutter von Isabelle Feld?«

»Ja.« *O Gott.*

»Mrs. Feld, Ihre Tochter hatte einen Unfall …« Wissen wir alle aufgrund der Fernseh-Shows, was das bedeutet? Wissen die Leute deshalb, was sie als Erstes zu sagen haben? Wer auch immer das ist – hat er seinen Text etwa bei *Emergency Room* oder *Grey's Anatomy* gelernt? Ich höre, wie das Geigenspiel einsetzt, spüre, wie das Leben durch meine Füße aus mir herausfließt, bin überzeugt, dass ich gleich ohnmächtig werde.

Doch bevor ich tatsächlich einen Herzinfarkt bekomme und hier im Auto mit einer letzten rotzigen Nachricht in der Hand sterbe, höre ich Belles Stimme – Belles Stimme!

»Geben Sie mir das Handy. Sonst bekommt sie gleich einen Herzinfarkt. Mom!«

»O Gott, Belle! Geht's dir gut? Was ist los?«

»Mom, es geht mir gut. Ich glaube, dass es mir gut geht. Zumindest geht es mir mehr gut als nicht gut. Scriv hat das Auto ein bisschen zerbeult. Aber dey geht's auch gut.«

»Belly«, sage ich. »Bellini.« Ich spüre, wie eine Gänsehaut meine Arme überzieht, spüre, wie sich die Härchen an meinem Schädel aufstellen.

»Ich weiß, Mama. Es tut mir wirklich leid.«

»Das muss es nicht«, sage ich. »Ich bin so froh, dass es euch gut geht. Aber verdammt, Himmel, Belle.«

»Kannst du uns abholen? Wir sind in der Notaufnahme.«

Natürlich. Klar kann ich. Ich hinterlasse Honey eine Sprachnachricht. Ich rufe Jonah an, schreibe Edi, obwohl ich mir nicht sicher bin, ob sie ihr Handy konsultiert. Ich parke *wie ein Arschloch* auf dem Krankenhausparkplatz, renne hinein. Und dort, hinter dem Vorhang Nummer eins, ist der beste Preis aller Spielshow-Preise, Belle, mit einem Streifen Verbandsmull um den Kopf, wie eine Protagonistin in einem Zeichentrickfilm, die einen Autounfall hatte und gleichzeitig eine Baby-Butch ist.

»O Gott, Belle!«

»Alles gut, Mom! Da ist gar nichts. Ich habe nur einen mikroskopisch kleinen Kratzer an der Stirn.«

Sie lässt zu, dass ich sie an mich ziehe und küsse, was an sich schon absolut herzzerreißend ist – dieses Zulassen. Ich muss einfach unbedingt ihre Knochen, ihren Körper spüren. Ich will spüren, wie ihr starkes, lebendiges Herz an meiner Brust schlägt. Ich halte ihr Gesicht fest, sehe ihr in die Augen, die wie dunkle braune Brunnen sind, und bin erfüllt von meinem unglaublichen Glück. Ich weine – nur ein kleines bisschen –, und auch Belles Augen füllen sich mit Tränen, doch sie vergießt keine.

Scrivs Mom hat dey bereits abgeholt, also fahren nur wir beide zurück nach Hause. Der Arzt in der Notaufnahme meinte, dass Belle eine leichte Gehirnerschütterung haben könnte – ich solle sie also im Auge behalten, und es wäre wohl besser, wenn sie ein paar Tage von der Schule zu Hause bliebe. »Das sollte kein Problem sein«, hatte ich verschmitzt gesagt, und Belle hatte die Augen verdreht.

Belle erkundigt sich nach Edi, und ich bringe sie rasch auf den neuesten Stand. Sie erzählt mir von dem Unfall – dabei werden der Lautstärkeknopf und ein Strommast erwähnt –, was, das muss sogar ich zugeben, angesichts dessen, dass ja noch nicht einmal die Airbags aufgegangen sind, gar nicht so schrecklich klingt. Belle gibt zu, dass ihre Kopfverletzung durchaus etwas damit zu tun haben könnte, dass sie versucht hatte, ein schief stehendes Augenbrauenhärchen mithilfe einer Pinzette und des Seitenspiegels auszuzupfen.

»Dabei hättest du dein Auge verlieren können!«

»Ich habe soeben die Wette gewonnen, die ich mit Scriv am Laufen habe, wie lange es wohl dauert, bis du das sagst.«

»Belle, ich weiß nicht, was ich davon halten soll oder was mit dir los ist. Warum seid ihr überhaupt mitten an einem Schultag mit dem Auto unterwegs gewesen? Ich mache mir Sorgen, dass das wegen Dad und mir so ist. Oder weil ich so völlig verkorkst und so wenig da bin. Ich weiß, dass das im Moment ganz schön viel ist.«

»Mom, ich will jetzt kein Arsch sein, aber dabei geht es tatsächlich nicht um dich. Mal abgesehen davon, dass es gar kein *dabei* gibt. Ja, ich mache nicht alles perfekt. Aber das hat wohl einfach damit zu tun, dass ich, du weißt schon, *ein Teenager bin.* Ich glaube nicht, dass das irgendeine besondere Bedeutung hat.«

Ich nicke und fahre sehr langsam mit demselben bedrückenden Gefühl, eine kostbare Fracht an Bord zu haben, das mich immer begleitet hatte, als die Mädchen noch klein waren.

»Tut mir leid«, sage ich. »Ich habe mich ja ohnehin schon total bemitleidet, aber dann kam der Anruf vom Krankenhaus, und jetzt habe ich den Eindruck, dass ich mir ein bisschen was von diesem Selbstmitleid für später hätte aufheben müssen.«

»Selbstmitleid ist ein seltsames Kind«, sagt Belle sanft,

zitiert dabei meine Lieblingsgeschichte von Amy Bloom – »*Liebe* ist ein seltsames Kind« – absichtlich falsch. »Es gibt genug für alle, und du kommst sehr gut allein klar.«

»Danke«, sage ich.

»O Gott, Mom. Hat dir jemand diesen Zettel ans Auto geklemmt?« Belle lacht plötzlich. »Du hast echt den *allerschlimmsten* Tag! Ich mache ein Foto davon. *Lern parken, Arschloch* auf einem Post-it mit dem Aufdruck *Life is good*?«

»Ja, oder?« Jetzt muss auch ich lachen.

»Wow«, sagt sie. »Wir hätten wissen müssen, dass dieses Jahr einfach beschissen wird, als wir das interreligiöse Desaster hatten.«

Kurz vor Neujahr hatte unsere Menora das Strohdach unserer Krippe angezündet, und ehe wir es löschen konnten, hatten auch schon unsere Vorhänge Feuer gefangen, der Kamin unseres Lebkuchenhäuschens war abgefackelt, und eine in der Nähe stehende Schale mit Schokogeld war zum Teil geschmolzen.

»Aber sieh mal hinter dich«, sage ich zu ihr.

Sie dreht sich um und entdeckt den Kringle auf dem Rücksitz. »Du bist wirklich die Beste«, sagt sie, und ich weiß, dass sie es größtenteils auch wirklich so meint.

Kapitel 22

Jules ist da, als wir nach Hause kommen, ebenso Honey, und wir alle umarmen einander, wir lachen und weinen, und die Katzen streifen uns um die Beine. (Das ist die Kombination aus Kindern und Haustieren, die Honey den Jungs- und Mädelsklub nennt.) Ich schlinge die Arme um Jules; Honey inspiziert Belles Kopf; Belle hebt Jules vom Boden hoch. Ich flüstere Honey ein *Sorry, dass ich dich angemacht habe* zu, der einfach nur lacht und den Kopf schüttelt.

»Mama, ich will Edi besuchen«, sagt Jules. »Gleichzeitig habe ich aber auch schrecklich Angst davor, sie zu sehen.«

»Ich weiß, Schnecke«, sage ich. »Mir geht es genauso. Das umschreibt absolut zutreffend, wie es gerade ist. Willst du hingehen und einfach eine Weile dortbleiben?« Sie will. Honey bleibt zu Hause und wird ein Auge auf Belle haben, der es, allem Anschein nach, fabelhaft geht.

»Hast du Hausaufgaben bekommen?«, frage ich sie.

»Ja, in Weltliteratur, aber ich soll nicht lesen, weil ich

vielleicht eine Gehirnerschütterung habe. Deshalb, yay, Odysseus ist nämlich so ein bescheuerter Narzisst, ich kann mich echt nicht länger mit dem Scheiß befassen.« Honey sieht mich mit hochgezogenen Augenbrauen an, und ich lache. »Daddy, kannst du mich einfach in eine Decke einrollen und mich wie ein müdes Burrito-Baby im Arm wiegen?«, fragt sie. Ja, das lässt sich einrichten.

Auf dem Weg ins Unflätig versuche ich, Jules darauf vorzubereiten, wie Edi aussieht. Ich will nicht zu übertrieben klingen, aber es ist tatsächlich ziemlich erschreckend, wenn man sie jetzt sieht – ihre graue Haut und die tiefen Augenhöhlen, ihre geschwollenen Beine, ihre breiten Zähne und die schmalen Lippen. Ich erzähle ihr nichts von Edis Schnurrbart, der inzwischen etwas wächst und bei dem ich nicht weiß, was ich machen soll, weil sie ihn selbst noch nicht erwähnt hat. Was, wenn sie stirbt, während ich ihr die Schnurrbarthärchen auszupfe? Das scheint gar nicht einmal so abwegig.

»Es ist einfach nur so, dass es nicht so schwer ist, sich vorzustellen, dass sie stirbt«, sage ich abschließend. »Ich will nicht, dass du erschrickst.«

»Okay«, antwortet Jules unsicher.

Ein Leichenwagen fährt vom Parkplatz des Unflätig weg, als wir gerade dort ankommen.

»O nein!«, rufe ich aus.

»Was?«, fragt Jules.

»Keine Ahnung.«

Doch sobald ich die Votivkerze vor seinem Zimmer brennen sehe, weiß ich es. Es ist Junior.

»Mir war gar nicht klar, dass er krank war!«, sage ich.

»Ähm, Mom?«, meint Jules nur. Wegen *Hospiz* und so. Trotzdem. Einen Moment lang schließe ich die Augen, stelle mir Juniors vergnügtes Gesicht vor, küsse seine blassen, faltigen Wangen und bestäube ihn mit Sternenstaub.

Edi hat die Augen offen, als wir hereinkommen, aber es ist nicht klar, ob sie uns sieht. Jonah zuckt mit den Schultern, lächelt, steht auf, um Jules und mich zu umarmen.

»Schon okay«, sagt er zu Jules, die etwas zögerlich ist. »Sie wird sich so freuen, dass du hier bist.«

»Hey Edi«, sagt Jules, kauert sich neben das Bett, und Edi dreht den Kopf und lächelt sie an.

»Wow!«, sagt Edi. »Indigo?«, fragt sie.

Jules sagt fröhlich: »Wahrscheinlich!«

Edi schüttelt den Kopf. *Nicht indigo.* »Die Freundin deiner Mutter ist krank«, sagt sie zögerlich.

»Ja«, sagt Jules.

»Wie geht es ihr?«, fragt Edi. Sie hat ein Glas in der Hand und schüttelt es, bringt damit die Eiswürfel zum Klirren, und Wasser spritzt heraus. Sie reicht Jules einen Waschlappen, und Jules wischt damit Edis Schoß und ihre eigene Jacke ab.

»Geht so, denke ich«, sagt Jules. »Ich weiß auch nicht. Nicht so prickelnd.«

Edi lächelt Jules an, nickt mitfühlend, dann sieht sie mich und bedeutet mir, zu ihr zu kommen. Ich beuge mich zu ihr nach unten.

»Ist Dash hier?«, flüstert sie.

Ich schüttle den Kopf. »Nein.«

»Gott sei Dank.« Damit lässt sie sich wieder in die Kissen fallen, schließt die Augen und scheint sofort eingeschlafen zu sein.

»Wow!«, sagt Jonah leise zu Jules.

»Puh!«, sagt sie ebenso leise.

Einen Augenblick später geht die Tür auf, und Jules ruft: »O Gott! Miss Norman?« *Bring mich bitte jemand um!*

»Hey Jules! Hallo zusammen!«, grüßt sie uns. »Ich wollte nur nachsehen, ob ihr hier irgendwas braucht.«

»Für mich müsste Ruth *Der Fiedler auf dem Dach* ein bisschen aufdrehen«, sage ich. »Ich höre nämlich gar nichts.«

Miss Norman – Jen – presst die Lippen aufeinander und schüttelt den Kopf. »Ruth fühlt sich nicht so gut«, sagt sie.

»Wirklich?«, frage ich.

Sie nickt. »Das kommt vor«, sagt sie leise. »Viel Verschlechterung auf einmal. Der Februar kann ein herber Moment sein.«

Zum Glück ist heute *der letzte* Februartag! Ein netter, kurzer Monat. Vielleicht müssen wir alle es einfach nur in den März schaffen.

»Ist es okay, wenn ich bei ihr vorbeisehe?«, frage ich.

»Natürlich.«

Ich sage Jonah und Jules – und Edi –, dass ich gleich wieder zurück bin, und gehe den Gang zu Ruths Zimmer hinunter. Ihr Kopf liegt auf dem Kissen, und sie atmet langsam und geräuschvoll, als würde etwas in ihrem Hals stecken. Unbegreiflicherweise trägt sie eine von Edis Jacken. Ein Geschenk von Lois?

»Ich bediene mich einfach selbst«, sage ich leise und nehme mir ein Zitronenbonbon aus ihrer Dose. Dann halte ich einen Moment lang ihre Hand und singe ein bisschen »Jahre kommen, Jahre gehen« und küsse sie auf die Wange.

Eine junge Frau kommt herein – eine Enkelin, glaube ich –, und ich stehe auf und sage: »Entschuldigung – ich wollte nur meiner eigenen Sterbenden nebenan einen Moment lang aus dem Weg gehen.«

Sie lächelt. »Ich weiß«, sagt sie. »Das ist so schwer. Ich war gerade in der Küche, habe ›Tradition‹ gesungen und vor lauter Stress ganz viele Mini-Muffins mit Schokostreusel in mich hineingestopft.« Ich umarme sie, sage ihr, wie großartig Ruth ist, und wir wünschen einander viel Glück. Auf dem Weg nach draußen ziehe ich die Tür hinter mir zu. Überall liegen Menschen hinter den geschlossenen Türen im Sterben, und andere Menschen trauern um sie. Das ist eine der unumstößlichen Tatsachen des menschlichen Lebens – verbunden mit der Geburt –, aber eben auch so erschreckend. Jeder stirbt, und doch ist es unerträglich. *In uns allen steckt so viel Liebe.* Wie werden wir ihrer würdig? Und wohin geht sie? Ein weltweites Crescendo der Trauer, das Tag für Tag aufrechterhalten wird, doch nur eine winzig kleine Note davon ist meine.

In Edis Zimmer haben während meiner Abwesenheit die Feierlichkeiten begonnen. Honey und Belle sind mit Essen vorbeigekommen – »Es war zu einsam ohne die anderen« lautet Belles Ausrede, weshalb sie sich ihrer Zu-Hause-bleiben-Anordnung widersetzt hat –, und sie packen jetzt die Schälchen und Kartons aus. Thaisuppen und Nudeln parfümieren Edis Zimmer mit Basilikum, Chili und Kaffirblättern.

Dann geht die Tür wieder auf: Es sind Jude und Alice. *Hi! Hallo!* Alle umarmen sich und weinen, und Edi strahlt Jude vom Bett aus an, reckt ihren Kopf nach oben, um von ihm geküsst zu werden.

»Hallo, meine geliebte Ehefrau«, sagt Jude und küsst sie. Keiner von uns kann den Blick von ihnen abwenden.

Alice zieht den Reißverschluss ihres durchgehend platinfarbenen Steppmantels auf, unter dem sie eine Lederhose und einen kuscheligen weißen Rollkragenpullover aus Kaschmir trägt.

»Wow«, sage ich.

Wehmütig über ihren eigenen Glamour sagt sie: »Ich weiß«, und dann: »Ich verspreche, dass es nicht mehr ganz so schick aussieht, wenn ich mich erst mit Curry bekleckert habe.«

Alice ist diese nervige Mischung aus wunderschön und reich und bodenständig. Man möchte ihr alles neiden, doch man kann sie nicht einmal um eine winzige Kleinigkeit beneiden, weil sie so lustig und großzügig ist. An Edis Hochzeit hat sie mir die Haare und das Make-up gemacht, und nie zuvor in meinem Leben habe ich so mühelos umwerfend ausgesehen. Wären die Rollen vertauscht gewesen, hätte ich sie vermutlich absichtlich in einen geschminkten Gargoyle verwandelt. Sie ist unerträglich, und ich liebe sie gegen meinen Willen.

»Ist es eigenartig, dass ich noch immer auf Alice eifersüchtig bin?«, frage ich Jude leise. »So wie Edi sie ansieht – ich meine, selbst jetzt?«

»Also bitte«, sagt Jude. »Vielleicht weißt du noch, dass ich derjenige war, der einen total hysterischen Anfall hatte, als Edis fester Freund von der Highschool ihr Blumen ins verfluchte Sloan Kettering geschickt hat. Für diese Frage bin ich echt nicht der Richtige.«

Teller werden gefüllt und herumgereicht, Bier- und Prosecco-Flaschen aufgeploppt. Wir feiern eine richtige Party! Edi hat ein Glas Schampus und einen Schoko-Pudding-Becher aus der Küche in der Hand. Wir schleppen ein paar zusätzliche Stühle aus dem Konferenzraum herbei. Farrah Fawcett gesellt sich zu uns. Jude bringt den Lautsprecher von jemandem dazu, Nina Simone zu spielen. Belle hat ein Pflaster am Kopf und vielleicht eine Gehirnerschütterung, trotzdem ist das Strahlen meiner beiden Mädchen fast schon anstößig: glänzende rote Wangen; glänzende, dunkle Haare – die von Jules lang und lockig, die von Belle kurz und stoppelig – dazu ein breites Lächeln. Ich fange Honeys Blick auf: *Wir haben diese beiden Menschen gemacht.* Jude erzählt Jules die Kuchengeschichte, und Jules lacht ihr glockenhelles Lachen.

Belle erkundigt sich bei Jonah nach seiner Arbeit, und ich höre, wie sie sagt: »Ich weiß schon, dass das kein Heckenfondant ist. Trotzdem *denke* ich immer, dass es ein Heckenfondant ist.«

Alice beugt sich über Edi, redet und lacht leise, Tränen glitzern wie Diamanten in ihren langen Wimpern. Nina Simone *is feeling good.* Ich stehe mit einer Dose bitterköstlichem Bier da, bin einfach nur am Strahlen – mein Kiefer schmerzt tatsächlich, weil ich so viel grinse. Nie zuvor in meinem Leben war ich so traurig und glücklich zugleich. Seit Edi hier ist, denke ich: *So leben, als würde man sterben? Wer macht das schon? Sterben ist scheiße.* Doch jetzt sehe ich es. Genau *so* will ich leben!

Als ich das zu Honey sage, lacht er und meint: »Ich glaube, du hast diesen Spruch immer schon ein bisschen zu wörtlich genommen.«

Irgendwann sieht Dr. Soprano herein und sagt: »Wow – wir hätten Edi besser die Suite geben sollen!«

»Hier gibt es eine Suite?«, sage ich.

»Nein, das war ein Scherz.« Er kommt ganz ins Zimmer, stellt sich Jules und Alice vor, umarmt Jude. Dann lungert er etwas bei uns herum, schielt auf das Essen und die Getränke, und in der Gedankenblase über seinem Kopf ist klar und deutlich *Pad Thai* zu lesen, bis Jude ihn auffordert, sich doch zu bedienen, was er dann auch ganz glücklich tut. Miss Norman gesellt sich kurz zu uns, wobei Belle meinen Blick auffängt und drei Finger hochhält, woraufhin ich mir mit dem Mittelfinger über die Wange reibe, was sie zum Lachen bringt.

»Und Dad ist da noch nicht einmal mitgezählt«, sie geht in den Flüsterton über.

»Was? Ich kann dich nicht hören«, sage ich und schiebe mein Ohr mit dem Mittelfinger in ihre Richtung. »Das ist eine besondere Situation«, sage ich.

Sie flüstert mir zu: *»Eine besondere Hospiz-Bagger-Party.«*

Ich geselle mich zu Jude und Jonah, erkundige mich nach Dash. Er ist bei seinem Großvater – Edis und Jonahs schwieriger Dad war nach Brooklyn gekommen –, was nicht gerade ideal erscheint.

»Ist das okay?«, frage ich.

»Ist hier irgendwas okay?«, entgegnet Jude.

Ich nicke. »Gute Frage. Und ist es für deinen Dad okay, dass er nicht hier ist?«, frage ich Jonah, woraufhin er mit den Schultern zuckt.

»Okay genug anscheinend«, sagt er. »Ich weiß, er gehört nicht zu deinen Lieblingsmenschen, Ash. Aber ich muss ihn in Schutz nehmen. Er ist ganz verrückt nach Dash. Und nach Edi. Er geht damit nur auf seine eigene Weise um.«

»Klar«, sage ich. »Ich weiß, dass er am Boden zerstört sein muss. Ich kann mir das nur vorstellen.« *Wenn ich da an meine Töchter denke!* Ich vertreibe den Gedanken mit erhobenem Besen aus meinem Gehirn.

Trotzdem stimmt es, dass Edis und Jonahs Vater nicht zu meinen Lieblingsmenschen zählt. Er ist einer jener Menschen, die so tun, als hätten sie nichts von dem College gehört, auf das man geht, wenn es sich dabei nicht um eines aus der Ivy League handelt – selbst wenn er ganz in der Nähe lebt und besagtes College die New York University ist. Als wir Kinder waren, waren natürlich alle Väter eigenartig abwesend. Sie verließen das Haus morgens mit ihrem Aktenkoffer und machten weiß der Geier was, bis sie nach Hause kamen, Scotch tranken und eine Pall Mall nach der anderen rauchten, oder, wenn sie mit Rauchen aufhören wollten, eine mit weniger Teer versehene True nach der anderen. Man sah sie am Wochenende, wenn sie belegte Toasts machten und einem erlaubten, das Nachrichtenmagazin *60 Minutes* mit ihnen anzusehen, aber nur, wenn es keine Verlängerung beim Football-Spiel gab. Am Vatertag bekamen sie selbst gemachte unförmige Aschenbecher aus Ton geschenkt; ich stelle mir den Brennofen in unserer Schule vor, bis obenhin zugestopft mit Aschenbechern, die die Kinder für ihre Dads machten. Ich kann meinen Mädchen kaum vermitteln, wie sehr sich der Mann, mit dem ich aufwuchs, von dem unterscheidet, der aufmerksam zuhört, nickt, Hummus auf Pita-Brot streicht, während sie ihm das Konzept von Behindertendiskriminierung erläutern und warum er nicht mehr sagen solle: »Das sieht doch ein Blinder.«

Edis Mom hingegen war wunderschön und herrlich beschäftigt. Sie war Vorstandsmitglied von mehreren Kunstmuseen und Bibliotheken. Kamen wir nach Hause, fanden wir einen Zettel vor, der nach ihrem öligen, teuren Parfum duftete und auf dem Vorschläge für uns für die Zeit ihrer Abwesenheit standen: eine Haydn-Sonate anhören, diesen oder jenen Artikel im *New Yorker* lesen, vielleicht wollten wir auch ein bisschen Sport machen und etwas abnehmen.

»Sind wir dick?«, fragte ich Edi, die mit den Schultern zuckte.

»Keine Ahnung, echt nicht.«

Für Jonah lag ein Extra-Zettel da, auf dem stand, er solle Klarinette üben, Hannah Arendt lesen, den Müll rausbringen und seine Akne austrocknen. Meine Mutter war eher so, dass sie die Nähmaschine rausholte und uns half, Hochzeitskleider für unsere Puppen zu entwerfen, oder sie ging mit uns ein paar Straßen weiter zu dem Laden, der die Lippenpflegestiftreihe Lip Smacker verkaufte, wo meine Mutter ungehemmt an allen Düften schnupperte. Sie erlaubte es uns, zum Frühstück Kuchen zu essen, denn, ganz ehrlich, was war schon der Unterschied zwischen einem Stück Kuchen und einer Plundertasche?

»Ich will jetzt nicht darauf herumreiten, aber dein Dad hat sich mir letzten Monat im Sloan vorgestellt«, sage ich zu Jonah, der entsetzt zurückweicht.

»Hat er nicht!«

»Doch. Hat er. Er kam rein, hat die Hand zur Begrüßung ausgestreckt und gesagt: ›Ich bin Myron, Edis Vater.‹«

Jonah schüttelt den Kopf. »Hast du dann gesagt: ›Ich bin Ash, Edis beste Freundin von klein auf.‹?«

Ich lache. »Ja.«

»Tut mir leid«, sagt er.

»O nein, das muss es nicht. *Mir* tut es leid. Ich sollte mich wirklich bei jemand anderem darüber beschweren. Außerdem hat er mir zwanzig Dollar zugesteckt, damit ich mit dem Taxi heimfahre, das war nett.«

»Hast du dann auch ein Taxi genommen?«, fragt Jonah.

»Natürlich nicht. Ich habe die Subway genommen, wie jeder normale Mensch.«

»Dann hast du also von diesem Austausch profitiert«, meint er.

»Genau deshalb bist du der Typ mit dem Finanzgedöns«, erwidere ich nur.

Mit einem Mal werden alle ganz ruhig, weil Edi etwas sagen will. Fehlalarm! Will sie gar nicht. Sie hat nur die Eiswürfel in ihrem Becher zum Klirren gebracht, und Alice dachte, sie wollte einen Toast ausbringen oder eine Rede halten. Also beschließen wir, dass wir das stattdessen machen. Nacheinander erzählen wir lustige Geschichten, sagen ihr, wie sehr wir sie lieben, wie sehr sie unser Leben bereichert. Alice erzählt von ihrer gemeinsamen Reise nach Jamaica.

»Ähm, sorry, ist meine Einladung in der Post verloren gegangen?«, flüstere ich Jonah zu.

»Wahrscheinlich sind sie tatsächlich in Kroatien gewesen«, flüstert er zurück.

Sie kauften einen Joint von einem Typen am Strand, doch wie sich herausstellte, handelte es sich um einen Eisstiel, an dem Oregano klebte, wie ein Bastelprojekt mit falschem Marihuana. Edi lächelt, schüttelt ihre Eiswürfel, streckt den Kopf nach oben, um von Alice geküsst zu werden, die weint und lacht und dann sagt: »Was für eine bescheuerte Geschichte! Eigentlich wollte ich sagen, dass du großartig und die beste Freundin überhaupt bist.«

Jules sinniert darüber, wie Edi mit ihr zusammen ein Feenhaus im Garten gebaut hat. »Mit einer Feen-Snack-Bar – Chipmunks willkommen!«, fügt sie hinzu.

Jude erzählt, wie er auf der Staten Island Ferry auf die Knie gegangen war und sie gefragt hatte, ob sie seine Frau werden wolle, und Edi eine Grimasse zog, denn wie sich herausstellte, hatte ihr auch ihr Ex-Freund auf der Staten Island Ferry einen Antrag gemacht.

(»O Gott, Edi, und das hast du ihm gesagt?«, hatte ich damals gefragt.

Und Edi hatte geantwortet: »Ja, mein Filter hat da irgendwie nicht richtig funktioniert.«)

»Und ich meinte dann so, ›Also nein?‹«, erzählt Jude. »Und sie hat gesagt: ›Nein, nein. Also, ja! Unbedingt ja! Das ist nur so gruselig.‹« Jonah erzählt die Geschichte, wie Edi seine Haftara überspielt hatte, und ich bekomme Panik – Das war die Geschichte, die ich erzählen wollte! –, stattdessen erzähle ich diese völlig willkürliche Geschichte, wie Edi ein ganzer Johannisbeerjoghurtbecher in ihrer Tasche im Chunnel Train ausgelaufen war und sie dem Kontrolleur entschuldigend ihren joghurtverschmierten Pass zeigte, während ich so heftig lachte, dass ich mir in die Hose machte und die restliche Fahrt über auf einem geklauten Hotelhandtuch sitzen musste.

»Entschuldige«, sage ich. »Wie Alice schon sagte – außerdem bist du großartig und die beste Freundin überhaupt. Die allerallerbeste Freundin.«

Edi grinst uns ruhig an, leicht verwirrt, schüttelt ihre Eiswürfel, schüttelt ab und an auch ihre PEG-Sonde, räuspert sich – was alle immer wieder von Neuem denken lässt, dass sie etwas sagen will, was aber gar nicht so ist. Doch sie ist hier bei uns – hört zu, saugt alles in sich auf, wie ich hoffe, sammelt einen Vorrat für ihre bevorstehende Reise. Sammelt Liebe, davon ist so viel in diesem Zimmer. Wäre Liebe Helium, dann würde das Unflätig abheben und davonfliegen, himmelwärts dahintreiben, mit uns allen zusammen. Ich wünsche, genau das würde passieren. Ich weiß nicht, was danach passieren würde, aber für jetzt wäre das ausreichend. Wir alle, einfach in der Schwebe.

Ich würde gern in dem tiefen Surren des Tiefgründigen bleiben, aber das gelingt mir nicht. Stattdessen bemerke ich, dass Edis Nagellack abblättert – sollte ich ihn abmachen? – und dass Honey einen himmelblauen Pulli trägt, den ich noch nie gesehen habe, der ihm aber ganz großartig steht. Die Trinksprüche sind vorbei, Belle lacht mit Jonah, wobei die perfekte Lücke zwischen ihren Schneidezähnen zu sehen ist. Jules lehnt sich an mich, ist so erwachsen in ihren Strumpfhosen und Stiefeln, und ihr Haar duftet nach Apfel. Alle sind so wunderschön. Ich sehe uns alle, wie wir Edi in diesem Zimmer umringen, ihr Bett in der Mitte wie ein Floß. Ich sehe das Unflätig auf dem Netz von Straßen und Gebäuden der Stadt, sehe die Stadt im Bundesstaat, den Bundesstaat im Land, das Land auf dem Globus, die Erde im unbegrenzten, endlosen Universum, umgeben von der Unendlichkeit, die sich sinnlos dreht. Ich gehe auf den Gang hinaus, um zu Atem zu kommen.

Honey geht mir nach, kauert sich neben mich. »Alles okay bei dir?«

»Ja. Ich glaube, mir ist schwindlig. Vielleicht habe ich auch eine Sinnkrise.« Oder aber Apeirophobie, was, wie Jules mir erklärt hatte, die Angst vor der Ewigkeit ist, die ich ganz eindeutig habe. Wo wird Edi *sein?* Und wie lange? *Nirgendwo und für immer.* Nein.

»Ich weiß«, sagt Honey. »Es ist einfach zu viel.«

»Es ist einfach zu viel«, stimme ich ihm zu.

Und weil es *wirklich* zu viel ist, wird es im Unflätig um uns herum wieder geschäftig, Krankenschwestern, Krankenpfleger und Freiwillige betreten die Räume entlang des Gangs, um die Bewohner aufzuheitern und abzulenken, während zwei Männer mit einer Bahre eintreffen und sich zu Ruths Zimmer aufmachen.

Honey legt mir einen Arm um und drückt mir einen Kuss auf die Schläfe.

»Ich liebe dich«, sage ich.

»Ich weiß«, sagt er, und dann – weil ich mich entgeistert von ihm gelöst habe – lacht er und singt leise einen alten Maria-McKee-Song. »*Why wasn't I more grateful? When life was sweet ...*«

»Insgeheim bist du ein Arsch, und ich bin die Einzige, die das weiß«, sage ich, aber auch ich lache.

»Ich weiß. Ich liebe dich auch«, sagt er.

Kapitel 23

Jude bleibt in dieser Nacht bei Edi, also kommen alle anderen mit zu uns nach Hause. So langsam halte ich mich für eine verwirrend extrovertierte Introvertierte. Ich will einfach nur hier mit einem Glas von dem guten Tropfen, den Alice mitgebracht hat, auf dem Sofa sitzen bleiben, dazu in die Musik und die Unterhaltungen eintauchen, aber mit niemandem reden. Ich will unsichtbar sein, mich aufs Sofa legen und zu den gedämpften Stimmen der Unterhaltungen einschlafen, wie ein Kind auf dem Rücksitz eines Autos, das von den Erwachsenen, die es lieben, sicher durch die Nacht gefahren wird.

»Achtet nicht weiter auf mich«, sage ich. »Ich lege mich nur einen Moment lang hin. Bedient euch selbst.« Damit igele ich mich an einem Ende unseres rosa Sofas ein, mein Kopf liegt auf Belles riesigem Plüschkuschelkissen, Jelly rollt sich in meiner Hüftbeuge zusammen, und ich höre den anderen zu. Jonah erzählt Belle und Honey von einer Unterhaltung, die er mit Edi während eines Schneesturms hatte – wie sie von einem Stromaufruhr gesprochen habe. »Stromausfall?«, habe er gefragt, und sie habe gesagt, nein, nein, sie habe das Wort vor ihrem geistigen Auge, und es sei eindeutig *Aufruhr,* und wie er gedacht habe, dass es auf umständliche Weise durchaus einen Sinn ergebe. Jules bewundert Alice' klimpernd-glitzernde Ohrgehänge – sie sind riesig, ein ineinander verwobenes Geflecht mit Kristallen – und erzählt ihr von ihrem College-Leben, über das Magnet-Labor, in dem sie am ersten Tag ihres Praktikums spürte, wie die dünne Kette an ihrem Hals zog, dann riss und auf einen Seltenerdmagnet aus Neodym-Eisen-Bor flog, den der Professor aus einem Regal geholt hatte.

»Ich hoffe, du bist nicht davon ausgegangen, dass das echtes Gold war«, zitiert sie ihren Professor, als dieser ihr die Kette zurückgab. »Denn ganz eindeutig hat diese hier einen eisenhaltigen Kern.«

Auf meiner anderen Seite redet Belle über die Schnabeltier-Farm, die sie sich vorstellt – »Du könntest Milch *und* Eier erzeugen!« –, ehe sie nachfragt, ob jemand ein Eis zur Erfrischung haben will. »Aber um ganz ehrlich zu sein – ich habe es einfach nur mit Wasser zubereitet, also ist es sehr … *simpel im Geschmack.*« Alice möchte eins und steckt es direkt in ihr Whiskyglas.

»Hast du die hier manchmal auch?«, fragt Honey Belle und hält dabei seinen Daumen hoch. »Dieses Ding, diesen losen Hautfetzen direkt neben dem Nagel?«

»Dad, meinst du einen *Nietnagel?*«, sagt Belle.

»Nein, nein. Keinen Nietnagel. Dieses kleine Stückchen Haut, direkt neben dem Nagel, und wenn man es abzieht, dann geht das entweder ganz einfach, oder aber es reißt richtig tief ein?«

Belle schüttelt den Kopf. »Dad, so was nennt man einen *Nietnagel.* Und ja, jeder Mensch hat das.«

»Wirklich?«, sagt Honey. »Ich dachte immer, ein Nietnagel sei es nur dann, wenn ein Teil des Nagels irgendwie grundlos herunterhängt.«

»Mom, hörst du das gerade?«, fragt Belle.

Ich lache auf dem Sofa und antworte: »Das habe ich tatsächlich gehört.«

»Ich kann nicht glauben, dass du dein bisheriges Leben damit zugebracht hast, ohne zu wissen, was ein Nietnagel ist«, sagt Belle. »Kenne ich dich überhaupt?«

Honey zuckt fröhlich die Schultern und meint: »In mir stecken ganz viele.«

Meine Menschen kommen näher, gesellen sich zu uns. Der Couchtisch steht inzwischen voller Gläser, leerer und halb leerer Flaschen, ist übersät von Clementinenschalen und geöffneten Chipstüten. Belle legt meine Beine auf ihren Schoß und setzt sich, ohne die Katze zu stören. Jules sitzt bei uns auf dem Boden und streichelt Jelly, die Belle liebevoll schilt: »Hör auf zu grunzen! Du bist kein guter Grunzer.«

Jules sinniert über etwas, das ich schon früher mal gehört habe, nämlich dass Katzen angeblich wüssten, wann jemand stirbt. »Sie rollen sich bei dem Menschen zusammen und schnurren, und anscheinend ist das eine der Möglichkeiten, denke ich mal, wie Krankenschwestern und Pflegekräfte wissen, dass der Tod kurz bevorsteht.«

Wir fragen uns, wie das mit den Hunden im Unflätig wohl ist – glauben die Leute, auch Hunde wüssten Bescheid? Alle sind sich einig, dass Farrah Fawcett wohl mehr an unserem sterbenden Ich interessiert wäre, würde es in einen Käsedip getaucht sein.

»Das hat jetzt nur am Rande damit zu tun, aber findet jemand anderes hier Dr. Soprano auch so heiß?«, fragt Alice.

Belle lacht und sagt laut: »Iiihhh, nein«, dann sieht sie zu mir und sagt: »Also, er ist natürlich schon toll.«

Auch Alice lacht und sagt: »Nein, schon okay. Er ist wohl einfach nicht dein Typ, Belle.«

Belle stellt laut Überlegungen zu ihrem Typ an und was das wohl ist.

»Ist Scriv denn nicht dein Typ?«, frage ich.

»Scriv? Oh. Gott. Absolut nicht. Also, ich liebe Scriv, aber nein.«

Ich habe wirklich überhaupt keine Ahnung, wie sich herausstellt.

»Sie mag *Mädchen,* Mom«, erklärt Jules mir, als gäbe es ein Freizeichen an der Stelle, wo meine Hirntätigkeit stattfinden sollte. Und an Belle gerichtet: »Dein Typ ist doch eher so was wie Alicia Keys? Billie Eilish?«

»Ja, stimmt«, sagt Belle und seufzt. »Nicht sonderlich realisierbar, aber ja.«

Honey wirft einen Blick auf die Uhr, steht auf, streckt sich und sagt, dass er wohl besser nach Hause gehen sollte. Mühsam schiebe ich mich hoch und schlüpfe in irgendjemandes Schneestiefel, damit ich ihn nach draußen begleiten kann. Im Dunkeln sehen wir unsere Atemwölkchen, und Honey umarmt mich.

»Danke«, sage ich. »Es bedeutet mir sehr viel, dass du da bist. Ich weiß, dass es für die Mädchen sehr erdend ist. Und für mich auch.«

»Das mache ich gern«, sagt er. »Also, natürlich nicht gern im eigentlichen Sinn. Du weißt schon, was ich meine. Aber es ist gut. Es fühlt sich an wie, ich weiß auch nicht – es ist jedenfalls ein unglaublich eindringlicher Moment.«

Ich nicke. »Genauso fühlt es sich für mich auch an«, sage ich.

Er umarmt mich wieder, küsst mich auf die Wange. Er riecht nach Kaminrauch und Orangen. Ich halte mich davon ab, über seine Bartstoppeln zu streicheln.

»Ich sehe dich ganz sicher morgen, Ash. Schreib mir, wenn es was gibt, okay?«

»Natürlich«, sage ich, dann geht er den Pfad zur Straße hinunter, dreht sich um, winkt, steigt in sein Auto und fährt weg. Draußen ist es sternenklar und sehr kalt. Und ich trage nur – was trage ich eigentlich? Denselben grauen Pulli von Jonah, den ich schon seit mehreren Tagen trage. Ich ziehe meine Hände in die Ärmel zurück und lege den Kopf in den Nacken, um zu den Sternen hochzusehen, zum Mond, der wie ein kleines schiefes Lächeln am Himmel steht – *ein Zehennagelschnipselmond,* so nannte Belle diese Form der Mondsichel. In einer nahen Kiefer ruft eine Eule, und von weiter weg antwortet eine andere. Außerdem ist da noch ein anderes Geräusch, der Schnee, der irgendetwas macht – sich niederlässt, mit einem leisen Knistern, wie ein Kuchen, den man gerade aus dem Ofen geholt hat. Mein Gehweg ist freigeräumt. Das fällt mir zum ersten Mal auf, obwohl ich während des gesamten Schneesturms darüber gelaufen bin. *Honey.*

Mit einem »Pling« erhalte ich eine Nachricht. Sie ist von einer Freundin vor Ort, die mich dazu einlädt, auf dem Teich neben ihrem Haus mit ihr Schlittschuh zu laufen. »Du musst auch gar nichts sagen«, schreibt sie. »Komm einfach rüber und genieß das Eis. Aber natürlich nicht jetzt, logo«, fügt sie hinzu. »Am Wochenende vielleicht.«

Ich schreibe ihr, dass wir mit Edi wohl auf der Zielgeraden sind (weil ich auf einmal eine Art *Baseball*-Expertin bin?), und sie schickt mir eine Reihe Herzen, ihre Liebe und ihr Angebot, auf welche Weise auch immer zu helfen. Auch meine Mom und mein Dad haben geschrieben, fragen nach Neuigkeiten, lassen mich wissen, wie unendlich sie mich lieben. Mein Glück wallt schmerzhaft in mir auf, wie Blut in einer Wunde.

Seit die Mädchen auf der Welt sind, habe ich jedes Jahr die Kerzen auf meinem Geburtstagskuchen ausgepustet und mir genau das gewünscht. All das, was ich bereits habe. Keinen Verlust. *Ich kann auf niemanden verzichten,* das denke ich immer. Aber irgendwann muss man dann auf Menschen verzichten. Das ist die Voraussetzung des Lebens, der Zeit, die wir miteinander haben.

Die Tür geht auf, Jonah steht darin. »Ähm, liegst du etwa im Schnee?«, fragt er.

»Was?«, frage ich. »Oh, tatsächlich! Nur kurz. Ich denke wohl nach. Vielleicht bin ich auch angeschickert.«

»Alle machen sich bettfertig. Willst du reinkommen und ein bisschen rumknutschen?«

»Ach Jonah. Eher nicht. Ich liebe dich. Bitte hass mich nicht.«

»O Gott, natürlich nicht«, sagt er. »Nie. Das ist alles so schräg. Aber komm trotzdem einfach rein. Nicht zum Rumknutschen – einfach nur, weil es hier draußen verdammt kalt ist, wir dich vermissen und du mir ein bisschen Angst machst.«

Drinnen sind Jules und Belle damit beschäftigt, im Wohnzimmer die Luftmatratzen aufzublasen (irgend so ein Vollpfosten, mit dem ich mal zusammen war, hat mich korrigiert, als ich meinen Fahrradreifen reparierte – »Das nennt sich *aufpumpen* nicht *aufblasen*« – und jetzt werde ich das Wort *aufpumpen* nie wieder benutzen), Alice putzt sich die Zähne am Spülbecken in der Küche und trägt etwas, das ein knallpinker Kaschmirpyjama zu sein scheint. Ich bestehe darauf, dass sie mein Bett und Jonah Belles Bett nehmen soll, und hole ihnen frische Bettbezüge. Ich möchte einfach nur mit den Mädchen unten im Wohnzimmer kampieren.

»Manchmal werden Katzen eingeklemmt«, warnt Belle Thumper, der sich unter das Spannbetttuch geschlichen hat, das sie gerade über die Luftmatratze ziehen will. Sie muss das Bett um ihn herum herrichten, und er ist ein schwirrendes, aufgeregtes Bündel, genau wie die Mädchen, als sie klein waren – und sich in jede Lücke geschoben haben – *Du findest mich nicht! Komm und such mich! Ich bin hier!*

Ich lege Scheite im Holzofen nach, ziehe Jeans und Pulli aus, ziehe meinen BH unter dem T-Shirt aus und schlüpfe in den Schlafsack, den ich auf dem Sofa ausgerollt habe.

»Muss ich Zähne putzen?«, frage ich laut, an niemand Bestimmtes gerichtet.

Doch die Mädchen rufen im Chor: »Natürlich nicht!«

Sie haben den Couchtisch zur Seite gerückt, um das Kopfende ihrer Matratzen zum Sofa zu schieben, auf dem ich liege und döse, während ich ihnen zuhöre, wie sie über die Katzen reden.

Hast du schon mal streifigere Pfoten als diese hier gesehen? Ich echt noch nicht. Und sieh dir die Schnurrhaare an! Schon, oder? Die sind tatsächlich viel länger und hängen viel mehr nach unten, als wir sie jemals gezeichnet haben. Riech mal sein stinkendes Gähnloch!

Das Letzte, woran ich mich erinnere, ist Belles Antwort auf etwas, das Jules gefragt hat: »Dann ist Sprühregen vermutlich meine *drittliebste* Form von Niederschlag?«

Jules sagte: »Na klar. Also nach Regen und Schnee natürlich.«

Natürlich.

Der Schlaf, der über Monate hinweg ein schrecklich ermüdendes Versteckspiel mit mir gespielt hatte, taucht unvermutet auf und zieht mich mit sich auf den Grund des Meeresbodens, wo ich die Tiefseeträume der Ertrunkenen träume. Der Vergessenen.

Kapitel 24

Ich wache zu den Stimmen von Jonah und Alice auf, die sich leise unterhalten. Ich rieche den Kaffee, den sie in meiner altersschwachen Chemex aufgebrüht haben, und der Teil meines Hirns, der für Abhängigkeiten zuständig ist, wird von unbeugsamer Freude erhellt.

Alice macht Frühstückseier. »Wie ziehe ich mir über Nacht, *während ich schlafe,* eine Verletzung zu?«, fragt sie Jonah empört. »Da gehe ich gestern Abend ins Bett und bin heute irgendwie mit einer Sehnenscheidenentzündung wach geworden.«

»Das Altern«, seufzt Jonah. »Das ist nichts für schwache Nerven.«

»Das schlägt wohl das Nicht-Altern«, sagt Alice.

»Wohl wahr«, antwortet Jonah.

Jonah merkt, dass ich wach bin und bringt mir – er ist einfach der Beste – eine Tasse heißen Kaffee mit Milch. Ich setze mich im Schlafsack auf, um ihn zu trinken, betrachte voller Bewunderung die Gesichter der Mädchen, die einander im Schlaf zugewandt daliegen. So sehen sie noch immer wie Babys aus: die dichten, dunklen Sicheln ihrer Wimpern, ihre hellrosa Wangen und roten Lippen. Die Hände haben sie auf der Decke verschränkt.

Ich höre die Katzen auf dem Küchentresen, wo sie Jonah und Alice ihre traurige Geschichte vormaunzen, wie sie die ganze Nacht ausgehungert wurden.

»Soll ich, ähm, diese Jungs hier irgendwie füttern?«, fragt Jonah und schiebt Thumper hektisch mit dem Ellenbogen von sich weg. Er ist kein Tiermensch.

»Nein, nein«, sage ich. »Ich mache das schon.« Ich ziehe meine Jeans an, nehme meinen eigenen Katzenjammer zur Kenntnis, trinke ein großes Glas Wasser am Spülbecken und wasche die Katzennäpfe aus. Sie röhren und prusten wie Mini-Löwen. »Das hat *keiner* gemacht?«, sage ich zu ihnen, lasse das Futter in ihre Näpfe klappern. »Die ganze Nacht nicht? Ehrlich? Euer Magen musste sich selbst verdauen? Ihr armen, armen Jungs.«

Alice und ich werfen uns eine Handvoll Ibuprofen ein, während Jonah versucht, uns laut vorzulesen, was als angemessene Menge auf der Dose steht. Alice pellt ihre Eier, bittet um Salz und scharfe Soße. Keiner hat etwas von Jude gehört. Wir beschließen, dass wir einfach duschen, uns anziehen und ins Unflätig gehen. Ich wechsle die Unterwäsche, statt tatsächlich mit Wasser und Seife in Berührung zu kommen, ziehe meinen BH wieder an, ebenso Jonahs Pulli und warte mit meinem Kaffee, bis die anderen fertig sind.

Ich schreibe Jude, dass wir bald rüberkommen werden, und er schreibt zurück: »Großartig. Wir hätten hier eine

Bestellung. Pringles? Bin mir nicht zu hundert Prozent sicher, ob es das ist, aber könnt ihr eine Dose mitbringen?« Klar, können wir! Alice und Jonah tauchen auf, sauber, frisch und gut duftend. Ich beuge mich schnuppernd zu Alice.

»Was ist das?«, frage ich, und sie fuchtelt mit der Hand in der Luft herum.

»Irgendwas Extravagantes, Teures. Sandelholz. Flechten. Verbrannte Reifen. Ich weiß es nicht mehr genau.«

»Hey, hübscher Pulli übrigens«, sagt Jonah.

Ich sage »Danke« und klatsche ihn ab.

Ich lasse den Mädchen einen Zettel da, dann ziehen wir los, kaufen Chips, und wo wir schon mal da sind, besorgen wir gleich noch ein paar andere Sachen. Selters mit Grapefruitgeschmack, Wassermelonenwürfel und den Eiskaffee, den Edi gern trinkt, auch im Winter. Fettarme Milch. Zwei Flaschen Chianti. Einen Lippenpflegestift mit Maracujageschmack. Erdbeerriegel. Und welche mit gerösteten Mandeln. Die *Cosmopolitan* und die *New York Times,* Salami mit Fenchelsamen und ein Taschenbuch über Astrologie. Wir treffen mit unzähligen Tüten im Unflätig ein, desinfizieren uns am Desinfektionsspender und nähern uns Edis Zimmer etwas furchtsam.

Edis Augen sind geschlossen. Judes Augen sind gerötet, seine lockigen Haare liegen flach an seinem Kopf.

»Ach, du Ärmster«, sage ich und umarme ihn. Er schüttelt den Kopf.

»Es geht mir gut«, sagt er. »Es war okay heute Nacht. Nicht großartig, aber okay.«

Wir ziehen die Jacken aus, bringen die Einkaufstüten in die Küche, nehmen die Chips mit ins Zimmer. Jude erzählt uns, wie Edi einschlief, wieder wach wurde, mit ihrem Glas klapperte und immer mehr zu trinken brauchte.

»War es das?«, habe sie irgendwann klagend gefragt – die einzigen Worte, die sie gesagt habe –, und er habe so etwas wie *Keine Ahnung, Schätzchen, aber ich bin da, ich liebe dich, du gehst dann, wenn du gehen musst* geantwortet. Daraufhin habe sie sich geräuspert und gesagt: »Nein. Ist das die letzte von den Pellegrinos?«, und er habe gesagt: »Oh! Nein. Da gibt es noch mehr. Ich hole eine.«

(Denn, Achtung, das Drehbuch von deinem Aufenthalt im Hospiz wird vom Komiker-Duo Abbott und Costello geschrieben.)

»Ich war so besorgt, dass das die letzten Worte sein werden, die ich je zu ihr gesagt habe«, erzählt er uns. »Aber zum Glück ist sie im Morgengrauen aufgewacht und wollte wissen, ob es noch etwas Champagner gab, was ich verneinen musste.« Er lacht und seufzt dann. »Also werden *das* vielleicht die letzten Worte sein, die ich je zu ihr gesagt habe.«

Edis Augen sind jetzt offen, doch statt ihr zum Beispiel zu sagen, wie sehr ich sie liebe, ziehe ich die Alufolie von der Pringles-Dose und halte sie ihr hin. *(Trauben gefällig?)* Sie greift hinein, ungeschickt und zögerlich – inzwischen sind auch ihre Finger geschwollen –, dann bleibt ihre Hand kurzzeitig in der Dose stecken, als wäre es eine von diesen Fingerfallen. Doch sobald sie ihre Hand herausgezogen bekommt, beißt sie in den ganzen Stapel Chips, verstreut überall Brösel, während wir alle ganz lächerlich so dummes Zeug von uns geben wie »Lecker, was?«, »Gibt es irgendein Problem, das man mit Pringles *nicht* gelöst bekommt?«, dann hustet sie. Sie erstickt. Ganz eindeutig steckt irgendwo in Edis Luftröhre ein Pringle. Sie hustet und würgt, und ich renne hinaus, um jemanden zu holen – renne dabei auf dem Gang in Olga, die hinter mir ins Zimmer eilt.

Die Mädchen und ich haben uns einmal einen Podcast über einen Astronauten in den Sechzigerjahren angehört, der ein Corned-Beef-Sandwich in die *Gemini 3* geschmuggelt hatte. Es war als köstliche und witzige Überraschung für seinen Raumfahrtkollegen gedacht – doch dann ging alles schief, denn sobald sie die Schwerelosigkeit erreicht hatten, fing das Sandwich an, sich aufzulösen. Es war nicht von der Bodenkontrolle oder überhaupt jemandem, abgesehen vom Verkäufer im Feinkostladen, geprüft worden, und innerhalb kürzester Zeit war der Luftraum mit senfbestrichenen Bröseln von Roggenbrot und frei herumfliegenden Stücken von nach Knoblauch duftendem Räucherfleisch erfüllt, die sich in die unterschiedlichsten Kontrollpanel von Bordgerätschaften und Apparaten einlagerten. Es existiert sogar ein Gesprächsprotokoll der Astronauten, in dem sie darüber sprechen – »Ich hatte schon bessere Ideen«, sagt derjenige, der das Sandwich mitgebracht hatte, eine leichte Untertreibung. Ein Verantwortlicher, der die Förderungs- und Sicherheitsmittel der NASA kritisierte, bezog sich darauf als das *Dreißig-Millionen-Dollar-Sandwich.*

Damit will ich einfach nur sagen, dass ich jemand bin, der unbefugt ein Corned-Beef-Sandwich in ein Raumschiff mitbringen würde. Außerdem: Die Pringles waren eine schlechte Idee.

Olga versetzt Edi ganz ruhig einen kurzen, kräftigen Schlag zwischen die Schulterblätter. »Du bist nicht für die Lunge«, tadelt sie den Chipsbrösel, nachdem Edi ihn herausgehustet hat. Edi hustet noch etwas länger, während Olga ihren intravenösen Zugang überprüft, sich ihre Augen ansieht und die Decke zurückschlägt, um sich auch ihre Füße anzusehen. »Du machst Fortschritte«, sagt Olga zu Edi und an uns gerichtet auf dem Weg nach draußen: »Weiche Nahrung.«

Edi muss erst wieder zu Atem kommen, trinkt einen Schluck, hustet noch etwas.

»Guten Morgen zusammen!«, ruft Jude, und wir lachen. Wir sind verunsichert. Es ist der erste März.

Das einzige Geräusch im Zimmer ist Edis unablässiges Trinken und das Klirren der Eiswürfel in ihrem Glas. Ich habe das Gefühl, als würde hier eine stumpfsinnige, anstrengende Party stattfinden. Aber da kommt Laura, die Seelsorgerin des Unflätig, und errettet uns von der gesellschaftlichen Hilflosigkeit des Herumsitzens, während jemand im Sterben liegt. Sie beugt sich zu Edi, begrüßt sie, stellt sich den anderen vor und fragt uns leise, ob wir eine geführte Meditation im Konferenzzimmer mit ihr durchführen wollen. Wir wollen! Na ja, Jonah will nicht – aber das ist gut, denn dann kann er bei Edi bleiben. Jude, Alice und ich folgen Laura durch den Gang.

Sobald wir sitzen, bittet Laura uns, den Kopf zu senken, und dann spricht sie mit uns darüber, wie ungewöhnlich und fordernd diese Erfahrung ist, sich dem Tod eines geliebten Menschen stellen zu müssen. Sie lädt uns dazu ein, die Gesamtheit unserer Gefühle wahrzunehmen, uns bewusst zu machen, was unsere Absichten für diesen Abschnitt sind, und zuzulassen, dass wir für uns selbst wie auch für Edith Mitgefühl empfinden.

»Es ist schwer, über das T-Wort zu sprechen«, sagt sie, und ich sehe auf, suche Blickkontakt zu Alice, die fragend und lautlos ein *Trottel?* formuliert.

Dann bittet Laura uns, die Augen zu schließen. Sie greift zu einem kleinen Schlegel und schlägt damit einen Mini-Gong an. Sie spricht mit uns über den Atem, bittet uns, *ganz* bei unserem Atem zu *sein,* unsere Gedanken und Überlegungen kommen und ziehen zu lassen.

Doch stattdessen rasen meine Gedanken, und ich rase ihnen hinterher: *Ich hoffe, dass Jude danach mit mir rausschleichen und eine rauchen will,* denke ich. Einatmen, ausatmen, *außerdem frage ich mich, ob Edi Alice als ihre beste Freundin erachtet. Sorry, dass ich nicht diejenige war, die ihr eine Mohairdecke oder so was gekauft hat!* Einatmen. *Gab es da nicht mal diese eine Episode über den englischen Tierarzt, der glaubte, ein Schaf eingeschläfert zu haben, nur um später zurückzukommen und festzustellen, dass es dem Tier gut ging, und der Bauer dachte dann, dass es sich wohl einfach nur richtig lange ausruhen musste? Könnten wir Edi also nicht einfach eine Weile schlafen lassen und ihrem Körper Zeit geben, sich selbst zu heilen?* Ausatmen. *Scheiße – das zählt wahrscheinlich nicht als* Akzeptanz. *Popcorn-Shrimps,* denke ich ganz unvermittelt. *Hat Edi eigentlich immer noch mein altes RETTET DIE WALE-T-Shirt? Und wäre es komisch, wenn ich Jude bitte, danach zu suchen?*

Ich konzentriere mich wieder. Laura bittet uns, uns vorzustellen, wie wir unseren allerersten Atemzug genommen haben. Stattdessen denke ich an die Mädchen, direkt nach der Geburt, wie sie auf meiner Brust lagen und mich mit ihren trüben Augen ohne erkennbare Farbe direkt anblickten – dieses verrückte Gefühl von *Jemand ist zu Hause,* das schon diese blitzblanken neuen Pupillen vermitteln konnten. Da hat man diese riesige, herumkullernde Bowlingkugel im Bauch, und dann ist da auf einmal dieser Mensch. Dieses *Bewusstsein.* Wo war es davor? Und wohin ging es *danach?* Ich hatte meinen Fokus all die Jahre darauf gerichtet gehabt, die Mädchen am Leben zu halten, somit ist das hier der erste Moment, in dem ich wahrhaft die Unausweichlichkeit ihres Todes begreife, wann auch immer er eintreffen mag, so hoffe ich doch – und ich klopfe auf Holz –, dass das erst nach meinem eigenen Tod sein wird.

»Und jetzt stellt euch euren letzten Atemzug vor«, sagt Laura, und das mache ich. Das habe ich bereits.

»Einatmen, nimm es an«, fährt Laura fort. »Ausatmen, lass dich von einem Gefühl des Friedens erfüllen.« Wieder schlägt sie den Gong an, bittet uns, die Augen zu öffnen, gibt uns einen Moment, um uns zu sammeln, und möchte dann wissen, ob wir Fragen haben.

Ich habe eine. »Gibt es so etwas wie – einen *Abschluss,* also, ich meine – sollten wir versuchen, Edi jetzt irgendwie damit zu helfen?«

Laura nickt und lächelt mich freundlich an. »Ihr seid jetzt einfach nur als Begleitung dabei«, sagt sie. »Ihr müsst zu diesem Zeitpunkt nicht für sie nach einer Bedeutung suchen, nach Endgültigkeit. Was auch immer Edith jetzt braucht, ist genau das, was sie macht – es geht hier nicht um euch.« Beschämt nicke ich.

»Es geht trotzdem *hauptsächlich* um dich, Ash«, sagt Jude, um mich zum Lachen zu bringen.

»Ich meine das gar nicht herzlos«, fährt Laura fort. Sie berührt einen blasslila Stalaktiten (Stalagmiten?), den sie um den Hals trägt. »Ich will damit nur sagen, dass Edi nicht sterben will – sie kann sich mit diesem Gedanken noch nicht ganz abfinden –, also kommt sie vielleicht zu nichts, das ein befriedigendes Gefühl vermittelt. Möglicherweise erkennt sie den Sinn ihres Lebens und ihres Todes nicht. Aber vielleicht tut sie das doch. Natürlich hoffen wir immer, dass das der Fall ist, weil wir uns dabei besser fühlen. Aber sie vielleicht nicht.« Einen Moment lang sind wir alle still. »Sonst noch jemand?«, fragt Laura.

Alice und Jude schütteln den Kopf.

»Ich habe noch eine Frage«, sage ich. »Sorry, aber – wird ein Arzt bei uns sein, wenn sie stirbt? Oder du? Ich glaube nicht, dass ich verstehe, wie das funktioniert.«

Laura nickt. »Das hängt zum einen davon ab, was ihr braucht. Zum anderen davon, wer gerade hier ist.« Selbst als sie das sagt, wird mir klar, dass ich immer noch an die Geburt denke. Wo man bis zum letzten Moment von Krankenschwestern, Freunden und Partnern umgeben ist, ehe der Arzt für die Geburt hereinschneit. Müssen wir bei Edi einfach selbst Geburtshelfer sein? Können wir das überhaupt?

»Ich bin wohl einfach nur besorgt, dass ich eben nicht über die notwendigen Fähigkeiten verfüge«, sage ich.

»Die einzige Fähigkeit, die gebraucht wird, ist Liebe«, erwidert Laura. »Und davon bist du wirklich erfüllt.« Wir sitzen in einem fensterlosen Raum mit gewöhnlichen Polsterstühlen und reden über all das in der Welt, was am wichtigsten ist.

»Tut mir leid, Jude«, sage ich, weil ich das Gefühl habe, zu viel Raum einzunehmen, doch er legt einen Arm um mich und meint nur: »Alles okay, Ash. Es ist alles in Ordnung.«

»Du weißt einfach nicht weiter«, sagt Laura. »Buchstäblich. Versuche, dir selbst gegenüber nachsichtig zu sein.«

Diese Unterhaltung ist einfach absurd und zugleich überaus tiefgründig – wie die existenzielle Version davon, Nährhefe auf Popcorn zu verteilen. Hippie-Bullshit-Gedöns, gleichzeitig aber so verdammt gut.

»Danke«, sage ich zu Laura. »Das war super hilfreich.« Dann presst sie ihre Hand flach auf mein Sternum, sodass ich tatsächlich einen richtigen Atemzug nehmen kann.

Kapitel 25

Alice und Jude eruieren die Kaffeesituation in der Küche, und ich bin zurück bei Edi. Jonah liegt neben ihr, blättert durch ein Fotoalbum, das er mitgebracht hat, erwähnt verschiedene Details ihrer Siebzigerjahre-Kodak-Kindheit. Ich beuge mich zu ihnen, sehe einen Familienurlaub in Griechenland: Da ist Edi, die sich auf einem fleckigen Esel nach unten beugt, in staubigen Mary-Jane-Schuhen und weißen Söckchen; da sind die Kinder in zusammenpassenden weißen Shorts, die wie Säulen im Parthenon posieren; da ist ihr Vater mit seinen Koteletten, wie er in einen Tintenfisch-Tentakel beißt.

»War das eine schöne Reise?«, frage ich.

Jonah zuckt mit den Schultern und sagt: »Hm.«

Edi ist unruhig, lässt die Eiswürfel in ihrem Glas klirren. Sie räuspert sich, sagt aber nichts.

»Brauchst du was, Süße?«, frage ich, und sie grinst mich an, lässt die Eiswürfel weiter klirren. Ich sitze auf dem Bettrand und fülle ihr Glas aus einer geöffneten Dose vom Rolltisch.

Sie räuspert sich und sagt: »Ähm?«

»Was ist los, Schnecke?«, frage ich.

Wieder räuspert sie sich. »Ihr beiden …« Sie zeigt auf Jonah und mich, spricht aber nicht weiter.

Wenn sie jetzt sagt *vögelt,* dann sterbe ich, ehe sie stirbt. Jonahs Augen sind vor Panik weit aufgerissen.

Edi räuspert sich, die Eiswürfel klirren. »… ihr seid Barkeeper?«

Jonah fängt meinen Blick auf. »Das könnte man so sagen, oder?«, meint er. »Noch eine Runde Pellegrino für die Damen!«

Sie nickt, dann schüttelt sie den Kopf. »Keine Bar«, sagt sie. »Das Hoozy. Das *Doily. Nicht das Doily.*« Sie seufzt, schüttelt den Kopf, sagt: »Nein.« Dann ist sie wieder still.

Jonah tätschelt ihre Schulter, legt das Album auf den Nachttisch, nimmt die Brille ab, reibt sich übers Gesicht, schwingt die Beine zur Seite und steht auf. »Ich gehe mal nachsehen, warum das mit dem Kaffee so lange dauert. Wollt ihr welchen?« Wir wollen! Oder ich zumindest.

Nachdem Jonah weg ist, sieht Edi mich an, mustert mich. Ich lächle ununterbrochen. Sie dreht sich etwas, zuckt zusammen, zieht alarmiert die Augenbrauen und Schultern hoch.

»Alles gut«, sage ich. »Alles bestens mit dir.« Sie lässt die Schultern sinken und lächelt.

Meine Kinder haben sich genauso verhalten, als sie klein waren – sie haben mich angesehen, um sicherzustellen, dass es ihnen gut ging. Bei einem turbulenten Flug schnellten ihre beiden Köpfe zu mir herum, um mich wortlos zu fragen: »Sind wir hier sicher?« *Wir sind hier sicher!* Ich wurde selbst durchgerüttelt, strahlte sie aber an, denn was war schon dabei, wenn ich damit falschlag? Wenn das Flugzeug explodierte, dann wäre die Tatsache, dass sie mir nicht mehr vertrauten, fast unverzüglich irrelevant. *Du bist hier sicher!*

Ich strahle Edi jetzt an, und sie grinst wie ein vergnügtes Baby. »Du machst alles absolut richtig«, sage ich laut, und sie nickt.

Leise singe ich ihr »Dona, Dona« vor. Jede Zeile, an die ich mich erinnere. *How the winds are laughing, they laugh with all their might! Laugh and laugh the whole day through, and half the summer's night.* Als ich versuche, den Songtext auf dem Handy aufzurufen, stelle ich fest, dass es tatsächlich ein Lied ist, in dem es darum geht, wie ein Kalb zum Schlachter geführt wird. Na toll!

Edi sieht mich an. Sie räuspert sich. »Ash«, sagt sie.

»Edi.« Prompt muss ich mir die Tränen mit dem Handballen abwischen.

Ihr Blick wird klar, ihre Augen füllen sich mit etwas, das *sie selbst* zu sein scheint. Sie lächelt. »Du bist so eine tolle Freundin«, sagt sie.

»Ach Gott!«, antworte ich. Ich muss so heftig weinen und lächeln, dass mein Gesicht fast zerspringt, ebenso mein Herz. »Das bist du auch. Die allerbeste.«

»Die allerbeste«, wiederholt sie. Ich halte ihre Hände in meinen fest. »Bleib golden, Ponyboy«, sagt sie.

Dieses Buch – *Die Outsider* – kannten wir fast in- und

auswendig. Als Edi am ersten Tag ihres ersten Jahres an der Columbia in der Englisch-Vorlesung saß, hatte der Lehrer »Nichts Goldenes hat Bestand« an die Tafel geschrieben und gefragt, ob jemand wisse, wer der Dichter sei. Edi hatte die Hand gehoben und schüchtern-selbstgefällig gesagt: »S. E. Hinton.«

»Ich glaube, das war's für mich am College«, sagte mir Edi an jenem Abend, als sie mich vom Münztelefon in ihrem Studentenwohnheim anrief. »Und jetzt kann ich einpacken. Aber mal echt jetzt, Robert Frost? Also bitte! Die können mich mal. Alle haben gelacht.« *Solche Ärsche!* Vom Münztelefon in meinem Studentenwohnheim aus rief ich ihr in Erinnerung, dass sie diese Stadt in der Tasche habe – dass sie jemand sei, der als Teenager *Eichmann in Jerusalem* in der U-Bahn von Chicago gelesen habe, verdammt noch mal! Diese Snobs könnten ihr nicht das Wasser reichen! Sie sei ein Scheiß-Juwel, und das würden sie noch früh genug herausfinden.

»Okay, okay«, hatte sie dann gesagt. »Ganz ruhig, Tiger.« Doch trotz der Distanz, die uns trennte, hörte ich ihrer Stimme das hübsche Lächeln an.

Das erste Grün in der Natur ist Gold.

»Edi«, sage ich jetzt. Aber was auch immer das gerade ist – dieses Fenster der Hellsicht –, es neigt sich bereits dem Ende zu. Die Verwirrung zieht ihre trostlosen Vorhänge wieder zu. Edi schüttelt den Kopf, lässt die Eiswürfel klirren, stellt das Glas ab und zieht dann, ganz eigenartig, als wäre ihre Hand eine geborgte Hand, ein Taschentuch aus der Box. Sie reicht es mir.

»Danke, Süße«, sage ich, tupfe mir Augen und Nase ab, und sie grinst mich an, hält das Glas hoch, lässt die Eiswürfel klirren.

Der Kaffee ist jetzt da, und Jude und Alice geben mir eine Tasse und stellen eine auf Edis Rolltisch ab. Edi grinst sie an.

»Rutsch mal ein Stück«, sagt Jude, und ich stehe auf, damit er sich neben seine Frau legen kann.

»O Scheiße«, sagt er.

Edis Beutel ist voll, hat sich vom Schlauch gelöst, und jetzt ergießt sich der Inhalt ihres Magens auf das Bett.

»Scheiße.« Ich schiebe eine Plastikschale unter den Schlauch, nehme einen frischen Beutel vom Regal, reiße die Verpackung auf, und nachdem der erste Schwall nachgelassen hat, verbinde ich ihn mit dem Schlauch. Edis alter Beutel liegt auf dem Boden in einer immer größer werdenden pinkfarbenen Pfütze. Unterdessen trinkt Edi ganz entspannt ihre Limo, lässt die Eiswürfel klirren und sieht uns mit großen Augen an. Ich erinnere mich daran, sie anzulächeln – so wie ich, als die Mädchen klein und total bespuckt waren, immer versucht habe, mich daran zu erinnern, dass sie kranke Kinder waren, denen es erbärmlich ging, und nicht nur ein hoffnungsloses Viren- und Wäscheprojekt. Ich schnappe mir die Bettwäsche aus einem Wäscheschrank im Gang, hole eine frische Decke aus dem Wärmer, bitte um einen Wischmopp, aber Violet sagt nur, dass sie jemanden vorbeischicken wird. Jude hat ein Handtuch auf die Pfütze geworfen und versucht, Edi aufzurichten, damit wir das Bett frisch beziehen können. Wie durch ein Wunder ist ihr Nachthemd noch trocken – trotzdem müssen wir das Bettlaken irgendwie unter ihr hervorziehen, aber wir wissen nicht, wie.

»Legt einfach eine Schoßauflage darüber«, rät uns die Pflegehelferin, die mit dem Wischmopp reingekommen ist. »Um den Rest kümmern wir uns später. Vorerst reicht das so. Nehmt einfach eine Schoßauflage und legt dann ein Handtuch darüber.«

Bis Edi es endlich wieder bequem hat, sieht Jude erschöpft aus. »Leg dich eine Weile hin«, sage ich zu ihm, und das macht er auch. Edi dreht sich leicht, um ihn anzusehen, und dann schließen beide die Augen. Jonah, Alice und ich beschließen, dass wir rausgehen und ein bisschen frische Luft schnappen wollen, also nehmen wir die Jacken und schleichen uns mit unseren Tassen mit dem inzwischen kalten Kaffee nach draußen.

Wir gehen die Straße hinunter, bis zum Park, reden in einem fort. Wir alle fragen uns, was als Nächstes passieren wird. Keiner von uns hat schon jemanden während der letzten Stunden begleitet: Jonahs und Edis Mutter starb – ganz plötzlich an einem Aneurysma –, als sie beide auf dem College waren; Alice und ich besuchten unsere Großmütter im Krankenhaus, waren aber ganz zum Schluss nicht anwesend.

»Ich muss immer an das Gedicht von John Donne denken ›Tod, sei nicht stolz‹«, sagt Jonah. »Aber ich fühle mich eher wie ›Der Tod sollte nicht so chaotisch und erschöpfend sein‹.« Ich fühle dasselbe. Ich hatte eine etwas linearere Entwicklung erwartet. Konstanter, zunehmend bedeutsamer. Nicht dieses Dahinkleckern des Verfalls und der Klarheit. Nicht so viel … Feuchtigkeit. Ich habe mir wohl eine Art Grußkarte vorgestellt mit zwei ausgezehrten Händen, die einfach verschränkt daliegen. Gelassenheit. Aber dann hatte ich auch völlig falsche Vorstellungen, als ich schwanger war – ich stellte mir ein Neugeborenes vor, dazu einen sanften Windhauch, der durch sonnenbeschienene Vorhänge hereinwehte, alles war weiß, weich und pudrig. Nicht mich, die ein wütendes Baby mit voller Windel auf der Toilette stillte, während ich versuchte, meinen Darm zu entleeren, ohne dabei die unzähligen entzündeten Stiche aufzureißen. Nicht die stinkenden, hormonellen Ausdünstungen aus jedermanns Poren und Körperöffnungen. Liebe, ja, und viel davon – aber *so viele Flüssigkeiten.*

Doch während wir drinnen waren, hat die Erde sich gedreht. Sonnenschein strahlt von den Rändern des Himmels herunter, und der verbleibende Schnee schmilzt nur so dahin. Dazu der mineralische Geruch des Taus und das Geräusch, wie der schmelzende Schnee durch alle Regenrinnen rieselt. Die Bäume sind voller Singvögel. Die Luft fühlt sich auf meiner Haut warm und kalt zugleich an. Der Frühling, alles sprießt und keimt und schießt nach oben … Ach herrje! Heißt es etwa deswegen Frühlingsgefühle wecken? »Stopp!«, rufe ich. »Fühlt ihr das? Wir sind ganz genau zwischen zwei Jahreszeiten.«

»Wir sind eindeutig zwischen irgendwas und irgendwas anderem«, sagt Jonah. »Wie spät ist es überhaupt?« Er sieht auf die Uhr. Unerklärlicherweise ist es schon nach fünf Uhr nachmittags. Ich weiß noch, wie ich mit der frisch geborenen Jules aus dem Krankenhaus kam, die Leute in ihren Autos vorbeifuhren und spazieren oder einkaufen gingen, von der Arbeit kamen oder einen Strauß Tulpen im Arm hatten, obwohl mein ganzes Leben gerade aufgerissen, ausgeleert und umgekrempelt worden war.

»Waren diese ganzen Leute die ganze Zeit schon hier draußen?«, fragte ich Honey damals. »Während ich da *drin* war«, ich zeigte zum Krankenhaus, »und *damit* beschäftigt war?« Ich zeigte auf Jules in ihrem Kindersitz. »*Das* gemacht habe?«

»Könnte man so sagen, ja«, antwortete Honey mir lächelnd. »Ich nehme an, für keinen außer uns ist die Zeit stehen geblieben.«

Trotzdem ist es gerade sogar für mich verblüffend, wie spät es ist.

»Das, wo wir gerade dazwischenstecken«, sagt Alice, »ist die Twilight Zone und irgend so ein anderer beschissener Scheiß.«

Und das ist zutreffender, als uns zu diesem Zeitpunkt klar ist.

Kapitel 26

Zurück im Unflätig, gehen Jonah und Alice wieder zu Edi, um die Snacks zu plündern.

»Ich komme gleich nach«, sage ich. »Ich schreibe nur noch den Mädchen.« Aber das mache ich nicht. Ich setze mich auf die geschnitzte Holzbank im Hof und betrachte die letzten Lichtstreifen am Himmel.

Jude kommt zur Hintertür heraus und schüttelt den Kopf. »Wow!«, damit lässt er sich schwer neben mich fallen. Er holt die Zigaretten heraus und bietet mir eine an.

»Gott sei Dank«, sage ich. Ich rauche nicht, nicht so richtig, aber wäre das kein so gefährliches Vergnügen, dann würde ich rauchen. Dann würde ich sogar *sehr viel* rauchen. Jude gibt mir Feuer, und ich nehme einen ersten köstlichen Zug, ehe ich den Kopf halb ohnmächtig zwischen den Knien nach unten hängen lasse.

»Du bist immer noch so ein lächerliches Leichtgewicht«, sagt Jude. Er schüttelt den Kopf. »Ein One-Hit-Wonder.«

Die Hintertür geht auf, ein Mann und eine Frau kommen in Mänteln nach draußen. Sie bricht in Tränen aus, er bleibt stehen, nimmt sie in den Arm, doch dann sieht er uns und entschuldigt sich.

»Bitte, uns geht's nicht anders«, sage ich. »So ist das eben.« *Jeder Mensch ist ein Mensch,* denke ich redundant, denn mein Hirn ist einfach noch nicht operationell. »Alles Gute!«, rufen wir ihnen nach, als sie zum Auto weitergehen. »Viel Glück!« O Gott. Wir sind wie dieser dämliche Luftballon.

»Honey und du solltet wieder zusammenkommen«, sagt Jude, als hätten wir bereits darüber geredet.

Ich konnte ihn noch nicht einmal verführen, diese Worte kommen mir in den Sinn, aber ich spreche sie nicht aus. Ich erzähle ihm auch nicht, wie Honey mir vorsang, »*Regrets, I've had a few* …«, bis ich darauf zurücksang, »aber nicht genug, um sie zu erwähnen«, und ihn dabei gegen den Arm boxte. Stattdessen sage ich: »Honey hat eine Freundin«, und Jude lacht.

»Ash, das ist doch egal. Du schläfst mit ungefähr hundert Leuten. Ich meinte das so aufs Ganze betrachtet, da drücke ich euch die Daumen.«

»Ich *schlafe nicht mit hundert Leuten!*«, widerspreche ich. »Wer hat dir überhaupt gesagt, dass ich mit jemandem schlafe – *falls* ich überhaupt mit irgendjemandem schlafe?«

Jude lächelt mich an. »Ash. Wir kennen einander schon lange genug. Du bist nicht so geheimnisvoll, wie du vielleicht glaubst. Außerdem? Edi hat mir das von dir und Jonah erzählt.«

»Oh! Wow!« *Etwa, was da gerade bei uns läuft?*

»Sie weiß nicht, ob du weißt, dass sie es weiß«, sagt er. »Aber sie geht wohl davon aus, dass es ganz grundsätzlich keine große Sache ist. Sie wollte nicht, dass du ausflippst, wenn sie es anspricht.«

»Okay«, sage ich. »Ähm, dann wohl danke, dass du mir das gesagt hast? Denkst du, ich sollte mit ihr darüber reden, bevor, du weißt schon« – bevor *was?* –, »zu viel Zeit verstreicht?«

Jude sieht mich an und lächelt. »Nein. Ich glaube nicht, dass es da für sie noch Klärungsbedarf gibt. Darüber musst du dir keine Sorgen machen. Außerdem hat sie« – er zögert kurz – »ganz schön viel um die Ohren.«

Jude zündet mir eine weitere Zigarette an, obwohl mir von der ersten noch immer kotzübel ist, und wir sitzen ganz ruhig da, und atmen ins dunkler werdende Blau ein und aus. Ich kann gar nicht sagen, welche Art der Stille das ist. Die Frage *Was glaubst du, wann wird Edi sterben?* steht zwischen uns, doch es fühlt sich verräterisch an, sie laut zu stellen.

»Was glaubst du, wann wird sie sterben?«, fragt Jude.

Ich schüttle den Kopf. »Heute Nacht? In einem Jahr?«

Jude nickt. »Schon, oder? Aber wäre sie ein Hund, dann würde man ihr zusehen, wie sie die Creme brulée isst, die Jonah ihr gebracht hat, und man würde denken: *Sie genießt das Leben noch immer.*«

»Wir sollten sie also nicht *einschläfern*, willst du das damit sagen?«

Jude lacht. »Ja, so was in der Art.«

»Mom?«

Scheiße. Das sind Jules und Belle. Ich lasse die Zigarette hinter der Bank auf den Boden fallen und bete zu den Schneematsch-Göttern, sie mögen sie bitte sofort erlöschen lassen. Jude tritt seine mit dem Absatz aus.

»Hey Leute!«

»*Raucht* ihr etwa?«

Belle sieht uns so an, wie sie es immer als Kind machte, wenn sie nachts die Treppe nach unten kam und Honey und mich dabei überraschte, wie wir Jelly Beans aus der riesigen Dose naschten, die wir in der Besenkammer versteckten. Schlimmer noch, wir aßen sie nicht nur, wir sortierten und tauschten sie auch nach Farbe. Belle war zu diesem Zeitpunkt vier oder fünf Jahre alt und sagte wütend: »Jules und ich müssen ins Bett, nur damit ihr die ganzen Süßigkeiten essen und *damit spielen* könnt?«

Ich schüttle den Kopf und verziehe das Gesicht: »Ob ich *gerade rauche?* Aber ich, also, ich *rauche* doch überhaupt nicht.«

Belle steht mit ihren Doc Martens im Schlamm, die Hände in den Hüften. Im Film würde sie den Angst einflößenden Drill Sergeant mit weichem Herz spielen. »Mom, ich würde mal sagen, dass du grundsätzlich schon rauchst, wenn du gerade rauchst.«

»Hey, hey«, unterbricht Jules mit rosigen Wangen und wilden, schwarz glänzenden Locken. »Vielleicht sollten wir hier mal eben auf Pause drücken – und ein bisschen später mit dieser Unterhaltung fortfahren. Belle, ich bin ganz bei dir, aber sieh dir Mama doch mal an.«

Belle sieht mich an, und ihr Blick wird weicher. »O Gott, aber natürlich«, sagt sie. »Tut mir leid. Alles gut. Wir können wann anders darüber sprechen. Wie geht's Edi?«

»Moment mal«, sage ich. »Wie? *Sieh dir Mama doch mal an?*«

Jules beugt sich nach unten, schlingt die Arme um mich, kommentiert meine nach Rauch riechenden Haare mit einem *Puh* und sagt: »Einfach nur, dass ihr, du weißt schon, ziemlich *mitgenommen* ausseht. Aber wie geht's Edi? Hi, Jude!«

»Hey Jules, hey Belle«, sagt Jude. »Edi ist mal ansprechbar, dann wieder völlig weggetreten. In gewisser Weise ist es eine ständige Verschlechterung, oder, Ash?« Ich nicke. »Und dann wiederum, ich weiß auch nicht. In anderer Hinsicht ist sie weniger beständig. Wollt ihr Hallo sagen?« Wollen sie.

Während unserer Abwesenheit ist das Unflätig trist und trostlos geworden. Es riecht nach Windeln und altem Bratenfett, dazu noch nach einem anderen, etwas säuerlichen Mief – das könnte tatsächlich auch *ich* sein –, und keine der Lampen im dämmrigen Wohnzimmer ist eingeschaltet. Viele Türen sind geschlossen, hinter einer davon höre ich ein Weinen. Doch zurück in Edis Zimmer, brennt die teure Duftkerze, und Cedar ist eingetroffen. Er sitzt mit seiner Gitarre auf Edis Bett und singt etwas von Joni Mitchell.

»Heißer-Typ-Alarm«, raunt Belle Jules zu, und Jules schlägt mit ihrer Mütze nach ihr, flüstert aber zurück: »So was von!« Jonah und Alice haben sich auf die tiefe Fensterbank gesetzt und sehen aus wie Zombiestatisten in einem Film über Zombies.

»*We are stardust*«, singt Cedar. »*We are golden.*«

Das sind wir – das sind wir wirklich! Nichts als ein Himmel voller vierzehn Billionen Jahre alter Sterne, die kollabiert und sich einer Supernova gleich ihren Weg in unsere Zellen gebahnt haben, als Kometen und Shakespeare und Häuptling Tecumseh, und wer sonst noch so alles gelebt, gestorben, sich zersetzt hat und wieder Mensch geworden ist. Und eines Tages wird Edi – und wir anderen natürlich auch – zu etwas anderem, zu jemand anderem werden. Würmer und Erde, dann eine Pflanze, Samen, vielleicht ein Laib Brot, ein Stück Toast, genau das, woraus die Knochen und das Fleisch eines Menschen bestehen. Und sehr viel später, wenn die Erde aufbricht, werden wir dann vielleicht zu schwarzer Materie? Okay, ich weiß nicht genau, was schwarze Materie überhaupt ist. Belle, die Gedankenleserin, fängt meinen Blick auf, schüttelt den Kopf und formuliert lautlos ein *verrückt.*

Cedar singt jetzt James Taylors Wiegenlied, das wir den Mädchen immer vorgesungen haben. »*You can close your eyes, it's all right.*« Edi ist unterdessen ganz damit beschäftigt, nicht wirklich hier zu sein. Sollten sie irgendwelche Gedanken oder Gefühle umtreiben, so haben wir keinen Zugang dazu. Ihr Mund steht offen, und nachdem der Song zu Ende ist, kann ich sie atmen hören.

»Verdammt«, sagt Alice. »Sie klingt so … *rasselnd.*« Als keiner etwas erwidert, sagt sie: »Scheiße. Das ist ein Teil davon, oder? Fuck. Tut mir leid.« Ja, das ist tatsächlich ein Teil davon. Jude legt ihr tröstend einen Arm um.

Das Zimmer fühlt sich übervoll an, vermutlich sagt Jules deshalb: »Belle, wir sollten nach Hause gehen, die Katzen füttern.«

»Gute Idee«, sage ich. »Danke. Sie sind wahrscheinlich am Verhungern. Habt ihr vorn geparkt?«

»Wir sind tatsächlich zu Fuß hier«, sagt Belle. »Wir hielten das zuerst für eine gute Idee.«

»Nehmt mein Auto, wenn ihr wollt. Es sind genug Autos hier.«

»Oder ich fahre euch nach Hause«, schlägt Cedar vor. »Ich wollte auch gerade gehen.«

»Oh, das wäre super!«, sagt Jules und strahlt ein bisschen. »Okay, danke.«

Cedar kauert sich neben Edis Bett und ergreift ihre Hand. »Wir sehen uns, Edi«, sagt er. Schüchtern sieht er zu uns nach oben, dann fährt er leise fort: »Es war mir eine Ehre, für dich zu spielen.« Dann steht er wieder auf, tritt zur Seite, und Belle und Jules kommen zu Edi ans Bett. Wir haben Edi immer als *Wunsch-Tante* der Mädchen bezeichnet. Ihre besten Geschenke haben sie von ihr bekommen: Brooklyn-Baseballkappen und Molekulargastronomie-Kits oder Gutscheine, um in New York zusammen mit ihr ausgefallene Cupcakes zu essen, und sie achtete auch immer darauf, dass diese Gutscheine eingelöst wurden. Sie war ihr ganzes Leben über eine feste, liebevolle Konstante für sie gewesen. Jetzt küssen sie ihr unbelebtes Gesicht und sagen ihr, dass sie sie lieben.

»Ich weiß, dass sie euch auch total liebt«, sagt Jude. Er weint ein bisschen, genau wie die Mädchen. Und auch ich, wie ich feststelle. Wann haben wir eigentlich beschlossen, dass jeder sich von ihr verabschieden muss? Sie lebt wahrscheinlich länger als wir alle!

Aber trotzdem. Auch ich kann es spüren. Etwas summt in Edi, löst sich von ihr. Das spürt man in diesem Zimmer. Etwas verändert sich gerade.

Kapitel 27

Aber es läuft dann doch nicht so ab, wie wir es erwarten. Stattdessen schlägt Edi die Augen auf. Sie richtet sich auf, ihre Wangen werden wieder rosig. »Wo war ich?«, fragt sie. »Was für ein Tag ist heute?«

Die erstaunten Krankenschwestern piepsen Dr. Soprano an, der zu uns kommt, sie untersucht und verblüfft den Kopf schüttelt. »Das ist die verflixteste Sache überhaupt!«, sagt er. »Ganz offensichtlich ist da kein Hinweis auf eine Krankheit!«

Wir lachen und umarmen einander. Wunder, ein Wunder! Vielleicht war es ja überhaupt nie Krebs! Vielleicht war das alles nur ein ganz schrecklicher Irrtum. Honey schnappt sich mich, beugt mich nach hinten und küsst mich auf den Mund. Wir helfen Edi, ihre Sachen zusammenzupacken, schnüren ihre Stiefel, und pfeifend schreitet sie aus dem Unflätig.

Hätte Krebs so viele romantische Komödien gesehen wie ich, dann würde er verstehen, dass als Nächstes eine entzückende Wendung kommen muss. Krebs hat jedoch hauptsächlich düstere Dokumentarfilme über Krieg und Hungersnöte gesehen. Oder Melodramen. Krebs hat *Freundinnen* gesehen und *Zeit der Zärtlichkeit* und besitzt keinerlei Fantasie für Freude. Es wird keine Wendung der Ereignisse geben.

Honey ist tatsächlich gerade hier – aber es war zu keiner leidenschaftlichen Versöhnung gekommen. Er sitzt einfach nur da wie wir anderen auch, lauscht Edis rasselndem Atem und unterhält sich ab und an ein bisschen.

Auch Dr. Soprano ist tatsächlich aufgetaucht – aber nur um sich kurz an den Rand von Edis Bett zu setzen. Er hält ihr Kinn hoch, sieht sich ihr Gesicht an, untersucht sie aber nicht weiter. »Mit ziemlicher Sicherheit ist es bald so weit«, sagt er. »Der Übertritt steht bevor. Ihr seid alle hier bei ihr. Sie hat alles, was sie braucht.« Er umarmt jeden Einzelnen von uns – er ist einfach so ein richtiger *Mentsh* –, und wir bedanken uns bei ihm, bieten ihm tränenreich Edis letzte Snacks an, die er freundlich und professionell ablehnt. »Das kann ich wirklich nicht annehmen«, sagt er, und ich reiße mich gerade noch zusammen, um nicht laut loszuprusten.

»Sollen wir vielleicht was essen?«, fragt Jonah, nachdem Dr. Soprano gegangen ist. »Es ist echt bescheuert, jetzt hungrig zu sein, aber ich bin es nun mal ein bisschen.« Ich gehe in die Küche, lege ein Stück Cheddar und ein paar Cracker auf einen Teller und bringe es in Edis Zimmer. Farah tapst hinter mir herein, schnüffelt an Edis Bett herum und schleicht wieder aus dem Zimmer, ohne Käse ergattert zu haben.

»Das ist so verstörend«, sagt Jude. Das ist es wirklich.

»Was war das Letzte, was sie tatsächlich gesagt hat?«, fragt Alice. »Weiß das jemand?«

Und Jude antwortet: »Dash. Nur das. *Dash.*«

Wie soll ich diesen Teil erzählen? Wir reichen einander Cracker mit Käse. Wir hören Edi beim Atmen zu. Ich tupfe ihre Lippen mit einem Schwamm ab, ohne besonderen Grund, und wische ihr Gesicht mit einem warmen Waschlappen ab. Jonah und Jude halten einander an den Händen. Honey hält eine Hand von mir fest. Ich eine von Alice. Und dann singen wir. Wir singen »Hallelujah«. Hinter den Fenstern ist es stockdunkel, das einzige Licht im Zimmer stammt von einer Kerze. Wir singen »The Long and Winding Road«. Wir wechseln uns ab und erzählen Edi, wie sehr wir sie lieben. Wir sagen ihr, dass wir wissen, welch lange Reise ihr bevorsteht, dass sie gehen kann, wann immer sie will, und dass wir gut auf Dash aufpassen werden. Das ist Liebe, die reine Essenz der Liebe – eine Art gemeinschaftlicher Ekstase, nur dass es eben Trauer ist. Wir singen »Let It Be«, und als wir damit fertig sind, lauschen wir der Stille und warten darauf, dass Edi einatmet. Doch das tut sie nicht. Sie lässt die fleischliche Hülle ihres menschlichen Körpers zurück, verpuppt sich wie ein unsichtbarer Schmetterling, verschwindet. Erst ist sie im Gehen begriffen, dann ist sie weg. Fast will man nach ihren Flügeln greifen und mit ihr gehen.

Ich lege eine Hand auf ihre Brust und spüre die Reglosigkeit, wo eigentlich ihr Herz schlagen müsste. Dann lege ich eine Hand auf mein Herz. Und da ist mein renitentes Herz, schlägt unerbittlich weiter. Immer weiter, herzlos.

Kapitel 28

Sehr viel später kommt Jude zu uns nach Hause. Wir sind noch immer wach, überdreht und aufgelöst, wie kleine übermüdete Kinder, die etwas zu lange auf dem Rummel waren, wenn es sich bei dem Rummel um einen Ort handelt, an dem die Menschen sich auf einen Snack an die Eisbar setzen und dann sterben. Wir essen und trinken, lachen und weinen, atmen ein und wieder aus – einfach all das, was lebende Menschen nun mal machen. Belle sitzt in ihrem roten Pyjama-Onesie schläfrig an mich gelehnt da. Auch Cedar ist hier, sitzt auf einer Ottomane neben Jules, die meinen Blick auffängt und mir zuzwinkert, weil ein geliebter Mensch, der seine sterbliche Hülle verlässt, nun einmal kein Grund ist, den heißen Typen nicht hereinzubitten, wie ich nur zu gut weiß.

Jude ist am Boden zerstört. Er erzählt uns, dass er in der Minute, nachdem wir weg waren und er bei Edi am Bett saß, eine Nachricht von Dash bekommen habe. *Ist Mom gestorben?* Es war nach zwei Uhr morgens. Als er zurückrief, habe Dash die Neuigkeit still aufgenommen, dann erklärt, dass Edi ihn wach gerüttelt, geküsst und im Arm gehalten habe, ehe sie wieder verschwunden sei.

»Scheiße«, sage ich. »Das ist verrückt.«

»Ich weiß«, antwortet Jude.

»Sie hat beim Gehen einen Stopp bei Dash eingelegt«, sage ich. »Das finde ich schön.«

»Ich auch«, sagt Jude. »Wunderschön.«

»Scheiße«, sage ich. »Edi ist tot.«

»Ich weiß«, sagt Jude erneut.

Erst jetzt wird mir bewusst, dass das Sterben und der Verlust tatsächlich zweierlei Bürden sind, die jede für sich getragen werden müssen, die eine nach der anderen. Das ist wie bei einer zermürbenden Geburt, wenn sie einem das Baby in den Arm legen und man ganz überrascht ausstößt *Oh! Das Baby!*, weil der Fokus während der Geburt so eng und persönlich geworden war. Doch das hier war der offizielle Schlusspunkt, von dem man immer schon wusste, den man dann aber durch all das wahr gewordene Drama und das Leiden wieder vergessen hatte.

Es war so mühsam, Edis Sterben. Als hätten wir alle gegraben und gegraben, ein tiefes Loch ausgehoben, und endlich können wir damit aufhören. Doch jetzt ist da dieses Loch.

Aber das ist wohl kein Grund, keinen French Toast zu machen! Das scheint zumindest Honey und Belle durch den Kopf zu gehen, die in der Küche stehen, die Servierteller damit füllen, cremig und buttrig und perfekt, im Wohnzimmer werden Teller und Gabeln und Ahornsirup herumgereicht. Außerdem hat Honey ein paar roséfarbene Grapefruit in schlanke Halbmonde aufgeschnitten, und das ist genau das, wovon ich nicht wusste, dass ich es brauchte: belebend und köstlich. Cedar holt seine Gitarre heraus, und er und Jules singen zusammen mit Jonah ganz leise »Hey Jude« und alle anderen Lieblingssongs von Edi. *Okay, okay,* denke ich, habe dabei niemand Bestimmten im Kopf. *Das Leben wird also bejaht.* Gut möglich, dass ich angeschickert bin.

Als Alice auffällt, dass es draußen hell wird, sind wir vollgestopft und dösen weg, aber wir packen uns alle warm ein und machen uns auf den Weg zur winzigen Erhebung der Wiese, um zuzusehen, wie die Sonne in bunten Farben erscheint: zuerst Blau, dann Lila, Pink, Orange und wieder Pink. Wir singen »Here Comes the Sun« und weinen. Ich bitte alle, für immer hierzubleiben, und dann drängen wir alle – mit Ausnahme von Honey, der mein gebrochenes Herz erneut bricht, indem er nach Hause geht – zurück ins Haus und gehen sofort schlafen. Eigenartigerweise muss keiner aus einem bestimmten Grund aufstehen.

Belle quetscht sich neben mich aufs Sofa und bittet mich: »Drück meinen Arm zusammen wie die Manschette eines Blutdruckmessgeräts«, schläft aber, noch ehe ich meine Hände um ihren Bizeps gelegt habe. Ich hingegen bekomme kein Auge zu. Es ist der zweite März.

Kapitel 29

Zum Glück ist meine Mom spindeldürr, denn Jules, Belle und ich quetschen uns wie schwerfällige Riesinnen zusammen mit ihr auf die Rückbank. Mein Dad sitzt vorn mit Honey, der uns von der Upper West Side nach Brooklyn fährt, wo wir der Beerdigung meiner besten Freundin beiwohnen werden, die seit zwei Tagen tot ist. Trotz dieser unmöglichen Tatsache hat mein Vater viele ungebetene Ratschläge hinsichtlich der von Honey gewählten Route.

»Den West Side Highway?«, sagt mein Dad. »Das ist ja behämmert. Wir sollten den FDR nehmen.«

»Das hast du bereits gesagt«, sage ich.

»Ich sehe auf der App nach, Opa«, sagt Jules liebenswürdig hinter Belle. »Dad nimmt den Weg, den sie vorschlägt. So wie es aussieht, ist auf dem FDR richtig viel Verkehr.«

»Ich rede nicht von einer App. Ich sage nur, dass man über den FDR nach Brooklyn fährt.«

»O Gott, bitte, Dad«, sage ich. »Bitte.« Ich habe meinen Vater im Lauf der Jahre so oft seine Meinung über irgendwelche Strecken kundtun hören, dass ich mir auf Verlangen den Klang seiner Stimme in Erinnerung rufen kann, wenn er die Worte *Throgs Neck Brigde* sagt. »Throgs Neck, das klingt wie Frog's neck. Ich habe aber nie zuvor über einen *Froschnacken* nachgedacht«, sagte Jules im Auto, als sie klein war, und dann, ein oder zwei Jahre später, fragte sich Belle: »Sagt mal. Haben Frösche überhaupt einen Nacken?«

Mein Dad reißt die Hände hoch. »Schon gut, schon gut. Du musst dich nicht gleich so aufregen. Ich sage ja nur, dass wir aufgrund deiner dämlichen Route zu spät kommen werden.«

»Hey, Opa«, sagt Jules. »Lehn dich doch einfach nach hinten und entspann dich, ja? Ich glaube, Mom kriegt gleich die Krise.«

Mein Dad dreht sich auf dem Sitz um, und tatsächlich ist schon eine kleine Krise im Anmarsch. Ich lächle ihn an, spüre aber, dass meine Wangen tränennass sind. »Ach *honey*«, sagt er, und dann fügt er an Honey gerichtet hinzu: »Nicht du«, was einer seiner alten Lieblingswitze ist. »Kreuzt du die Fifty-Ninth?«, hakt er dann noch nach.

»Abe«, sagt meine Mutter knapp – und irgendwie reicht diese eine Silbe, damit alle verschüchtert still sind, vielleicht, weil sie Engländerin ist.

Mein Vater sagt nur noch: »Schon gut, schon gut. Ich frage ja nur.«

Ich kann sie nicht sehen, weil diese riesigen Mädchen

zwischen uns sitzen, aber ich flüstere ihr ein »Danke, Mom« zu.

Ich weiß noch, wie ich mir, als Honey und ich gerade noch so zusammen waren, eine Grußkarte auf dem Nachttisch meiner Mutter angesehen habe. Außen ein hübsches Bild – blühende Kirschbäume im Central Park oder so was – und innen stand in der kritzligen Handschrift meines Vaters nur *Alles Gute zum 51. Geburtstag, du Liebe meines Lebens.* Nicht *Ich weiß, dieses Jahr war anstrengend, aber …* Keine überschwänglichen Sätze darüber, was Hingabe bedeutet und warum. Nur das.

Mein Dad bittet die Mädchen, ihm alle Namen in Erinnerung zu rufen – »Edis Kind – das ist doch ein Mädchen?« –, ehe er sich für seinen Alzheimer entschuldigt, den er gar nicht hat. »Ich vergesse immer, wie das heißt, aber ich habe eine Gedächtnisstütze dafür: *Als Hammer.*«

»Du hast eine Gedächtnisstütze, um dir *Alzheimer* zu merken?«, sagt Belle. »O Gott, Opa.«

Er lacht. Ich versuche, einen Blick auf die Grabrede zu werfen, ohne dass mir dabei vom Autofahren übel wird. Entweder ist sie zu lang oder zu kurz, außerdem gibt es immer noch Abschnitte, bei denen ich mir nicht so sicher bin.

»Das passt schon, Mom«, sagt Jules zu mir, leicht gedämpft von Belles Daunenjacke, in die sie ihr Gesicht drückt. »Das ist nichts, wonach du beurteilt wirst. Gib einfach dein Bestes, und das wird herausragend sein.«

»Danke, Süße«, sage ich überaus beherrscht, weil also

ehrlich, dieses Kind! Sie ist, verdammt noch mal, ein großartiges Vermächtnis.

Honey lässt uns an der Synagoge aussteigen, ehe er einen Parkplatz sucht. »Und jetzt sind wir zu *früh* dran, Herrgott noch mal«, sagt mein Dad. Jonah und Alice und Jude und Dash sind hier, ein Grüppchen auf dem Gehsteig. Ich stütze meine Mutter, um ihr den Bordstein hinaufzuhelfen, würde aber am liebsten zu ihnen rennen. *Meine Lieben.*

»Meine Lieben!«, rufe ich. Und höre gar nicht mehr auf zu weinen. »Ach, dieser Junge«, sage ich, drücke Dash an mich und hebe ihn hoch.

»Ash!«, ruft er und lacht. Seine Haare sind gekämmt, er trägt eine Anzugjacke mit Krawatte und dazu – Fußballshorts? Und dreckige pinkfarbene Crocs. Edi ist seit zwei Tagen tot, und schon jetzt geht alles den Bach runter. Vielleicht ist das aber auch die absolute Perfektion.

Die Mädchen umarmen Dash ebenfalls, meine Mom umarmt alle, weint ein bisschen und sagt, wie schrecklich leid ihr das alles tue. Mein Dad reicht Jude die Hand und Jonah, dann schüttelt er den Kopf. »Ach«, sagt er. »Es tut mir so leid. Das ist schrecklich. Einfach schrecklich.« Ich lehne den Kopf an seine vertraute Schulter. Ich spüre, wie beschämt er darüber ist, so alt und noch am Leben zu sein. Mein geliebter Vater.

»Edis Vater?«, flüstere ich Jude zu, der mir sagt, dass er drinnen beim Rabbi sei.

Nach und nach treffen andere Trauergäste ein, und wir

können diese Menschen nicht mit Beschlag belegen, also gehen wir hinein, um uns einen Platz zu suchen.

»Setzt euch nach vorn«, ruft Jude mir noch nach. »Auch wenn euch jemand was anderes sagt.«

Das tut tatsächlich jemand, aber wir machen es trotzdem. Und nach einer Weile beginnt die Messe. Ein Foto von Edi wird auf eine Leinwand projiziert, und jeder bekommt mit, wie mein Vater in dieser plötzlichen Stille laut flüstert: »Ich war nie ein großer Fan von dieser Frisur.« Von meiner Mutter kommt ein »Pscht«. Der Rabbi, eine Frau mit einer wunderschönen Stimme, singt »You Must Believe in Spring« und tritt dann zur Seite, sodass Dash ein ausgezeichnetes Trompetensolo herausposaunen kann. Dabei bleibt kein Auge trocken. Jonah trägt eine komödiantische Lektüre des einzigen Briefs vor, den Edi ihm von einem Sommercamp geschickt hat. Im Großen und Ganzen ist es eine Auflistung von Beschwerden über die Toiletten, das Ungeziefer und das Essen, darunter eine Zeile, die wir über Jahrzehnte hinweg immer wieder zitiert haben: »*Das* nennst du eine Alfredo-Soße?«

Jude ergreift das Mikro und beschreibt Edis letzte Arbeit: ein Film mit dem Arbeitstitel *Das unvollendete Schal-Projekt,* das wir alle inzwischen *Das* unvollendete *unvollendete Schal-Projekt* nennen. Er zeigt uns einen Auszug. Darin erklärt eine alte, in eine Häkeldecke gewickelte Frau auf einer Parkbank in Brooklyn, wie sie auf die Idee kam: dass all die Menschen das Stricken und Häkeln anfingen, dann aber wieder aufhörten – und dabei halb fertige Werke abbrachen.

»Überall in der Stadt!«, rief sie. »So viele unvollendete Schals! Also half mir meine Enkelin – dieses Dingsda – ein Google dazu zu erstellen.« Sie rückt ihre Brille zurecht und lächelt, vermutlich lächelt sie Edi hinter der Kamera an. »Und jetzt sammeln wir die unvollendeten Schals ein und vollenden sie. Wir sind eine Gruppe. Und dann versteigern wir sie, um Geld für unsere obdachlosen Jugendlichen zu sammeln.«

»Wie viel Geld haben Sie denn schon gesammelt?«, fragt Edi.

Schüchtern senkt die Frau den Kopf und sagt: »Ob Sie es glauben oder nicht, etwas mehr als eine Million Dollar«, und dann hört man Edi lachen, und das ist so ein reiner, herrlicher Ausdruck ihrer Freude, dass ich erneut in Tränen ausbreche. *Edi.*

»Moment. Was?«, sage ich zu Jude, der vom Podium aus etwas zu mir sagte, dann lächelt und wiederholt: »Jetzt du. Du bist dran, Ash.« Oh!

Sobald ich das Mikro in der Hand halte, muss ich weinen. Weinen und lachen, beides, ehe ich ein einziges Wort herausbringe. Schließlich sage ich: »Na, das lief doch ziemlich gut!«, woraufhin die Leute lachen. Ich lasse alle, die da sind, wissen, was für einen guten Geschmack Edi in Sachen Freunde hatte – hier mache ich eine Pause, damit sie wieder lachen können, gleichzeitig will ich Edi damit in den Wahnsinn treiben, aber, hey, wenn sie nicht wollte, dass sich diese Trauerrede einzig um mich dreht, dann hätte sie hierbleiben und selbst dafür sorgen sollen –, gleichzeitig aber auch in Sachen Eltern und Geschwister, Ehemann und Kind. Dass sie brillant und zuverlässig war, wunderschön und manchmal bescheiden. Dass sie es liebte, zuzuhören und zu lachen. Dass sie großzügig war und auch anspruchsvoll. Dass sie von uns allen viel erwartete und wir versuchten, uns ihrem Dasein in dieser Welt gewachsen zu zeigen. Ich zitiere ihre geliebten Beatles: *And in the end, the love you take is equal to the love you make.* »Sie gab – und nahm – sehr viel davon«, sage ich.

Dann wende ich mich an Dash, weil ich genau seinetwegen heute hier bin. Ich sage ihm dasselbe, was ich seiner Mutter im Unflätig gesagt habe: dass sie ihr Leben voller Freude dem gewidmet hatte, ihn zu ernähren – natürlich im übertragenen Sinn, vor allem aber im buchstäblichen. Ich beschreibe, wie sie, als er noch ein Baby war, für ein Wochenende zu uns kam und sofort damit anfing, Obst in kleine Stücke zu schneiden, an denen man nicht ersticken konnte – Pfirsiche und Zwetschgen, Nektarinen und Bananen, alles klein geschnitten in diese harmlosen, nahrhaften Ein-Millimeter-Würfel –, und dass dieses Kleinschneiden von Obst im Grunde das gesamte Wochenende anhielt, weil Dash wirklich absolut verrückt nach Obst war und Edi wirklich absolut nicht wollte, dass er daran erstickte. »Aber«, sage ich noch zu ihm, »sie hat es geliebt, das für dich zu machen. Dich zu ernähren. Und vielleicht trägst du sie nun nicht nur in deinen Erinnerungen mit dir, sondern auch in den Zellen deines Körpers.« Ich versuche, etwas ruhiger zu atmen. »All diese Liebe«, sage ich. »Sie steckt in deinem Blut und in deinen Knochen. Genau daraus bist du gemacht. Also ist sie immer noch hier bei dir, Dash, bei uns allen. Obwohl wir sie ganz, ganz schrecklich vermissen.«

Als ich zu meinem Platz zurückkomme, streckt Honey den Arm hinter Belle aus und drückt meine Schulter, und die Mädchen schlingen tränenüberströmt die Arme um mich.

Mein Vater beugt sich mit feuchten Augen und seiner Blechdose über Jules zu mir. »Vorsicht«, flüstert er, als ich mir ein Minzbonbon nehme. »Da sind eine Batterie für mein Hörgerät und eine Valium drin.«

Eine Minute später höre ich, wie er zu Jules sagt: »Keine Ahnung, was das sein soll – eine Skittles-Party.« Belle, die auf der anderen Seite von mir sitzt, prustet los.

»Das ist so ein Junge-Leute-Drogen-Dings, bei dem man sich auf einer Party alle möglichen Pillen einwirft«, sagt sie, und mein Vater zuckt mit den Schultern, beugt sich über Jules und tätschelt mich tröstend.

»Das war großartig«, sagt er zu mir, und das ist mehr, als ich gerade verkrafte. Ich weine los, irgendwie steckt auf einmal ein Minzbonbon in meiner Nase, und ich kann einfach nur »Danke, Dad« sagen.

Kapitel 30

Wir gehen nicht auf den Friedhof, weil Edi nicht beigesetzt wird. Das ist ein Streitpunkt gewesen. Sie wollte eingeäschert werden – und ihre Asche sollte im Central Park, im Prospect Park und auf Coney Island verstreut werden –, das ist jedoch keine traditionelle jüdische Vorgehensweise, also wurde ein Kompromiss gefunden: Sie wird eingeäschert, und dann – zu einem späteren Zeitpunkt – wird die Urne mit der Asche beigesetzt werden.

»Das ist weder das eine noch das andere«, sagt Jude zwischen zwei Bissen eines Bagels mit buntem Topping und geräuchertem Whitefish-Salat. Wir sind für die erste Nacht der Schiv'a bei ihnen zu Hause. »Ehrlich?«, sagt er. »Mir ist das so was von egal.« Selbst beim Kauen sieht Jude so erschöpft aus, dass sein Gesicht quasi jeden Moment in sich zusammenfallen könnte. Sollte es eine Schutzheilige der Erschöpften geben, dann sollte ich für uns beide zu ihr beten. »Wenn Dash möchte, dann hole ich heimlich eine Handvoll Asche heraus, damit er sie irgendwo verstreuen kann. Für dich kann ich auch eine rausholen«, fügt er hinzu, weil ich wohl wie immer diesen *Und was ist mit mir?*-Ausdruck im Gesicht hatte.

Ich sehe zu Dash, der auf Jules' Schoß eingeschlafen ist. Belle sitzt neben ihnen auf dem Sofa, und auf der anderen Seite von ihnen sitzt Cedar, weil er *ohnehin nach New York musste* und einfach *vorbeischauen und Edis verstorbenem Ehemann* (keiner korrigiert ihn) *seine Aufwartung machen wollte.*

»*Irgendjemand* muss ja wohl Edis Betreuungspersonal flachlegen«, flüstert Belle mir zu, da ich selbst dieser besonderen Art der Trauerbewältigung abgeschworen habe. »Da kann das genauso gut Jules machen.«

Jetzt hebt Belle eine schwarze Keramikröhre vom Couchtisch, hält sie vor ein Auge und dreht sie langsam. »Dieses Kaleidoskop ist sooo scheiße«, sagt sie.

Dash macht die Augen auf und kichert verschlafen. »Ich glaube, das ist nur eine Vase, Belle«, sagt er, woraufhin sie nickt und meint: »Das würde wenigstens einen Sinn ergeben.«

»Ich habe letzte Nacht von ihr geträumt«, sage ich leise zu Jude.

»O Gott, ich auch!«, ruft Jude. »Du zuerst.«

In meinem Traum, so erzähle ich ihm, habe sie mich vom Unflätig angerufen. »Du hast mich schon seit Tagen nicht mehr besucht!«, habe sie gesagt, und ich habe darauf erwidert: »O Gott! Das tut mir so leid … ich hatte gedacht … ähmmm … *du würdest keinen Besuch empfangen.*«

Jude lacht.

»Was ist mit dir?«, frage ich.

»Dasselbe. Ich habe im Garten geraucht, und da war sie, stand ganz unvermittelt in der Tür. Ich habe die Zigarette hinter meinem Rücken versteckt. *Oh! Hi! Ich hatte nicht erwartet, dich zu sehen!*«

»Können wir vielleicht einfach träumen, dass sie noch lebt und nicht von uns enttäuscht ist?«, frage ich ihn.

»Anscheinend nicht«, lautet seine Antwort.

Irgendwann gehe ich nach oben, um Edis und Judes Badezimmer zu benutzen. Edis Parfüm steht dort, und ich würde gern etwas davon in die Luft spritzen und auf meine Hände – um ihren Geruch einzuatmen. Doch als ich stehen bleibe und die gerahmten Fotos an der Schlafzimmerwand betrachte, höre ich ein gedämpftes Geräusch. Auf Edis Bett stapeln sich alle unsere Jacken, doch da liegt auch jemand, halb verdeckt von der ganzen Kleidung. Es ist Edis Dad.

»Myron?« Ich gehe zu ihm, und er streckt eine Hand nach mir aus. Ich ergreife sie, setze mich neben ihn und streichle über seine Knöchel.

»Ash«, sagt er. »Ash, es bricht mir das Herz.« Er klingt so sehr wie Edi, dass es mir den Atem verschlägt.

»Ach, Myron«, sage ich. »Ich weiß doch. Ich kann mir das nur vorstellen. Meins auch – aber *deins.* Deine wunderschöne Tochter. Es tut mir so leid.«

»Das hätten wir nicht tun sollen«, sagt er vage. *Edi bekommen* ist das, was er damit meint.

Ich sitze still da, stelle mir sein Gesicht von Herzen

übersät vor, glitzernd vor Sternenstaub. Ist es *wirklich* besser, jemanden geliebt und verloren zu haben? Fragt man jemanden, der trauert, wird er es verneinen. Und trotzdem. Da sind wir, stürzen uns Hals über Kopf in die Liebe, wie Lemminge von einer Klippe in ein tosendes Meer der Trauer. Für eine Erweiterung unseres Herzens gehen wir jedes Risiko ein, auch dann, wenn dieses erweiterte Herz droht, uns erst zu erdrücken und dann zu brechen. Ich muss zu meinen Kindern. Ich muss hier mit Myron sitzen, während die Trauer versucht, ihn ganz zu verschlingen.

Ohne dass jemand es wüsste, habe ich mich für eine Krankenpflegeschule beworben und bin angenommen worden. Ich habe mit der Leiterin des Unflätig gesprochen und ihr, halb im Scherz – aber eben nur halb im Scherz –, gesagt, dass ich in ein paar Jahren zurück sein würde und dass sie dann besser einen Job für mich haben sollte. Endlich fange ich an, zu verstehen, dass es nicht darum geht, den Menschen zu helfen, die genau wissen, wie man um Hilfe bittet. Sondern hilfsbereit zu sein. Ich sage Myron, dass er gerade die falschen Schlussfolgerungen zieht. »Nicht die falschen«, korrigiere ich mich. »Aber du zeichnest nur ein Bild der Trauer deines eigenen gebrochenen Herzens. Tatsächlich sind aber all die Sterne da, und sie zeigen dir auch die Freude. Du kannst die Edis-Lächeln-Konstellation hervorrufen, das wie das von Dash aussieht, wie Jonahs. All diese Dinge.«

Myron lässt mich weiter seine Hand halten, während seine Tränen auf unsere Jacken tropfen. Er nickt. Und währenddessen sitze ich da und verbinde die Sterne miteinander, die *Honey* ergeben. Obwohl er bereits in mein Herz tätowiert ist.

Jonah ist leise hereingekommen, setzt sich neben mich und seinen Dad. »Lass mich eine Weile bei ihm bleiben«, sagt er zu mir, und das ist gut. Denn ich muss meinen Mann finden.

Ich laufe auf der Treppe in ihn. Er kommt gerade nach oben, um nach mir zu suchen. »Honey!«, rufe ich.

»Ash.« Ich stehe eine Stufe über ihm. Wir sind auf Augenhöhe. »Ash, bleib bei mir«, sagt er. »Bitte.« Alles in meinem Körper richtet sich nach ihm aus, wie ein Schwarm Fische im Sonnenlicht. Wie Eisenspäne, die sich nach einem unwiderstehlichen Magneten ausrichten.

»Was ist mit Gemma?«, frage ich.

»Gemma hat mich sitzen gelassen«, sagt er freudig.

Ich erwidere ebenso freudig: »Oh, was für ein Jammer! Warum?«

»Was denkst du denn?«

»Weil sich deine Neujahrsvorsätze einzig darauf beschränkt haben, deine Zähne nicht mit einem Stück zu kurzer Zahnseide zu putzen?«, sage ich, doch er schüttelt den Kopf. »Weil du mich liebst.« Mir ist ganz schwindlig, als ich das sage.

»Weil ich dich liebe«, sagt er. Er setzt sich, zieht mich ungeschickt auf seinen Schoß, schlingt die Arme um mich und küsst meinen Nacken, mein Kinn.

»Das Zusammensein wird sich nicht so gut anfühlen, wenn wir die Treppe runterfallen und uns das Genick brechen«, sage ich. »Außerdem bringt Edi mich um, wenn ich an ihrer Schiv'a sterbe.«

»Himmel, ihr zwei!« Das ist Belle, wer sonst?, die unten von der Treppe zu uns nach oben sieht. »Verdammt, Mom. Legst du jetzt *Dad* flach?«

»Isabelle«, sage ich. »Ich lege deinen Vater nicht *flach.*«

»Iiiiihhh!«, sagt sie. »Das solltest du nicht mal aussprechen.« Aber sie grinst dabei wie ein Pirat in einem Zeichentrickfilm.

»Ach herrje!« Jetzt steht meine Mutter neben Belle. »Ich wollte gerade nach dir sehen«, sagt sie. »Aber na ja. Da bist du ja!« Ich stehe auf, gefolgt von Honey. »Dein Vater und ich wollen uns verabschieden und verschwinden.«

»Ich fahre euch«, sagt Honey.

»Ach, das ist lieb, Honey-Schätzchen«, sagt meine Mutter. »Aber wir nehmen die Subway. Ich glaube, Abe will unbedingt bei dieser Bäckerei vorbei. Bei der mit den portugiesischen Brötchen. Du weißt doch, dass es ihm egal ist, wenn es etwas länger dauert, solange es sich um Essen dreht.«

Ich gehe die Treppe hinunter und lehne mich an sie. »Es tut mir leid«, sage ich vage. Ich weiß nicht einmal genau, weshalb. Weil ich eine Spinnerin bin, eine Schlampe. Weil ich die traurig-glücklichste Person bin, die je gelebt hat.

»Das muss es nicht, Schätzchen«, sagt sie. »Das Leben ist chaotisch. Ich erwarte weder von dir noch von sonst jemandem, dass es da ordentlich zugeht.« Sie küsst mich auf den Kopf. Dann schlingt sie die Arme um mich, weil ich weine. Honey hat einen Arm um Belles Schultern gelegt, streicht mir aber mit der anderen Hand eine Strähne hinters Ohr. Alles spult sich in mir ab. Wäre ich ein Garnknäuel, würde ich jetzt als verheddertes Bündel auf dem Boden liegen. Wäre ich ein Stausee, dann würde ich meine Ufer überfluten. Und diejenige, mit der ich wirklich über all das reden muss, ist – natürlich – Edi.

»Sie wird von jetzt an *alles* vermissen«, schluchze ich.

»Und du wirst sie vermissen«, sagt meine Mutter. »Ihr seid solche Glückspilze, ihr zwei.«

Das stimmt, und es stimmt auch wieder nicht. Außerdem bin ich so wahnsinnig müde. Und noch was anderes? Vielleicht wache ich ja gerade auch auf.

Kapitel 31

Belle hat gedroht, mir ein T-Shirt zu machen, auf dem steht: MEINE BESTE FREUNDIN IST GESTORBEN UND ICH HABE NUR DIESE HÄSSLICHEN UGG-STIEFEL BEKOMMEN. Aber ich habe mehr als das bekommen. So viel mehr.

Zum Beispiel all ihre Kleider und Yoga-Hosen, einen ihrer Columbia-Hoodies, ein paar Pyjamahosen aus Flanell, einen Haufen T-Shirts, die tatsächlich mir gehörten, darunter auch, ja, mein RETTET DIE WALE-T-Shirt, eine Tube ihrer duftenden Handcreme, das meiste ihres Modeschmucks, darunter auch viele schicke Fußkettchen, die ich im Lauf der Jahre mit Glöckchen und Muscheln und meinem eigenen mit Nag-Champa-Räucherstäbchen verklärten Optimismus gemacht hatte.

»Wirklich, was immer ihr wollt«, hatte Jude zu Alice und mir gesagt. Wir drei standen im riesigen, nach Edi riechenden Ankleidezimmer. »Ich habe schon ein paar Sachen für Dash zur Seite gelegt. Nehmt euch, was ihr haben wollt.« Und damit ließ er uns allein.

Alice hatte sich einen Moment lang umgesehen und mir dann zugeflüstert: »Fühlt sich das nicht irgendwie komisch an?«

»Tut es nicht?«, flüsterte ich zurück. »Aber ich verstehe es total. Also, das *sollte* es vielleicht? Aber nein.«

Die Mädchen waren bereits mit Honey zurück nach Massachusetts gefahren – Jules musste wieder in die Schule –, und ich würde tags darauf von Cedar mitgenommen werden. Alice machte sich auf die Suche nach den Resten mit geräuchertem Fisch. Und dann stand ich allein in Unterwäsche in Edis Bekleidungszimmer und probierte ihre Klamotten an. Verkleidete mich selbst als diejenige, die auf diesem Planeten ohne sie weiterleben konnte.

Da war ihr Hochzeitskleid – mit all den hastig angenähten Knöpfen – in einem Kleidersack mit Reißverschluss. Und da das aufreizend champagnerfarbene Satinkleid, das sie auf meiner trug. Ich weiß noch, wie ich mit dem Floristen über die Farben sprach, die gut zu unseren beiden Kleidern passen würden. Meine Mutter, eine begeisterte Gärtnerin, hatte noch etwas Immortelle als Füller für den Strauß vorgeschlagen, und der Florist hatte gesagt: »Also ich habe da Perlkörbchen, die duftende Platterbse und die Mimose im Angebot. Welche soll es sein?« Ich hatte eine Bemerkung darüber fallen lassen, dass eine Mimose kein sonderlich gutes Omen für eine Hochzeit sei, doch er hatte nicht gelacht. »Das Perlkörbchen, denke ich.«

Es gibt ein Foto von Edi und mir vom Hochzeitstag,

wie wir uns gegenseitig Kuchen ins Gesicht schmieren, während Honey unschuldig und grinsend danebensteht. Er hatte das Catering für den Empfang übernommen: Er hatte fünfzehn Schweinemedaillons mit Rosmarin und weißem Küchenfaden verschnürt; grüne Bohnen abgeknapst, gedämpft und in Butter geschwenkt; unzählige Veilchen- und Rosenblätter kandiert, um die Schichten des Schokokuchens, den er gebacken und mit Zuckerguss überzogen hatte, zu verzieren. Er musste sich tatsächlich gleich zu Beginn des Empfangs entschuldigen – wirklich, die Musik hatte kaum zu spielen angefangen, und alle lachten, als er verlegen einen Finger hochhielt und dann in seinem Anzug über die Wiese davonrannte –, weil die Zwiebeln im provisorischen Pizza-Ofen Feuer gefangen hatten und sein Assistent ihn zwischen den Flammen zu sich winkte. Wir waren noch so jung, wir alle. Edi in ihrem ganzen, gesunden Körper, nichts als winzige Narben, wie die eine unter ihrem Kinn, weil sie in der fünften Klasse von einem Schwebebalken gefallen war. Narben, die einfach nur verheilte Verletzungen darstellten.

Als ich aus dem Ankleidezimmer kam, hatte ich eine riesige Tasche mit Edis Sachen gefüllt. »Es tut mir leid, dass ich so schamlos bin«, sagte ich zu Jude.

Er sagte jedoch: »Ganz und gar nicht. Ich freue mich. Trag sie, solange du kannst, und freu dich daran«, und dann umarmte er mich.

Jetzt bin ich wieder zu Hause, sitze mit einem Glas köstlichem Rotwein am Küchentisch – ich habe eine der

Flaschen geöffnet, die wir nie mit Edi getrunken haben – und schreibe Dankesbriefe an alle im Unflätig. Belle bereitet ihr köstliches Bohnen-Festessen zu, das tatsächlich nur aus einem Topf perfekter Pintobohnen besteht, die sie mit ganz vielen Toppings serviert: Feta und fruchtiges Olivenöl, Koriander und Avocadowürfel, eingelegte Radieschen und Peperoni. Es ist das beste Essen, das man sich vorstellen kann.

»Sag mal, Danke schön – schreibt man das zusammen?«, frage ich sie, und sie ruft: »Danke schön!«

»Was?« Fragend sehe ich sie an.

»Du hast doch gesagt: Sag mal Danke schön.«

Alles (außer Belle) ist anders als vorher. Als wäre ich rückwärts in mein eigenes Zuhause zurückgekehrt und würde seitdem alles rückwärts machen. Als hätte jemand alle Möbel umgestellt. Tatsächlich *hat* jemand alle Möbel umgestellt – Honey und Belle haben die Sofas verrückt, sodass auf dem Boden vor dem Holzofen mehr Platz ist, um Spiele zu spielen –, doch damit meine ich natürlich nicht nur das. Es ist diese tiefe Leere, wo Edi sein sollte, wie wenn man einen schmerzenden Zahn mit der Zunge anstupst, doch dann ist der Zahn auf einmal nicht mehr da, und man wird, mit der Zunge voran, in dieses schwarze Loch gesaugt. Ich bunkere Gedanken und Erfahrungen in meiner gedanklichen Edi-Ablage, um später mit ihr darüber zu sprechen, und dann wird mir klar, dass sie für immer in dieser Ablage bleiben werden. Das ist noch verwirrender, als es eigentlich sein sollte.

Honey wohnt noch nicht wieder ganz hier, aber bald.

Er wird die kleine Wohnung über dem Laden an Cedar vermieten und zieht dann ganz nach Hause. Momentan fühlt es sich an, als würden wir uns wieder verlieben. Vielleicht ist es auch einfach nur das: sich wieder verlieben. Tagsüber drifte ich ab, denke an unsere gemeinsamen Nächte. Ich verabschiede mich mit einem Kuss von ihm an der Tür, küsse ihn zur Begrüßung, atme ihn ein, weine unter ihm, schlafe tief und fest neben ihm, wache verliebt neben ihm auf. Die Mädchen sind überglücklich und gleichzeitig ein bisschen sauer, weil wir uns überhaupt getrennt hatten. Das könnte tatsächlich auch beschreiben, was Honey so fühlt.

»Du warst mehr als nur ein Arzt für uns«, schreibe ich in meiner Karte an Dr. Soprano, dann zerreiße ich sie. Alles fühlt sich wie eine Parodie aus der *Benny-Hill-Show* an. Genauso fühlt es sich an, als ich den Ausdruck *über alle Maßen* verwende, um Jen und den anderen Freiwilligen zu danken. Hier mein Ratschlag in Sachen Verhaltensregeln, wenn es um das Schreiben eines Dankesbriefes geht: besser, man hat mit niemandem geschlafen.

Belle beäugt den größer werdenden Stapel zerrissener Grußkarten, zeigt auf die Briefmarken auf meinen Umschlägen, auf denen die Bösewichte von Disney abgebildet sind: Cruella de Vil, Dschafar, Malefiz. Sie lacht. »Du brauchst etwas frische Luft«, sagt sie. »Komm mit mir raus. Dad kommt erst in einer Stunde nach Hause, und die Bohnen köcheln auf niedriger Stufe vor sich hin.«

Es ist so mild. Der sanfte Regen, der gerade herunterfällt, lässt den besonderen Regen-auf-Bordstein-Geruch wach werden, den ich mit dem Sommer verknüpfe.

»Dafür gibt es ein Wort«, sagt Belle, als ich das erwähne. »*Petrichor.* Das wäre auch ein großartiger Name für eine Band.«

Das wäre es wirklich. Die Knospen der Hartriegelsträucher werden dicker; die Wiese wird grüner, die Jahreszeit ist dabei, sich zu ändern, oder hat es vielleicht schon getan.

In meinen Jackentaschen sind lauter Einkaufszettel. Ich spüre sie unter meinen Fingerspitzen. Sie bezeugen Edis Unwohlsein und ihre Freuden: Wassermelone, italienisches Eis, gute Schokolade mit Meersalz, Lippenbalsam, Maxi-Binden, Champagner, Eiersalat. Zeugen ihres Verlangens, ihres Lebens. Ich schaffe es einfach nicht, sie wegzuwerfen, weiß aber auch nicht, wohin mit ihnen. Momentan bleiben sie also einfach in meinen Jackentaschen. Vielleicht ziehe ich diese Jacke im Herbst wieder an, und dann sind sie immer noch da. Aber das ist doch okay, oder?

Belle ist schon mal vorgerannt, um etwas unter die Lupe zu nehmen, das auf einem Baumstumpf neben der Wiese wächst. »Schwefelporlinge!«, ruft sie aufgeregt. Sie sind hellorange und essbar, also bricht sie ein großes Stück davon ab, macht kehrt und rennt zu mir zurück. Automatisch öffne ich die Arme, und sie springt hinein wie das Kleinkind, das sie vor langer Zeit war. Mein gesamtes Leben mit den Mädchen ist auf diesen einen Moment zusammengeschoben – wegrennen, zurückrennen. *Flieg, sei frei!,* will ich sagen. Und gleichzeitig: *Bleib für immer bei mir!* Wenn ich darüber nachdenke, will ich genau das all denen, die ich ganz besonders liebe, immer sagen.

»Das ist eine tolle Ausbeute«, sage ich.

»Ich weiß!« Sie klemmt den Pilz unter einen Arm und ergreift mit der freien Hand meine. Sie wird diesen Pilz aufschneiden, in Butter anbraten und zusammen mit den Bohnen servieren. Ihr Vater wird sich für dieses perfekte Abendessen zu uns gesellen, dann wird er das Bett mit mir teilen, wo wir flüstern und lachen werden. Wo wir kaputt und gleichzeitig ganz sein werden. Wo wir abwechselnd leise den Song »Ist es Liebe?« von Tevye und Golde singen werden, während ich über etwas Verlorenes weine, das auf ganz wundersame Weise nicht verloren ist. Wo ich, endlich, zur Ruhe kommen werde.

Letzte Nacht habe ich geträumt, dass Edi allen in ihren Träumen einen Besuch abstattet: Jude, Dash, Jonah, Alice. *War sie auch bei dir? Ja! Bei mir auch!* Bei allen, nur nicht bei mir. In meinem Traum habe ich mit Laura vom Unflätig darüber gesprochen.

»Vielleicht gibst du dir nicht genug Mühe«, sagte sie.

»Ich weiß aber nicht, wie ich es noch besser versuchen könnte«, sagte ich. Laura zuckte mit den Schultern.

»Hey, sie gibt sich schon die größte Mühe«, sagte dann jemand hinter ihr. *Edi!* Sie war von einer schillernden Blässe und lächelte. »Alles gut, Ash, du bist perfekt«, sagte sie, ehe sie mich auf die Wange küsste und mich wieder verließ. »Du machst alles richtig.«

Und das würde nicht für immer stimmen, aber zumindest in diesem Moment. Jetzt gerade stimmte es.

Danksagung

Meine überaus großartige Lektorin Sara Nelson war von Anfang an engagiert und blieb es auch, und das Arbeiten mit ihr war ein wunderbarer Traum (nicht dass ich jemals wunderbare Träume hätte, aber so stelle ich mir das vor). Meine geduldige, zuversichtliche Agentin Jennifer Gates ist eine ausgezeichnete Leserin, Befürworterin und Vertraute, und sie hat sich auch den Titel *We all want impossible things* ausgedacht (wie könnte das anders sein?). Bei Aevitas haben mich alle ganz wunderbar unterstützt, aber Erin Files, Allison Warren und Shenel Ekici-Moling haben das ganz besonders getan. Ich bin allen bei Harper dankbar, darunter auch Joanne O'Neill, die Lauren Peters-Collaer damit beauftragte, das perfekt unmögliche Cover zu designen; Mary Gaule, die mit einer enormen Leichtigkeit für alles da ist; Alicia Gencarelli und Edie Astley, die darauf achten, dass sich alles in die richtige Richtung bewegt; und Maya Baran und die anderen Marketing- und Werbe-Gurus, die alles möglich machen. Vielen Dank, liebe Buchhändler:innen und Buchverkäufer:innen, dass Sie die Bücher an den Mann und an die Frau bringen.

Die eigentlichen Helden sind meine Lieblingsmenschen: David und Simone Van Taylor, Jesse und Nate Pomeroy, Jeremy und Jordana Pomeroy; Sarah und der verstorbene, großartige Lee Pomeroy. Amanda Gronich und Eve-Laure Ortega. Amy Rosenthal. Das Schlimmstmögliche; die bestmöglichen Menschen.

Ein Hospiz ist ein erstaunlicher Ort. Mein Lieblingsort, hahaha, was tatsächlich stimmt! Das beeindruckende Personal und die Bewohner von Menorah, wo Ali starb, und das Fisher Home, wo ich montags das Abendessen zubereite, haben mich unaufhörlich mit ihrem Mut, ihrem Mitgefühl und schrecklichen Humor und darüber hinaus mit ihrer unglaublich chaotischen Menschlichkeit inspiriert. Palliativmediziner und die furchtlos liebenden Krankenschwestern und Pflegehelfer halten uns am Leben und helfen uns dann beim Sterben – das alles, und mit aller erdenklichen Gnade.

Im echten Leben waren (und sind) die »Freunde vor Ort« so viel mehr als nur eine flüchtige Erwähnung. Es tut mir leid, dass ich so viel Rotz in eure Haare gelacht und geweint habe: Emily Bloch, Nicole Blum, Ava Blum-Carr, Lee Bowie, Pengyew Chin, Dan Costello, Sarah Dolven, Khalid Elkalai, Chris Felton, Judy Frank, Viveca Greene, Daniel Hall, Jagu Jagannathan, Jill Kaufman, Becky Michaels, Meredith Michaels, Colleen Osten, Chris Perry, Lydia Peterson, Brittany Shahmehri und Kathleen Traphagen. Danke, dass ihr mich während dieses langen Moments meines zerbrechenden Herzens gestützt und geliebt, mir zugehört und mit mir gesungen habt.

Im Lauf eines nicht enden wollenden, verschneiten Pandemie-Winters des Schreibens haben Maddie DelVicario und Corn Walker die notwendige Outdoor-Versorgung für mich sichergestellt, wie eine Art Kartoffelsuppenparty unter dem Motto Shackleton. Der Amherst Tire Running Club war immer etwas, auf das ich mich gefreut habe. Lydia Elison hat dafür gesorgt, dass ich den Verstand nicht verliere (sie hat es zumindest versucht!!!), und Jenniver Rosner hat mich angefeuert.

Unerschütterliches Vertrauen hat wie immer die bunte Mischung des OG-Tribes in mich bewiesen: Andrew Coburn, Kelly Close, Judy Haas, Ann Hallock, Sam Marion, Rebecca Morgan, Anna Paganelli und Emily Todd. Genau wie meine treuen, sich neuerdings in der Menopause befindlichen, hitzköpfigen Leserinnen aus den Tagen mit dem Ben-und-Birdie-Blog. Also echt, Leute! Ihr seid der Wahnsinn.

Unter den Menschen, die mich zum Glück weiterbeschäftigt hatten, damit ich sowohl um des Geldverdienens wie auch um der Liebe willen schreiben konnte, sind Sally Sampson, alle bei *Real Simple* (darunter auch Liz Vaccariello, Anna Maltby, Kristin van Ogtrop, Rory Evans, Noel Howey und Elizabeth Passarella), die diaTribe Foundation und das Amherst College Creative Writing Center – zusammen mit vielen anderen Herausgebern und Kunden, die es mir ermöglicht haben, da$$

ich mein Leben so gestalten kann. Ich danke Roberta Zeff, Lindsey Mead, Jennifer Niesslein, Amanda Fields und Rachel Moritz dafür, mehrere (bizarre) Essays bei mir in Auftrag gegeben zu haben, die mich glauben machten, ich könnte (auf bizarre Weise) darüber schreiben.

Freunde (und eine Tochter), die mir großzügig bei verschiedenen spezifischen Schreibproblemen geholfen haben: KJ Dell'Antonia, Jess Lahey, the#AmWriting Facebookgruppe (von der ich gelernt habe, dass man nie zu alt für eine Sticker-Belohnungstafel ist), Amity Gaige, Katherine Center, Cammie McGovern, Birdy Newman, Sabrina Callahan und die mutige, lustige und liebenswürdige Laura Tisdel. *Das gläserne Klavier* ist das traurig-lustigste Buch der traurig-lustigen Bücher, und ich habe solches Glück, dass mein Idol, Miriam Toews, es geschrieben hat.

Ich bin mehr als dankbar für meine hingebungsvoll vernarrten und allen Widrigkeiten trotzenden Eltern, Ted und Jennifer Newman, die mir beigebracht haben, liebevoll und belastbar zu sein, indem sie das einfach selbst vorgelebt haben. Für meinen weltverändernden Bruder und meine Schwägerin, Robert Newman und Alba Vilajeliu, die großartigen, herrlichen Neffen Sam, Lucas und Andreu. Und für meinen allerbesten Schwiegervater Larry Millner.

Snapper Cat, Jellyfish und die (schwer vermisste) Craney Crow haben uns mit ihrem endlosen, stinkenden Schnurren immer getröstet.

Und zu guter Letzt: Michael, Ben und Birdy. Danke,

dass ihr mit mir traurig wart, wenn ich es war, und glücklich, wenn ich glücklich war, danke dafür, dass ihr euch über mich lustig gemacht habt, wenn ich wieder mal ein absolut sonderbares Monster war. Ihr seid die lustigsten, liebevollsten und großzügigsten Menschen, mein Ein und Alles, und die besten Zeilen habe ich von euch geklaut, wie ihr wisst.

Ali Pomeroy, wo auch immer du bist. Komm zurück zu mir.

Die Wahrheit ist selten ganz einfach.

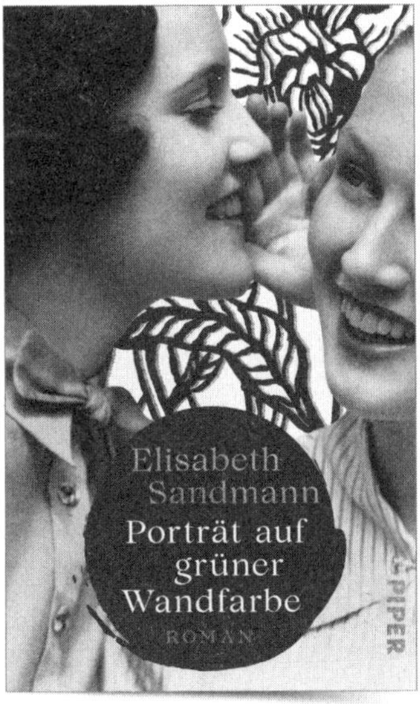

Elisabeth Sandmann

Porträt auf grüner Wandfarbe

Roman

Piper, 512 Seiten
ISBN 978-3-492-07198-7

1918 trifft die bodenständige Ella im legendären Hotel Schloss Elmau auf die glamouröse Ilsabé. Es entsteht eine ebenso unverbrüchliche wie komplizierte Freundschaft, die Kriege überdauert und Geheimnisse bewahrt. Jahrzehnte später findet Ilsabés Enkelin Gwen Hefte, die Ella mit ihren Erinnerungen gefüllt hat und in denen sie ebenso viel preisgibt wie verschweigt. Für Gwen beginnt eine aufwühlende Spurensuche. Aber geht es wirklich nur um verschwundene Kunstwerke oder um ganz andere Verluste?

Leseproben, E-Books und mehr unter www.piper.de